付岩志
王光福　注譯
袁世碩　校閱

新譯聊齋誌異選（七）

三民書局

國家圖書館出版品預行編目資料

新譯聊齋誌異選(七)／付岩志,王光福注譯;袁世碩校閱.——初版二刷.——臺北市：三民，2022
冊；　公分.——(古籍今注新譯叢書)

ISBN 978-957-14-5987-5（第七冊:平裝）

857.27　　100022409

古籍今注新譯叢書

新譯聊齋誌異選(七)

注譯者　付岩志　王光福
校閱者　袁世碩

發行人　劉振強
出版者　三民書局股份有限公司
地　址　臺北市復興北路386號(復北門市)
　　　　臺北市重慶南路一段61號(重南門市)
電　話　(02)25006600
網　址　三民網路書店 https://www.sanmin.com.tw

出版日期　初版一刷 2015年2月
　　　　　初版二刷 2022年6月
書籍編號　S033910
ISBN　978-957-14-5987-5

新譯聊齋誌異選　目次

第七冊

尸變

陽信❶某翁者，邑之蔡店人。村去城五六里，父子設臨路店，宿行商。有車夫數人，往來負販，輒寓其家。

一日昏暮，四人偕來，望門投止❷，則翁家客宿邸❸滿。四人計無復之，堅請容納。翁沈吟思得一所，似恐不當客意。客言：「但求一席廈宇❹，更不敢有所擇。」時翁有子婦新死，停尸室中，子出購材木❺未歸。翁以靈所室寂，遂穿衢導客往。入其廬，燈昏案上；案後有搭帳衣❻，紙衾❼覆逝者。又觀寢所，則複室❽中有連榻。四客奔波頗困，甫就枕，鼻息漸粗，惟一客尚矇矓。忽聞靈牀上察察有聲，急開目，則靈前燈火，照視甚了：女尸已揭衾起；俄而下，漸入臥室。面淡金色，生絹抹額❾。俯近榻前，偏吹臥客者三。客大懼，恐將及己，潛引被覆首，閉息忍咽以聽之。未幾，女果來，吹之如諸客。覺出房去，即聞紙衾聲。出首微窺，見僵臥猶初矣。客懼甚，不敢作聲，陰以足踏諸客，而諸客絕無少動。顧念無計⑩，不如著衣以竄。裁起振衣⑪，而察察之聲又作。客懼，復伏，縮首衾中。覺女復來，連續吹數數⑫始去。

少間，聞靈牀作響，知其復臥。乃從被底漸漸出手得褲，遽就著之，白足⑬奔出。尸亦起，似將逐客。比其離幃，而客已拔關⑭出矣。尸馳從之。客且奔且號，村中人無有警者。欲叩主人之門，又恐遲為所及。遂望邑城路極力竄去。至東郊，瞥見蘭若⑮，聞木魚聲，乃急撾山門。道人⑯訝其非常，又不即納。旋踵⑰，尸已至，去身盈尺，客窘益甚。門外有白楊，圍四五尺許，因以樹自幛，彼右則左之，彼左則右之。尸益怒。然各寖倦⑱矣。尸頓立。客汗促氣逆⑲，庇樹間。尸暴起，伸兩臂隔樹探撲之。客驚仆。尸捉之不得，抱樹而僵。

道人竊聽良久，無聲始漸出，見客臥地上。燭之，死⑳，然心下絲絲有動氣。負入，終夜始甦。飲以湯水而問之，客具以狀對。時晨鐘㉑已盡，曉色迷濛，道人覘㉒樹上，果見僵女。大駭，報邑宰㉓。宰親詣質驗。使人拔女手，牢不可開。審諦之，則左右四指並捲如鉤，入木沒甲。又數人力拔，乃得下。視指穴，如鑿孔然。遣役探翁家，則以尸亡客斃，紛紛正譁。役告之故。翁乃從往，舁尸歸。客泣告宰曰：「身㉔四人出，今一人歸，此情何以信鄉里？」宰與之牒㉕，齎㉖送以歸。

【注釋】❶陽信　縣名，今屬山東濱州。❷望門投止　看到人家，便去投宿。語出《後漢書・張儉傳》：「儉得亡命，困迫遁走，望門投止，莫不重其名行，破家相容。」止，宿。❸邸　旅舍。❹一席廈宇　廊簷下的一席之地。廈，房子後面突出的部分，即前廊後廈。宇，屋簷，泛指房屋。❺材木　棺材。❻搭帳衣　古時喪禮，親友贈送給死者的衣物。宋高承《事物紀原》卷九〈含襚〉：「凡始死，以珠玉實口中曰含，以衣衾贈死者曰襚，襚即今俗謂搭衣架是也。」所搭衣衾，稱為搭帳衣。❼紙衾　紙被。衾，被子，這裡指用來覆蓋屍體的東西。❽複室　指套間中的裡間屋。❾生絹抹額　用絲巾包著前額。生絹，未漂煮過的絹。❿顧念無計　無計可施。⓫振衣　抖衣服，這裡指穿衣。⓬數數　很多次。⓭白足　光腳。⓮關　門閂。⓯蘭若　佛寺。原意是森林，引申為「寂靜處」、「空閒處」、「遠離喧囂處」。⓰道人　這裡指和尚。葉夢得《石林燕語》：「晉宋間佛教初行，未有僧稱，通曰道人，自稱則曰貧道。」⓱旋踵　掉轉腳跟，這裡指極短的時間。⓲寖倦　漸漸疲倦。

寖，逐漸。⑲氣逆　氣喘吁吁。⑳死　這裡指昏死過去。㉑晨鐘　寺廟裡早晨用以報時的鐘聲。㉒覘　偷偷地察看。㉓邑宰　縣邑之長，即縣令。㉔身　我；自己。㉕牒　文書；證件。㉖齎　送禮物給別人。

【語譯】有位老翁是山東陽信蔡店村人。村子距離縣城有五六里地，父子倆開了家路邊店，為來往的客商提供住宿。有幾個往來販運貨物的車夫，經常住在他們的客店裡。

一天黃昏，四位車夫一起來投宿，但老翁的店裡已經住滿了。車夫們想無處可去，便再三請求住下。老翁低頭沉思，想到一個地方，但恐怕不合車夫們的心意。車夫們說：「只要在廊簷下有張床就行，不敢再挑揀了。」當時，老翁的兒媳婦剛死，屍體停放在屋裡，兒子外出買棺材還沒回來。因為靈堂需要安靜，老翁就帶著車夫們穿過屋旁的路前去客房。走進屋裡，桌子上燈光昏暗，桌後張著帳幔，紙做的被子覆蓋著死者。再看看睡覺的地方，只見套間裡有一溜床鋪。四人奔波勞頓，十分疲勞，頭一挨枕頭就陸續響起鼾聲。只有一個人還朦朦朧朧地沒睡著。他忽然聽到靈床上有「嚓嚓」的聲音，急忙睜開眼，只見靈床前的燈光照得很清楚：女屍已經揭開被子爬起來；一會兒就下了床，然後走進臥室。她臉色淡黃，用絲巾包著前額。她俯身靠近床前，朝睡著的那三個車夫吹氣。醒著的那人十分恐懼，害怕女屍要來吹自己，暗地裡拉被子蓋住頭，屏住呼吸，強忍吞咽，豎起耳朵聽著。沒多久，女屍果然來了，像吹那三個車夫一樣朝他吹氣。他感到女屍走出臥室，又聽到紙被子翻動的聲音。他探出頭來偷看，只見女屍還像以前那樣僵臥著。那人害怕極了，不敢出聲，暗中用腳踢那幾個同伴，可同伴們一動不動。他想著無計可施，還不如穿上衣服逃出去。剛要起來穿衣服，「嚓嚓」聲又響起來了。那人感到害怕，又躺下了，把頭縮進被子裡。覺得女屍又來了，連續吹了好幾次才離開。

一會兒，聽到靈床上有了響聲，知道女屍又躺下了。他才從被子裡慢慢伸出手來，摸著褲子，匆忙穿上，赤著腳就往外跑。女屍也起來了，好像要追趕他。女屍剛離開帳幔，那人已經撥開門閂出去了。女屍飛快地追上來。那人邊跑邊喊，可村裡沒有人醒來。他想敲打店主的門，但又怕慢了被趕上，只好極力向通往縣城的大路跑去。到了縣城東郊，看到一座寺廟，聽到裡面傳出木魚聲，那人便急促地拍打廟門。和尚對他的不同尋常感到驚訝，沒有立即開門。剛轉身的工夫，女屍就到了跟前，離他只有一尺多遠。那人更狼狽了。廟門外有棵白楊樹，大約四五尺粗，他便用樹作為屏障，女屍從右面來，他就往左面去，女屍從左面來，他就往右面去。女屍更憤怒了。但彼此都漸漸疲倦了。女屍木立著，那人大汗淋漓，氣喘吁吁，靠在樹上。女屍猛地躍起，伸出雙手，隔著樹向他撲去。那人嚇得跌倒在地。女屍抓不到人，僵硬地抱著樹幹。

廟裡的和尚偷聽了很久，沒有聲響才慢慢地走出來，發現那人倒在地上。舉蠟燭一照，見他已經昏死過去了，但心窩還在怦怦跳動。和尚把他背進廟裡。那人直到天明才甦醒過來。和尚餵他喝了點水，問他怎麼回事。那人便把經過告訴了和尚。這時，寺廟裡清晨的鐘聲已經響過，天色依然是一片朦朧，和尚出去看看樹上，果然看見僵硬的女屍。他大吃一驚，報告了縣令。縣令親自前來查驗。他叫人拉開女屍的手，卻緊緊地沒能扳開。仔細一看，發現左右手各有四個像鉤子般蜷曲的手指，指甲深深地紮進樹裡。再找幾個人用力去拔，終於拔下來了。看那手指紮出的洞，就像鑿子鑿的孔一樣。縣令派差役到老翁的店裡查看，那裡正因為屍體丟失、旅客死亡而喧譁紛鬧。差役告訴其中緣故。老翁就跟隨差役前往寺廟，把屍體抬回家。那人哭著對縣令說：「我們一行四人外出，現在我一個人回去，這種遭遇怎麼能讓鄉親們相信呢？」縣令便給他出具了一份證明，並贈送盤費讓他回家了。

【研　析】「聊齋」是蒲松齡的書齋名，「誌異」是點明書的性質。《聊齋誌異》就是蒲松齡寫的記錄奇事異聞的書。如果拋開書的「孤憤」與「寄託」，僅僅著眼於一個「異」字，這篇〈尸變〉可以算是比較典型的一篇「誌異」之作。

文學作品就是製造矛盾並隨即解決矛盾。陽信蔡店的某翁和兒子，在離縣城不遠的地方開了一家客店供來往客人住宿，可是這一天他的兒媳婦死了，兒子外出購買棺木沒有回來。照理說女子停屍的房子裡是不應該住進任何陌生人的，但是四個做買賣的車夫是這裡的老顧客，往前走，縣城已經關閉了城門；退回去，顯然道理上更說不過去。面對這一對矛盾，某翁怎麼辦？是根據風俗習慣將客人堅拒於門外，還是與人方便讓他們住進兒媳婦的停屍房？他選擇了後者。

這樣看來，矛盾似乎解決了。在解決這一矛盾的時候，我們不要忘了一個沒有出場的關鍵人物——某翁的兒子。他如果在家，不管是為了照顧人情還是為了牟取暴利，是決計不會讓外來的人住進妻子停屍房的。所以，他的不在場是矛盾解決的重要條件。「子出購材木未歸」，寥寥數字，意思卻至關重要，如果沒有這幾個字，矛盾的解決方式可能是另一個樣子，我們現在看到的故事就進行不下去了。不管這個故事是蒲松齡聽來的，還是他自己編造的，講述人都是個老於世情並深諳敘事技巧的細心之人。

小說寫「翁沈吟思得一所，似恐不當客意」，由此看來，讓客人住到兒媳婦的停屍房裡，是這某翁的主意而不是客人的要求。客人對這個安排也是同意的。他們奔波勞頓，就枕即睡。如果真是都睡著了，故事也就沒法延展下去了。偏偏有一位客人不知是年輕力盛還是心生恐懼，沒能立即睡去：「尚朦矓。」這三個字太好了，沒有這三個字，就不會使下面的故事似真似幻，如此緊張刺激；沒有這三個字，客人們都死光了，誰還把這精彩的故事傳播出來呢？所以，在讀者看來貌似漫不經心的三個字，在作者筆下卻是有千鈞之力的。接著，通過這位醒著的客人的眼睛，我們看到了女屍的形象和動作，「面淡金色，生絹抹額。俯近榻前，偏吹臥客者三」，馮鎮巒於此評價道：「深夜讀至此，紙暗燈昏，令人毛髮森立。」這樣的形象、動作、聲音，接觸一次就夠了，可蒲松齡偏偏不讓我們的神經得到鬆弛，他一連讓我們吃驚了兩次，並且第二次的吹氣次數比第一次還要多。不知是這位客人命不該絕，還是他的「閉息忍咽」功夫達到了一定的境界，他終於沒有被女屍吹死而光腳逃命去了。

客人在前邊跑，女屍在後邊追。照理說他「且奔且號」，村子裡應該有人聽到並出來解圍。如果那樣，緊張的故事也就不再緊張了。所以，蒲松齡說「村中人無有警者」。村中人為什麼沒有聽到的呢？當然首先是為了故事的需要，蒲松齡不願村人聽到。其次，也不能排除這樣一種可能，即這位客人自覺已經盡力呼喊了，其實因為過度驚嚇，他並沒有發出意念中應有的聲音。他還有一個想法，「欲叩主人之門」請求援助。但是距離太短，又怕被女屍追上，所以只好拼命往縣城方向跑。他之所以往縣城方向跑而不是相反的方向，是因為，一，他知道縣城大道上人多，可能得到幫助；二，東郊有一座佛寺，高僧們是能夠降妖伏魔的。可是越在緊張的時候，蒲松齡越是和我們逗著玩兒。僧人雖然開了門，見到了這位狂奔逃命的客人，卻偏偏「訝其非常，又不即納」。

一般讀者讀到這裡，可能緊張極了，說不定還會咒罵這個不識輕重緩急的僧人。可是作為文學作品的老讀者，我們讀到這裡不但不緊張，還會破顏一笑。這是蒲松齡又在和我們玩文字遊戲了，他讓我們過於緊張的神經鬆弛一下，然後再度緊張起來。一張一弛，文武之道，蒲松齡深諳藝術之妙諦。

好在天無絕人之路，僧人無情而楊樹有用。客人和女屍隔著樹捉起了迷藏。終於，客人和女屍都累了，最好的結局是各自罷手。但這只是生活的最好結局，卻不是藝術的最佳處理。因此，蒲松齡讓女屍來了最後一擊，客人來了最後一仆。女屍僵住了，如同電影上的特寫鏡頭。

看到這裡，我們以為矛盾的解決方法是同歸於盡。但我們不要忘了那位僧人，佛畢竟是慈悲的。他把僵臥的客人背入寺中，施行救治，客人活了過來，把故事講給他聽。他出門再看女屍，大驚失色，趕緊報告了陽信知縣。縣令親自勘察驗屍。女屍的兩手都插入樹中，如果不是屍體而是真人，是絕對沒有如此功力的。後來，某翁趕來把兒媳婦的屍體抬了回去，那位客人也拿著縣令開具的證明和盤費回家去了。至此，矛盾得到了最後的解決。

類似的故事，清人東軒主人的《述異記》中也有記載，不過那位僵屍不是媳婦而是丈夫。他殺人的手段不是往人臉上吹氣，而是把自己的手在燈上熏黑，然後塗抹到熟睡者的臉上，被塗者就會死去而不再甦醒。

女屍也罷，男屍也罷，柳泉居士也罷，東軒主人也罷，真是「戲法人人會變，巧妙各有不同」。

噴水

萊陽宋玉叔❶先生為部曹❷時，所僦❸第，甚荒落。一夜，二婢奉太夫人宿廳上，聞院內撲撲有聲，如縫工之噴衣者。太夫人促婢起，穴窗窺視，見一老嫗，短身駝背，白髮如帚，冠一髻，長二尺許，周院環走，竦急作鶴步❹，行且噴，水出不窮。婢愕返白。太夫人亦驚起，兩婢扶窗下聚觀之。嫗忽逼窗，直噴櫺內。窗紙破裂，三人俱仆，而家人不之知也。

東曦❺既上，家人畢集，叩門不應，方駭。撬扉入，見一主二婢，駢死❻一室。一婢鬲下❼猶溫。扶灌之，移時而醒，乃述所見。先生至，哀憤欲死。細窮歿處，掘深三尺餘，漸露白髮；又掘之，得一尸，如所見狀，面肥腫如生。令擊之，骨肉皆爛，皮內盡清水。

【注　釋】❶宋玉叔　清初詩壇六大家之一的宋琬（西元一六一四—一六七三年），字玉叔，號荔裳，山東萊陽人，順治四年（西元一六四七年）進士，官至四川按察使。❷部曹　京師各部的屬官。宋琬曾任戶部河南司主事、吏部稽勳司郎中等職，故稱部曹。❸僦　租賃。❹竦急作鶴步　像白鶴那樣快步急走。❺東曦　初升的太陽。古代神話中太陽神的名字叫曦和，駕著六條無角龍拉的車子在天空馳騁。❻駢死　同死。❼鬲下　胸腹之間。鬲，同「膈」。

【語　譯】山東萊陽的宋玉叔先生，在京城任部曹時，所租賃的房子十分簡陋。一天晚上，兩個丫環陪伴太夫人在大廳裡歇息，聽到院子裡有「撲、撲」的聲音，好像裁縫在噴水熨衣服。太夫人叫丫環趕快起床。丫環戳破窗紙偷偷往外看，看見一個老婦人，身材矮小，駝背，滿頭白髮如掃帚一樣披散著，頭頂盤著二尺多長的髻子，繞著院子轉圈，像白鶴那樣快步急走，邊走邊噴水，水總是噴不完。丫環驚訝地回來稟告。太夫人也慌忙起床，兩個丫環扶著她走到窗下聚在一起觀望。老婦人忽然逼近窗前，直接把水向窗裡噴，窗紙破裂，三人都倒了下去，但家人都不知道。

直到太陽升起，家人聚集在一起，敲太夫人房門也沒人答應，這時大家驚慌起來。撬開房門，只見太夫人和兩個丫環並排死在房間裡。其中一個丫環心窩還有點溫暖，就扶著給她灌水，過了一會兒才蘇醒過來。她向大家講述了昨夜見到的事情。宋先生也來了，悲憤欲死。經過仔細勘查，發現了埋葬那老婦人的地方，往下深挖三尺多，漸漸露出白髮；再挖下去，發現一具屍體，正如丫環所見的一樣，面目浮腫，還像活著的人。宋先生命人搗毀它，女屍的骨肉都已腐爛，皮內都是清水。

【研　析】和〈尸變〉篇一樣，這篇〈噴水〉也是一篇純粹的「誌異」之作。不同的是，前一篇所記是無名無姓的普通百姓之事，此篇所寫則是大名鼎鼎的清初著名詩人宋琬的家事。

宋琬於清順治四年（西元一六四七年）考中進士，曾做過一段時間的京官。據此篇所記，在京期間他和家人租住在一座荒落的宅子裡，某天夜裡，發生了這件駭人聽聞的噴水鬼害人的故事。

仔細看起來，這個故事和前一篇〈尸變〉有著驚人的相似之處。首先，兩篇所寫，都是死屍作怪。只不過〈尸變〉篇是剛死之屍，此篇是久死之屍，兩篇所寫都是女屍。其次，兩篇都從故事中人的眼裡看到了令人恐怖的死屍的容貌和動作。〈尸變〉篇的女屍是「面淡金色，生絹抹額。俯近榻前，徧吹臥客者三」；此篇的女屍是「短身駝背，白髮如帚，冠一髻，長二尺許，周院環走，竦急作鶴步，行且噴，水出不窮」。在〈尸變〉篇中，只寫「徧吹臥客」，而沒有寫吹氣的聲音；在此篇中，蒲松齡用一個非常精彩的比喻來寫女屍的噴水聲：「聞院內撲撲有聲，如縫工之噴衣者。」現在的人對此比喻可能已覺隔膜，大約是用燒熱的熨鐵熨燙衣物時用嘴在衣物上噴水的情景。第三，在〈尸變〉中，四位客人被女屍用氣吹死了三個，剩下一個僥倖活了下來，成為故事的講述者；在此篇中，二婢一主三人被女屍用水噴倒，其中一婢一主死去，另外一婢經搶救活了下來，她也成為了故事的講述者。由此可見，這兩篇故事在《聊齋誌異》中緊相聯屬，當是同一時期的作品。

最後，宋琬趕來，挖開女屍的藏身之處，掀出女屍，將之擊爛，女屍就像一個大皮囊，滿身都是清水。這是一個什麼人的屍體呢？蒲松齡沒有說，給我們留下了想像的餘地，每個人都可以根據自己的生活閱歷進行合理的想像。

評點家但明倫在評點此篇時，還講了一個有趣的故事：「都中第宅，原多怪異之事。宣武門外有一宅，久無人敢居。某部郎以膽略自矜，居之。夜秉燭坐，桌上現一人頭。某方按劍欲擊之，忽見頭上又累一頭，瞬息間，已累接梁上矣。翌日乃遷去。」蒲松齡所寫的〈噴水〉雖然形象生動，但終究缺少美感。但明倫所講之事，儘管短小，卻怪而不惡，頗具怪異之美。清代大詩人王漁洋評論此篇說：「玉叔襁褓失恃，此事恐屬傳聞之訛。」意思是說，宋琬還是嬰兒的時候，其母親就去世了，而此篇卻寫到他在京城做官時其母親的生活，因此，這可能是把其他人的事情誤安到他頭上了。王漁洋比宋琬小二十歲，是同時代人，他的說法是不會錯的。蒲松齡即使不知道宋家的家庭情況，看到王漁洋的批語後為什麼沒有指出傳聞之誤呢？再說蒲松齡雖然比宋琬小二十六歲，可他寫這篇故事的時候說不定宋琬還在世，對這樣一位當代大名人，蒲松齡為什麼敢記其這樣一則荒誕無稽的故事呢？我們不得而知，有興趣的讀者，可以對此作進一步的探討研究。

山魈❶

孫太白嘗言：其曾祖肄業❷於南山柳溝寺。麥秋旋里❸，經旬始返。啟齋門，則案上塵生，窗間絲滿。命僕糞除❹，至晚始覺清爽可坐。乃拂榻，陳臥具，扃扉就枕，月色已滿窗矣。輾轉移時，萬籟俱寂。忽聞風聲隆隆，山門豁然作響。竊謂寺僧失扃❺。注念間，風聲漸近居廬，俄而房門闢❻矣。大疑之。思未定，聲已入屋；又有靴聲鏗鏗然，漸傍寢門。心始怖。

俄而寢門闢矣。急視之，一大鬼鞠躬塞入，突立榻前，殆與梁齊。面似老瓜皮色，目光睒閃❼，遶室四顧；張巨口如盆，齒疏疏❽長三寸許；舌動喉鳴，呵喇之聲，響連四壁。公懼極，又念咫尺之地，勢無所逃，不如因而刺之。乃陰抽枕下佩刀，遽拔而斫之。中腹，作石缶聲。

鬼大怒，伸巨爪攫公。公少縮，鬼攫得衾，捽❾之，忿忿而去。公隨衾墮，伏地號呼。

家人持火奔集，則門閉如故，排窗入，見狀，大駭。扶曳登牀，始言其故。共驗之，則衾夾於寢門之隙。啟扉檢照，見有爪痕如箕❿，五指着處皆穿。既明，不敢復留，負笈⓫而歸。後問僧人，無復他異。

【注　釋】❶山魈　傳說中山裡的鬼怪。晉葛洪《抱朴子・登涉》：「山精形如小兒，獨足向後，夜喜犯人，名曰魈。」❷肄業　修習課業。古人書所學之文字於方版謂之業，師授生曰授業，生受之於師曰受業，習之曰肄業。❸旋里　返回故鄉。❹糞除　打掃；清除。❺失扃　忘記插門。❻闢　開。❼睒閃　晶瑩閃亮。常用來形容鬼怪、精靈的目光。❽疎疎　疏疏落落。❾捽　揪；抓。❿箕　即簸箕，是用竹篾、柳條或鐵皮等製成的揚去糠麩或清除垃圾的器具。⓫負笈　背著書箱。笈，用竹、藤編織用以放置書籍、衣物等物品的箱子。

【語　譯】孫太白曾經講過一件事：他的曾祖父在南山柳溝寺讀書。麥收季節回家，十天才回去。打開書齋門，只見書桌上滿是灰塵，窗戶掛滿蜘蛛網。於是吩咐童僕打掃，直到晚上才覺得房舍清潔，可以坐下休息。他拂拭床鋪，擺好臥具，關門睡覺。這時，月光已經滿窗了。他在床上翻來覆去，一時沒能入睡，室外靜寂無聲。忽然聽見風聲隆隆，把山門都吹出響聲。他懷疑僧人忘記關上門閂了。正在想著，風聲漸漸靠近臥室，一會兒房門被吹開了。他心裡疑惑。還沒想明白，聲音已經進了屋；又聽到清晰的靴子聲，漸漸靠近房間的門口。他頓時感到害怕。

不久，寢室的門打開了。急忙一看，只見一個大鬼彎著腰擠了進來，聳立在床前，身體幾乎有屋樑那麼高，臉像老瓜皮，目光閃爍，繞著房間四周看；張開如盆大口，疏疏落落的牙齒有三寸多長；搖動著舌頭，喉嚨發出「呵喇呵喇」的聲音，聲音在房間四壁迴響。他害怕極了，又想到這麼近的距離，勢必無法逃脫，還不如找機會刺殺它。於是暗中從枕下抽出佩刀，快速拔出來向怪物砍去。砍中它的腹部，發出像砍在石缶上一樣的響聲。怪物大怒，伸出巨爪抓他。他稍微往後退縮，怪物抓住了被子，揪起來，然後忿忿地走了。他從被子裡滑落在地上，趴在地上呼救。

家人拿著火把跑過來，這時房門還關著，就推開窗戶進入，見到他的模樣，大為驚駭。大家把他扶起攙上床，他才把遇上鬼怪的經過說了出來。大家四下檢查，發現被子夾在房間的門縫裡。開門細看，只見殘留的爪痕有簸箕那麼大，五指抓過的地方都穿透了。天亮後，他不敢再留在寺裡，背起書箱回家去了。後來問僧人，也沒有其他怪異的情況。

【研　析】〈山魈〉也是一篇純粹「誌異」的驚悚之作。

蒲松齡在〈聊齋自志〉中說：「才非干寶，雅愛搜神；情類黃州，喜人談鬼。聞則命筆，遂以成編。久之，四方同人，又以郵筒相寄，因而物以好聚，所積益夥。」在此，蒲松齡指出了《聊齋誌異》中某些故事的來源：「聞」，親耳聽來的；「寄」，朋友寄來的。這篇〈山魈〉上來第一句就說「孫太白嘗言」，這明確告訴我們，此故事他是從孫太白那裡聽來，然後記錄整理成文的，也就是所謂「聞則命筆，遂以成編」。

既然是「聞則命筆」，命筆之時就一定會經過蒲松齡的消化、吸收和提煉、昇華。這篇故事雖然簡短，也並沒有什麼深刻的寓意，但其故事情節，卻生動、緊張，能產生很強的閱讀效果。這就是藝術家的超人之處，即使普普通通的素材，到了他們手下，隨意輕輕點化，就能滿紙生色，迷離了讀者的眼睛。

孫太白的祖上是典型的耕讀之家。他的祖父在小麥收割的季節回家務農，而在農閒時到南山裡的柳溝寺中讀書學習，準備科舉的學業。我們不知道他這是第幾次到柳溝寺讀書了，我們只知道他這一次的經歷確實與往次不同，因為他碰上了山魈。山魈是一種傳說中的山怪，「形如小兒，獨足向後，夜喜犯人」。果然，它在晚上就來冒犯孫公了。蒲松齡對此進行了精彩的描寫。

我們說這段文字精彩，首先是因為它「未見其人先聞其聲」的細緻描寫。孫公是讀書人，自然喜歡清雅的環境。所以，他把房間打掃得乾乾淨淨，清爽可坐。晚上上床休息，窗外月色滿窗。這真是靜而雅的良辰美景。可是，就在這萬籟俱寂之時，他突然聽到了隆隆的風聲，把山門吹動得豁豁作響。這還不要緊，因為根據以往的經驗，寺僧忘了關山門的事也是經常發生的。但是這次確實有些不同，因為風颺到了房前，並且把房門都給吹開了。這麼大的風聲，細聽「鏗鏗」的靴子聲。所以，孫公不覺真的害怕起來。這段簡短的聲音描寫，大得宋人歐陽脩〈秋聲賦〉之趣。

其次是因為其生動逼真的「人物」形象描寫。鬼怪的身高是「與梁齊」，面貌是「老瓜皮色」，巨口「如盆」大小，牙齒有「三寸許」，喉嚨間是「呵喇」之聲。蒲松齡就是用這些讀者常見習聞的事物，來對這一鬼怪進行描寫，使人不但如聞其聲，還使人能夠如見其「人」。這也增加了此文的藝術感染力。馮鎮巒於此評價說：「聊齋作險怪語，儼見奇鬼森立紙上。」

致。

第三是因為其精彩的搏鬥場面。文字雖然簡短，卻兔起鶻落，大有《水滸傳》中武松打虎之致。

第四是餘音裊裊的結尾藝術。被子夾在門縫裡，上面有簸箕大的爪痕，並且五指洞穿。來無蹤，去無影，這是一個什麼怪物呢？文章題目雖然叫「山魈」，卻給人留下了很充分的想像空間，讓人們根據各自的生活見聞去猜測揣摩。所以，評點家何守奇就說：「竊意此非山魈。」

除了上述幾點，此篇在寫作上還有一個特點是人稱代詞的省略。文章從「麥秋旋里」到「響連四壁」，二百數十字，竟然一氣呵成，沒有任何人稱代詞，這在古代小說寫作中實不多見。或許這是因為情節緊張而導致的敘述風格。讀這樣通篇不見人稱代詞的文字，是不是「別有一般滋味在心頭」呢？

咬鬼

沈麟生云：其友某翁者，夏月晝寢，矇矓間見一女子搴簾❶入，以白布裹首，縗服❷麻裙，向內室去。疑鄰婦訪內人者，又轉念何遽以凶服入人家？正自皇惑，女子已出。細審之，年可三十餘，顏色黃腫，眉目蹙蹙然❸，神情可畏。又逡巡❹不去，漸逼臥榻。遂偽睡以觀其變。無何，女子攝衣登牀，壓腹上。覺如百鈞重，心雖了了，而舉其手，手如縛；舉其足，足如痿❺也。急欲號救，而苦不能聲。女子以喙嗅翁面，顴、鼻、眉、額殆徧。覺喙冷如冰，氣寒透骨。翁窘急中思得計，待嗅至頤頰，當即因而齧之。未幾，果及頤。翁乘勢力齕❻其顴，齒沒於肉。女負痛身離，且掙且啼。翁齕益力。但覺血液交頤，溼流枕畔。相持正苦，庭外忽聞夫人聲，急呼有鬼。一緩頰，而女子已飄忽遁去。夫人奔入，無所見，笑其魘夢之誣❼。翁述其異，且言有血證焉。相與檢視，如屋漏之水，流枕浹❽席。伏而嗅之，腥臭異常。翁乃大吐。過數日，口中尚有餘臭云。

【注釋】❶搴簾　掀開簾子。❷縗服　喪服。❸蹙蹙然　憂愁不悅的樣子。❹逡巡　因為有所顧慮而徘徊不前。❺痿　麻痺。❻齕　咬。❼魘夢之誣　惡夢的幻覺。❽浹　溼透。

【語譯】沈麟生講過一個故事：他有一位老年朋友，夏天午睡，朦朧間看見一個女子掀開門簾走進屋裡。那女子用白布裹著頭，胸前披著服喪的麻條，下身穿著麻裙，向內室走去。老人原以為是來找自己妻子的鄰家婦女，又轉念一想，哪有穿著喪服到別人家的？正在驚疑的時候，那女子已經從內室走了出來。仔細一看，她大約三十多歲，臉色黃腫，眉目間滿含憂愁，神情令人生畏。她在屋裡徘徊沒有離開，慢慢逼近老人的床邊。老人假裝睡著，以便觀察她的舉動。一會兒，那女子挽起衣裙上床，壓在他的肚子上，只覺得有二三百斤重。他雖然頭腦清醒，但要舉手，手像被捆著；要抬腳，腳像麻痺了一樣。他急得想喊救命，又苦於不能出聲。那女子用嘴去親他的臉，把面頰、鼻子、眉毛、額頭都吻遍了。老人覺得她的嘴像冰那樣冷，寒氣直透骨髓。他在窘迫危急之中想出辦法，待她吻到腮邊，就趁機咬住她。一會兒，她果然吻他的腮邊。老人趁勢使勁咬住她的顴骨，牙齒都嵌到肉裡。那女子感到疼痛，離開他的身體，邊掙扎邊哭。老人咬得更加用力了。只覺得血液粘在腮邊，把枕頭都弄溼了。正在相持間，忽然聽到夫人在庭外的聲音，急忙大叫有鬼。一鬆口，那女子就飄飄忽忽地逃走了。夫人跑進屋裡，沒看見什麼，於是笑丈夫白日做惡夢了。老人詳細訴說了怪異之事，並說有血為證。兩人一同察看，血像漏進屋裡的雨水，流滿枕席。老人俯身去聞，腥臭異常，禁不住大吐一陣。過了幾天，口中還有餘臭。

【研　析】〈咬鬼〉仍是一篇聽來的純粹「誌異」的驚悚作品。

《聊齋誌異》中，人和鬼打交道的篇什很多，唯獨此篇最別致。一個鬼來祟人，而人卻用嘴巴咬住了鬼的嘴巴；人是男人，鬼是女鬼，這豈不很有味道？

關於夢魘，網路上有這樣的解釋：常聽到很多人說：「昨晚讓夢魘著了，沒有睡好覺。」彷佛有一種不可知的力量在壓迫著你，使你無法呼吸暢通。人們想要擺脫這種夢魘，但卻無法睜開眼睛，無法動彈。直到人們感覺再也無法忍受時，才會睜開雙眼，擺脫困境。魘，通常指嚇唬人們的鬼怪；那麼夢魘，就是指人們被睡魔嚇著了。唐韓愈〈陪杜侍御遊湘西兩寺獨宿有題一首因獻楊常侍〉：「猶疑在波濤，怵惕夢成魘。」明屠隆《曇花記．禮佛求禳》：「清閨夢魘，曉黛愁蛾斂，漸香肌疲損腰纖。」由此看來，某翁之夫人笑某翁「魘夢之誣」，是一點也不冤枉某翁的。

不過，讀此篇，我們還是有兩點需要說明。第一，這是個夢魘是確定無疑的。可是，我們都有過夢魘的經歷，夢醒之後卻不會真的發現夢中留下的痕跡。而此篇卻不同，某翁醒後，告訴夫人夢中之事，夫人果真在枕席之上發現了血證，如屋漏之水。第二，如果遇到夢魘，醒來之後口中有些異味也是常有之事，卻絕不會如此文所言，「腥臭異常」、「過數日，口中尚有餘臭」。根據我們的經驗，顯然這是蒲松齡為了增強故事的真實性，而故意地添枝加葉、筆補造化而成。但明倫對此鬼有過一個精彩總結：「顏色黃腫，是一醜鬼；眉目蹙蹙，是一哭鬼；登床壓腹，是一冒失鬼；喙嗅人面，是一饞嘴鬼；冷如冰氣，是一喪心鬼；被人齕齩，是一沒臉鬼；血流腥臭，是一齷齪鬼：合之，只是一白日鬼。」

捉狐

孫翁者，余姻家清服之伯父也，素有膽。一日，晝臥，彷彿有物登牀，遂覺身搖搖如駕雲霧。竊意無乃魘狐❶耶？微窺之，物大如貓，黃毛而碧嘴，自足邊來。蠕蠕伏行❷，如恐翁寤。逡巡附體：着足，足痿；着股，股耎；甫及腹，翁驟起，按而捉之，握其項。物鳴急，莫能脫。翁亟呼夫人，以帶繫❸其腰。乃執帶之兩端，笑曰：「聞汝善化❹，今注目在此，看作如何化法。」言次，物忽縮其腹，細如管，幾脫去。翁大愕，急力縛之；則又鼓其腹，粗於椀，堅不可下；力稍懈，又縮之。翁恐其脫，命夫人急殺之。夫人張皇四顧，不知刀之所在。翁左顧，示以處。比回首，則帶在手如環然，物已渺矣。

【注釋】❶魘狐　為狐所魘。❷蠕蠕伏行　像蟲子那樣慢慢爬行。❸繫　拴；捆。❹善化　善於變化。

【語　譯】孫翁，是我親家清服兄的伯父，向來很有膽量。一天，白天睡覺時，彷彿有個東西爬上床來，於是覺得身體飄飄搖搖，像是騰雲駕霧一樣。心裡暗想：莫非是被狐精魘住了？偷偷一看，那個怪物有貓那樣大，黃色的毛，青綠色的嘴巴，從自己腳邊爬來。牠像蟲子那樣慢慢爬行，好像怕驚醒孫翁。牠悄悄地貼到孫翁身上：貼著腳，腳就麻痹；貼上大腿，大腿就癱軟；剛爬到腹部，孫翁突然躍起，用力一按，把它捉住了，隨即握住牠的脖子。怪物急促地叫著，不能逃脫。孫翁急忙叫妻子來，用帶子捆綁它的腰。孫翁緊握帶子的兩頭，笑著說：「聽說你善於變化，我現在專注地看著你，看你如何變化。」剛說完，怪物忽然收縮腹部，細得像管子，幾乎逃去。孫翁大驚，急忙用力拉緊帶子。怪物又鼓起腹部，脹得比碗還粗，而且硬得勒不下去。孫翁的力氣稍一鬆懈，怪物便又收縮。孫翁擔心它跑掉，便叫妻子趕快殺死牠。妻子四處張望，不知道刀在哪裡。孫翁望著左邊，示意刀就放在那裡。等回過頭來，只見手裡拿著一個像空環一樣的帶子，怪物已渺無影蹤了。

【研　析】鬼和狐是《聊齋誌異》中最常見的兩種藝術形象，上一篇寫的是〈咬鬼〉，這一篇寫的是〈捉狐〉，鬼和狐都寫到了。只是蒲松齡此時所寫的鬼狐形象還都是惡鬼邪狐的形象。這些作品都在《聊齋誌異》的開始部分，可見這都是蒲松齡的早期之作，還停留在誌怪記異的初級階段，通過這樣的長期練筆，小說的藝術性和思想性都得到了提高，才產生了後來的舉世傳誦之作。

這篇故事和前幾篇一樣，仍然是聽來的，不過這次是從親戚嘴裡聽來的，故事的可信度似乎更高了。其實，我們仔細分析，發現此篇和上一篇如同一個模子製造出來的，只是上一篇寫鬼，足如痿也」。此篇說邪狐附體，「着足，足痿；着股，股耎」。當然，蒲松齡是偉大的藝術家，就是相同的題材他也不會寫成相同的文章。前一篇寫鬼，著重寫其「重」，此篇寫狐，著重寫其「輕」。前一篇寫鬼，濁臭逼人；此篇寫狐，輕鬆幽默。這樣一來，兩篇文章雖然骨肉相同，面貌卻達到了各異的程度。

我們再來看這一段文字：「翁驟起，按而捉之，握其項。物鳴急，莫能脫。翁亟呼夫人，以帶繫其腰。乃執帶之兩端，笑曰：『聞汝善化，今注目在此，看作如何化法。』言次，物忽縮其腹，細如管，幾脫去。翁大愕，急力縛之；則又鼓其腹，粗於椀，堅不可下；力稍懈，又縮之。翁恐其脫，命夫人急殺之。夫人張皇四顧，不知刀之所在。翁左顧，示以處。比回首，則帶在手如環然，物已渺矣。」在那樣一個緊迫關頭，孫翁還能談笑自如，此人確實稱得上「有膽」。可惜丈夫雖然有膽，無奈妻子「無識」，竟然連把菜刀也找不到。就這樣，在丈夫和妻子的談話對答之中，狐狸一會兒變粗，一會兒變細，就像現在兒童常看的卡通電影，實在有趣極了。

文學作品首先要有趣味，具備了這一點，離走向優秀就不遠了。

莜中怪

長山❶安翁者，性喜操農功❷，秋間莜❸熟，刈堆隴畔。時近村有盜稼者，因命佃人乘月輦運登場❹，俟其裝載歸，而自留邏守，遂枕戈露臥。目稍瞑，忽聞有人，踐莜根咋咋作響。心疑暴客❺，急舉首，則一大鬼，高丈餘，赤髮鬡鬚❻，去身已近。大怖，不遑他計，踴身暴起，狠刺之，鬼鳴如雷而逝。恐其復來，荷戈而歸。迎佃人於途，告以所見，且戒勿往。眾未深信。

越日，曝麥於場，忽聞空際有聲，翁駭曰：「鬼物來矣！」乃奔，眾亦奔。移時復聚，翁命多設弓弩以俟之。翼日❼，果復來。數矢齊發，物懼而遁，二三日竟不復來。麥既登倉，禾稭雜遝❽，翁命收積為垛❾，而親登踐實之，高至數尺。忽遙望駭曰：「鬼物至矣！」眾急覓弓矢，物已奔翁。翁仆，齕其額而去。共登視，則去額骨如掌，昏不知人⑩。負至家中，遂卒。後不復見，不知其何怪也。

【注　釋】❶長山　舊縣名，在今山東鄒平。❷農功　農事，即農活。❸蕎　蕎麥。❹輦運登場　用手推車運到曬穀場。❺暴客　強盜；盜賊。《易・繫辭下》：「重門擊柝，以待暴客。」❻鬡鬙　鬅鬙蓬亂。❼翼日　明日；第二天。❽禾䕸雜遝　蕎麥秸散亂在地。雜遝，眾多雜亂的樣子。❾垛　合攏成堆的東西。❿不知人　不省人事；失去知覺。

【語　譯】山東長山的安老先生，喜歡從事農活。秋天蕎麥熟了，割下來的麥子堆放在田埂上。當時鄰近村莊有偷莊稼的，因此他吩咐佃農乘著月色用車把麥子運到曬穀場，等佃農裝好車回去，他自己留下來巡邏守護，枕著長槍露宿在曬穀場上。眼睛剛剛合上，忽然聽到有人，踩得蕎麥根「咋咋」作響。他懷疑是強盜，急忙抬起頭，看見一個大鬼，身高一丈多，紅色的頭髮，蓬亂的鬅鬙，離自己已經很近了。他心裡非常害怕，沒有時間考慮別的辦法，只好猛地跳起，舉槍狠狠地刺去，大鬼像打雷一樣大叫一聲逃掉了。安老先生害怕大鬼還會來，便扛起槍回家去。路上遇見了佃農，告訴他們自己遇見的事，並告誡他們不要再去了。大家並不十分相信。

過了一天，正在麥場上曬蕎麥，忽然聽到天上傳來響聲，安老先生驚叫道：「鬼怪來了！」拔腿就跑，大家也跟著跑。過了一會兒大家重新聚集在一起，安老先生讓眾人多帶弓箭等候著。又過了一天，大鬼又來了。眾人一齊放箭，大鬼害怕，逃跑了，連續幾天竟然不敢再來。蕎麥進倉後，剩下的麥稈散亂在地，安老先生讓大家收攏起來堆成一堆，並親自爬上去踩踏，使它堅實，已經有幾尺高。他忽然遙望驚呼：「鬼怪又來了！」大家急忙去找弓箭，大鬼已經撲向安老先生。安老先生摔倒，大鬼在他的額上咬了一口跑掉了。人們爬上麥稈堆，只見安老先生的額骨被咬去手掌大一塊，昏迷不醒，背到家裡就死了。此後再也沒見過這個鬼怪，也不知那是什麼怪物。

【研析】蒲松齡「誌怪」上了癮，停不下來了，〈莜中怪〉之怪，人們不知其為何怪，因為出在蕎麥田之間，所以暫稱之為「莜中怪」。

莜中怪雖然高大威猛、面目可怖，但卻不是不可以戰勝的。它初次到來之時，安翁「大怖，不遑他計，踴身暴起，狠刺之，鬼嗚如雷而逝」。這說明，安翁雖然害怕，但由於這種害怕突如其來，使他來不及顧及利害得失，下意識地踴身刺之，卻收到了克敵制勝的效果。後來就不同了，安翁有了別人的幫助，並且有了弓箭等銳利武器，他反而害怕了。害怕了不要緊，躲起來就是了，可是他又「性喜操農功」，一天不做農活就渾身不自在。因此，蕎麥堆越堆越高，讓別人上去他還嫌活兒幹得不俐落，非得自己上去不可。於是，他的死期到了。他被怪物咬去了額頭，死了。

評點家但明倫說：「莜中不知何怪，然再去再來，只奔此公，而後不復見。亦此公之死期將至，而後致此怪也。」這顯然是從天命運數角度做的解釋。如果那個怪物真是一個鬼怪，安翁也不是沒有取勝的機會，因為第一次他曾經戰勝過它，只是後來因為氣餒，才被它咬死。《史記・李將軍列傳》云：「廣出獵，見草中石，以為虎而射之，中石沒鏃，視之，石也。因復更射之，終不能復入石矣。廣所居郡聞有虎，嘗自射之。及居右北平射虎，虎騰傷廣，廣亦竟射殺之。」李廣突然看到草中的老虎，一箭射去，原來是石頭，箭頭都射進了石頭裡。可是，再射一次，因為知道是石頭了，箭就怎樣也射不進去了。安翁的狠刺怪物，與此是一個道理。突然見之，來不及多想，渾身的力量便自然凝聚起來，取得勝利。後來知道了真相，心有旁騖，精力不能集中，因此也就被鬼物所害。李廣終究是名將，所以即使被虎所傷，最終也能射死老虎。而安翁只是一很好的農工，最終免不了死亡的悲劇。或許這也是命運吧。

宅妖

長山李公，大司寇❶之姪也。宅多妖異。嘗見廈有春凳❷，肉紅色，甚修潤。李以故無此物，近撫按之，隨手而曲，殆如肉耎。駭而卻走，旋回視，則四足移動，漸入壁中。又見壁間倚白梃❸，潔澤修長。近扶之，膩然而倒，委蛇❹入壁，移時始沒。

康熙十七年，王生俊升設帳❺其家。日暮，燈火初張❻，生著履臥榻上。忽見小人，長三寸許，自外入，略一盤旋，即復去。少頃，荷二小凳來，設堂中，宛如小兒輩用粱䕸心所製者。又頃之，二小人舁一棺入，僅長四寸許，停置凳上。安厝❼未已，一女子率廝婢數人來，率細小如前狀。女子衰衣❽，麻綆束腰際，布裹首；以袖掩口，嚶嚶而哭，聲類巨蠅。生睥睨❾良久，毛森立，如霜被於體；因大呼，遽走，顛牀下，搖戰莫能起。館中人聞聲畢集，堂中人物杳然矣。

【注釋】❶大司寇　指刑部尚書李化熙。李化熙（西元一五九四—一六六九年），字五弦，明崇禎七年（西元一六三四年）中進士，任湖州推官、天津道尹、四川巡撫等職。入清後，官至刑部尚書。司寇，西周所置官，位次三公，與六卿相當，與司馬、司空、司士、司徒並稱五官，掌管刑獄、糾察等事。後世也用作刑部尚書的別稱。❷春凳　可供兩人坐用的長條凳子。❸白梃　白色木棍。❹委蛇　蜿蜒曲折。❺設帳　設館授徒。《後漢書・馬融傳》：「(融)常坐高堂，施絳紗帳，前授生徒，後列女樂，弟子以次相傳，鮮有入其室者。」❻燈火初張　剛剛掌上燈。❼安厝　停放靈柩待葬。厝，停柩，把棺材停放待葬，或淺埋以待改葬。❽衰衣　喪服。❾睥睨　窺伺。

【語譯】山東長山的李公，是刑部尚書李化熙的侄兒。他的住宅經常發生怪異之事。他曾經見過屋裡有條長板凳，肉紅色，光滑而又漂亮。李公因為家裡原來沒有這件東西，便走過去摸，按了一下，凳子隨著手的壓力而彎曲，幾乎像肉體那麼柔軟。他害怕起來，轉身就走。一會兒回頭再看，只見凳子的四條腿移動起來，漸漸走進牆壁裡面去了。還有一次，看見順牆靠著一條白色木棍，修長而光潔。走到跟前去扶它，木棍脫手滑落在地，蜿蜒著鑽向牆壁，一會兒就全進去了。

康熙十七年，書生王俊升在李公家執教。一天黃昏，剛掌上燈，王生穿著鞋躺在床上。忽然看見一個小人，身高三寸左右，從外面進來，在屋裡轉了一圈就走了出去。過了片刻，這個小人扛著兩張小凳進來，擺在大堂中間，凳子就像小孩子用高粱稈製作成的。又過了一會兒，有兩個小人抬著一口棺材進來，只有大約四寸長，放在凳子上。還沒停放完，一個女子領著幾個童僕、丫環進來了，這些人都和先前進來的小人那般細小。女子身穿喪服，麻索拴在腰上，白布裹頭；用衣袖掩著嘴，「嚶嚶」地哭泣，聲音就像大蒼蠅。王生斜著眼睛偷看了半天，毛骨悚然，身體冰冷。他大聲呼喊，急忙逃走，摔倒在床下，渾身顫抖，站不起來。書館裡的人聽到聲音都跑來了，大廳上的小人和棺材轉眼都消失了。

【研 析】〈宅妖〉由兩段故事組成，雖然仍是「誌怪」，卻頗有神韻詩的味道。

李化熙是明清之際的著名歷史人物，官至清朝刑部尚書，所以人們稱其為「大司寇」。〈宅妖〉的故事發生在其侄子李公家，因為李化熙是名人，所以寫出他的名字，增加故事的傳奇性和可信度。

第一段故事記了兩件小事。第一件，李公家的屋廈下突然出現一條奇異的春凳，色紅肉軟，隨手彎曲。這就夠驚人的了，更奇的還在後頭，它還能四足移動，鑽入牆中。這到底是個什麼東西？誰也不知道。第二件，牆壁上突然出現一條白木棒子，潤潔修長，用手一摸，膩然倒地，也慢慢鑽入了牆中。這是一件什麼東西？誰也不知道。真如神韻詩人王漁洋所云：「詩如神龍，見其首不見其尾。或雲中露一爪一鱗而已，安得全體。」蒲松齡就是這樣，用簡短異常的文字，給我們露了「一爪一鱗」，卻讓我們產生無盡的遐想：這到底是兩件什麼東西呢？

第二個故事是王俊升在李家看到幾個小人操辦喪事的情景。這個故事沒有留下任何可供他人驗證的蹤跡，現在看來，這或許只是王生的一個惡夢而已。且看王生的反應，「睥睨良久，毛森立，如霜被於體；因大呼，遽走，顛牀下，搖戰莫能起」。評點者何守奇都說王生「膽太小」。在王俊升這個故事裡，人物、器物雖然都是小的，但是一切章法程序都是正常的喪禮所有的。類似的情節在干寶《搜神記》和戴孚《廣異記》中已有記載，在他們的故事中，這些小人都是老鼠變的。如干寶《搜神記》卷十九中所提到的：「豫章有一家，婢在灶下，忽有人長數寸，來灶間壁，婢誤以履踐之，殺一人。須臾，遂有數百人，著衰麻服，持棺迎喪，凶儀皆備，出東門，入園中覆船下。就視之，皆是鼠婦。」

蛇人

東郡❶某甲，以弄蛇為業。嘗蓄馴蛇二，皆青色：其大者呼之大青，小曰二青。二青額有赤點，尤靈馴，盤旋無不如意。蛇人愛之異於他蛇。期年❷，大青死，思補其缺，未暇遑❸也。一夜，寄宿山寺。既明，啟笥，二青亦渺。蛇人悵恨欲死。冥搜亟呼，迄無影兆❹。然每值豐林茂草，輒縱之去，俾得自適，尋復還。以此故，冀其自至。坐伺之，日既高，亦已絕望，怏怏遂行。出門數武❺，聞叢薪錯楚❻中窸窣作響。停趾愕顧，則二青來也。大喜，如獲拱璧❼。息肩路隅❽，蛇亦頓止。視其後，小蛇從焉。撫之曰：「我以汝為逝矣。小侶而❾所薦耶？」出餌飼之，兼飼小蛇。小蛇雖不去，然瑟縮不敢食。二青含哺之，宛似主人之讓客者。蛇人又飼之，乃食。食已，隨二青俱入笥中。荷去教之，旋折⑩輒中規矩，與二青無少異，因名之小青。銜技四方，獲利無算。

大抵蛇人之弄蛇也，止以二尺為率⑪，大則過重，輒便更易。緣二青馴，故未遽棄。又二三年，長三尺餘，臥則笥為之滿，遂決去之。一日，至淄邑東山間，飼以美餌，祝而縱之。既去，頃之復來，蜿蜒笥外。蛇人揮曰：「去之！世無百年不散之筵。從此隱身大谷，必且為神龍，笥中何可以久居也？」蛇乃去。蛇人目送之。已而復返，揮之不去，以首觸笥。小青在中，亦震震而動。蛇人悟曰：「得毋⑫欲別小青耶？」乃發笥。小青逕出，因與交首吐舌，似相告語。已而委蛇並去。方意小青不返，俄而踽踽⑬獨來，竟入笥臥。由此隨在物色⑭，迄無佳者。而小青亦漸大，不可弄。後得一頭，亦頗馴，然終不如小青良。而小青粗於兒臂矣。

先是，二青在山中，樵人多見之。又數年，長數尺，圍如盌，漸出逐人，因而行旅相戒，罔敢出其途。一日，蛇人經其處，蛇暴出如風。

蛇人大怖而奔。蛇逐益急，回顧已將及矣。而視其首，朱點儼然，始悟為二青。下擔呼曰：「二青，二青！」蛇頓止，昂首久之，縱身遶蛇人，如昔弄狀。覺其意殊不惡，但軀巨重，不勝其遶。仆地呼禱，乃釋之。又以首觸笥。蛇人悟其意，開笥出小青。二蛇相見，交纏如飴糖[15]狀，久之始開。蛇人乃祝小青：「我久欲與汝別，今有伴矣。」謂二青曰：「原君引之來，可還引之去。更囑一言：深山不乏食飲，勿擾行人，以犯天譴[16]。」二蛇垂頭，似相領受。遽起，大者前，小者後，過處林木為之中分。蛇人竚立望之，不見乃去。自此行人如常，不知其何往也。

異史氏曰：「蛇，蠢然一物耳，乃戀戀有故人之意；且其從諫也如轉圜[17]。獨怪儼然而人也者，以十年把臂[18]之交，數世蒙恩之主，輒思下井復投石[19]焉；又不然，則藥石[20]相投，悍然不顧，且怒而仇焉者，亦羞此蛇也已。」

【注　釋】❶東郡　秦時所置郡名，治所在今河南濮陽，約當今河南東北部和山東西部部分地區。❷期年　一周年；一整年。❸暇遑　空閒。❹影兆　蹤影。❺數武　不遠處；沒有多遠。武，古代六尺為步，半步為武。❻叢薪錯楚　錯雜堆集的柴草。楚，落葉灌木，鮮葉可入藥，亦稱牡荊。❼拱璧　古代用於祭祀的一種大型玉璧，後來用於比喻極其珍貴之物。《左傳・襄公二十八年》：「與我其拱璧，吾獻其柩。」❽路隅　路邊。❾而　你。❿旋折　盤旋曲折。⓫率　標準。⓬得毋　難道；莫非。⓭踽踽　單身獨行、孤獨無依的樣子。⓮物色　訪求；尋找。⓯飴糖　以米、大麥、小麥、粟或玉米等糧食經發酵糖化製成的糖類食品，有軟、硬之分。⓰天譴　上天的責罰。⓱轉圜　轉動圓形器物。常用以代指便易迅速之事。《漢書・梅福傳》：「昔高祖納善若不及，從諫若轉圜。」⓲把臂　挽著手臂，這裡指其關係親密。⓳下井復投石　即落井下石。語出韓愈〈柳子厚墓誌銘〉：「一旦臨小利害，僅如毛髮比，反眼若不相識；落陷井，不一引手救，反擠之，又下石焉者，皆是也。」⓴藥石　藥劑和砭石。

【語　譯】東郡有個以耍蛇為生的人。他曾經馴養過兩條蛇，都是青色的，大的那條叫大青，小的那條叫二青。二青的額頭上有紅點，尤其靈巧馴服，迂迴旋繞無不如意。耍蛇人對牠們的珍愛遠遠勝過別的蛇。過了一年，大青死了，耍蛇人想再找條蛇來補缺，只是還沒有時間。一天晚上，耍蛇人在山寺寄宿。天剛亮，打開蛇籠一看，二青也不見了。耍蛇人惆悵惱恨，難過得要死。到處搜尋，大聲呼喚，但連個蹤影都沒有。不過，以前每逢經過密林深草的時候，他都把蛇放出去，讓牠們自由自在地舒展，一會兒牠們就會自己回來。因為這個緣故，他期盼著二青還會自己回來。他坐下等著，太陽已經升得很高了，耍蛇人都已經絕望了，只能怏怏不樂地離開。剛出寺門走了幾步，忽聽到灌木叢中唰唰作響。他停下腳步驚訝地望去，原來是二青回來了。他十分高興，好像得到了無價之寶。他把擔子放在路旁，二青也停了下來。再看牠後面，還跟隨著一條小蛇。耍蛇人輕輕撫摸著二青，說：「我以為你逃走了呢。這個小傢伙是你推薦來的吧？」他拿出食料餵二青，又餵小蛇。小蛇雖然沒有躲開，但畏畏縮縮地不敢吃。二青含著食物去餵小蛇，好像是主人在招待客人一樣。耍蛇人再餵小蛇，牠才肯吃。吃完後，小蛇跟著二青一起鑽進蛇籠中。耍蛇人挑回家去訓練，小蛇盤旋曲折都合乎規矩，和二青沒什麼不同，因此給牠取名叫小青。耍蛇人帶著牠們四處表演，獲利無數。

一般來說，耍蛇人所擺弄的蛇，只以二尺長為宜，過大就會太重，就要更換新蛇。因為二青非常溫馴，所以沒有馬上拋棄牠。又過了二三年，二青長到三尺多了，盤臥起來就會把蛇籠塞滿，於是決心放走牠。一天，耍蛇人來到淄邑東山裡，餵給二青美味食物，說些祝願的話把牠送走。二青離開後，一會兒就折返回來，在蛇籠外爬來爬去。耍蛇人揮手說：「放心走吧！世上沒有百年不散的宴席。從今以後隱藏在深山大谷裡，必定會成為神龍，這個蛇籠怎麼能長久地居住呢？」二青這才離開。耍蛇人目送二青。一會兒牠又返回來。耍蛇人揮手趕牠也趕不走，二青用頭去觸碰蛇籠。小青在籠子裡翻轉，碰得籠子震動發出響聲。耍蛇人醒悟過來，說：「莫非你要和小青道別？」就打開蛇籠。小青逕直鑽出來，和二青頭與頭交纏在一起，吞吐著舌頭，好像在說告別的話。一會兒一起蜿蜒地爬走了。耍蛇人還以為小青不會再回來，一會兒小青孤身獨自回來，主動鑽入竹籠臥下。從此耍蛇人到處尋找蛇，但一直沒碰到好的。小青也漸漸長大，不能再耍了。後來又找到一條，也很溫馴，但終究不如小青那麼好。這時，小青比小孩子胳膊都粗了。

原先，二青在深山裡，打柴人經常見到牠。又過了幾年，二青足有好幾尺長，碗口粗，漸漸出來追逐行人，因而行人都互相告誡，不敢再走這條路。一天，耍蛇人經過這裡，一條大蛇像一陣旋風似地竄出來。耍蛇人極度恐懼，拔腳就跑。那蛇追得更急，耍蛇人回頭一看，已經快要追上了。看看那蛇頭，上面的紅點十分醒目，才想到牠是二青。放下擔子，大聲喊叫：「二青，二青！」那蛇馬上停住，昂頭看了半天，爬過來盤繞在耍蛇人身上，就像以前擺弄牠的樣子。耍蛇人感覺二青並無惡意，但蛇的身軀又粗又重，耍蛇人不能承受牠的纏繞。仆倒在地上，大聲禱告，蛇才鬆開。牠又用頭碰碰那蛇籠，耍蛇人明白牠的意思，打開籠子，放出小青。兩條蛇一見面，就交纏在一起如同扭麻花糖一樣，很久才散開。耍蛇人對小青說：「我早就想同你分別，如今你算有夥伴了。」又對二青說：「原先是你領來的，可以再領回去。再囑咐一句話：深山老林不缺少吃喝，不要再驚擾路人，免得遭受老天的懲罰。」兩條蛇低下頭，好像接受忠告。然後，猛地起身，大的在前，小的在後，爬過時草叢灌木都向兩邊分開。耍蛇人站在那裡看著，直到看不見才離開。此後，行人照常通行，不知道兩條蛇到什麼地方去了。

異史氏說：「蛇，不過是一種愚蠢無知的動物罷了，但牠們戀戀不捨的樣子，如同老朋友一樣，而且聽從勸諫也很容易。獨獨奇怪那些儼然稱作人的，對於十年的親密之交，或者是受惠幾輩子的主人，卻往往落井下石。不然的話，對良藥般的忠言也蠻橫地不聽，甚至把勸告的人當成仇敵，這些人和二青、小青比起來要感到害羞啊。」

【研析】〈蛇人〉是一篇人情味很濃的動物小說。

據古生物學家研究，人類的祖先古猿還生活在樹上的時候，便經常遇到棲息在樹上的蛇。後來遼闊的森林逐漸稀疏衰落，古猿被迫下到地上活動，遇到蛇或接觸蛇的機會就自然更多了。原始人類在與各種動物的鬥爭中，蛇自然也是一個重要的對手。他們或者捕捉蛇作為食物或藥物，或者被蛇咬傷而不治身亡。後一情況，在先秦《韓非子・五蠹》篇中就有所記述，認為「上古之世，人民少而禽獸眾，人民不勝禽獸蟲蛇」。前一種情況，在唐人柳宗元的〈捕蛇者說〉中也有描寫：「有蔣氏者，專其利三世矣。問之，則曰：『吾祖死于是，吾父死于是。今吾嗣為之十二年，幾死者數矣。』言之，貌若甚戚者。」這種生活和生產鬥爭的實踐，勢必會在後世人類的頭腦中留下深刻的印象，並由此產生對蛇的畏懼和崇敬的心情。當然，就如同鬼怪妖魔，在現實生活中如果讓人們碰到，那當然是可怕甚至可悲的事情，可是在一個地方碰到，人們不但不害怕，還會津津樂道、流連忘返，這就是在書本上，在故事中。蒲松齡的這篇〈蛇人〉就是一篇非常優美的關於蛇與人產生感情的故事。

〈蛇人〉這篇小說一共寫了三條蛇：大青、二青和小青，其中著墨最多的是二青。既然二青是小說的主要「人物」，那麼，不寫大青和小青，光寫二青可以嗎？不行。這樣的寫法是藝術創作的需要。

首先，蛇人「以弄蛇為業」，讓兩條蛇在一起表演才會精彩，僅僅一條蛇是沒法呼應逗耍的。所以，大青死後，「思補其缺」。這是蛇人職業的實際需要。其次，如果僅僅是一條蛇，即使蛇與人的感情如何深厚，畢竟人蛇不能直接交流，這就影響了文章的精彩。而兩條蛇在一起，同類之間進行交流，再加上作者擬人化的文筆修飾，其動人程度就大大增強了。比如：「出餌飼之，兼飼小蛇。小蛇雖不去，然瑟縮不敢食。二青含哺之，宛似主人之讓客者。蛇人又飼之，乃食。食已，隨二青俱入笥中」及「已而復返，揮之不去，以首觸笥。小青在中，亦震震而動。蛇人悟曰：『得毋欲別小青耶？』乃發笥。小青逕出，因與交首吐舌，似相告語。已而委蛇並去」，還有「又以首觸笥。蛇人悟其意，開笥出小青。二蛇相見，交纏如飴糖狀，久之始開」。這些細膩貼切的描寫，僅僅有一條蛇是無論如何也無法進行表現的。這是作者藝術描寫的美學需要。

海明威說過，如果一個短篇小說的開頭描寫牆上掛著一支槍，那麼到了小說的後半截這槍肯定應該打響。照理說，兩條蛇在一起，一條大一條小，主人能分得清楚，觀眾也能分得清楚，不必在某一條蛇身上做出特殊記號。但是〈蛇人〉這篇小說一開始就說二青「額有赤點」。千萬別小看了這四個字，這四個字就是這篇小說中的一支槍，它一直懸掛在牆上不曾開過，到我們幾乎忘了它的存在的時候，它突然響了：「蛇逐益急，回顧已將及矣。而視其首，朱點儼然，始悟為二青。下擔呼曰：『二青，二青！』蛇頓止，昂首久之，縱身遶蛇人，如昔弄狀。覺其意殊不惡，但軀巨重，不勝其遶。仆地呼禱，乃釋之。」如果沒有這一聲「槍響」，蛇人可能就死了，我們就可能見不到這篇小說了。這一聲「槍響」就像一劑靈丹妙藥在關鍵時刻救了蛇人的命，同時也把人蛇之間的感情紐帶給啟動了，讓我們看到了一幅既生動鮮活又溫馨動人的優美藝術畫面。

蛇對一般人來說，是恐怖可怕的，但是自古就有以弄蛇為業並最終受益於蛇的人。唐人戴孚在《廣異記》中就有相關記載：「昔有書生，路逢小蛇，因而收養。數月漸大，書生每自擔之，號曰『擔生』。其後不可擔負，放之范縣東大澤中。四十餘年，其蛇如覆舟，號為『神蟒』。人往于澤中者，必被吞食。書生時以老邁，途經此澤畔，人謂曰：『中有大蛇食人，君宜無往。』時盛冬寒甚，書生謂冬月蛇藏，無此理，遂過大澤。行二十里餘，忽有蛇逐，書生尚識其形色，遙謂之曰：『爾非我擔生乎？』蛇便低頭，良久方去。回至范縣，縣令問其見蛇不死，以為異，繫之獄中，斷刑當死。書生私忿曰：『擔生，養汝反令我死，不亦劇哉！』其夜，蛇遂攻陷一縣為湖，獨獄不陷，書生獲免。」

看過這樣的故事，我們覺得蛇好像也是通人性、懂人情的，但實際上蛇屬冷血動物，其智商根本達不到與人交流的程度。蒲松齡不過借蛇來作參照物，以此批判人世間那些「羞此蛇」的人和事。但明倫對此深有把握，「既能薦侶，又以禮讓待之，竊位者殊愧此蛇」，「隱身大谷，而不忘主人，不忘舊侶，於人吾見亦罕，而況於蛇」，「聞言頓悟，二蛇應有夙根，不然，何以藥石成仇者，反以人而不如蟲也」。

斫蟒

胡田❶村胡姓者，兄弟采樵，深入幽谷。遇巨蟒，兄在前，為所吞；弟初駭欲奔，見兄被噬，遂奮怒出樵斧，斫蟒首。首傷而吞不已。然頭雖已沒，幸肩際不能下。弟急極無計，乃兩手持兄足，力與蟒爭，竟曳兄出。蟒亦負痛去。視兄，則鼻耳俱化，奄將氣盡❷。肩負以行，途中凡十餘息，始至家。醫養半年，方愈。至今面目皆瘢痕，鼻耳處惟孔存焉。噫！農人中，乃有弟弟如此者哉❸！或言：「蟒不為害，乃德義所感。」信然！

【注釋】❶胡田　今作湖田，在今山東淄博張店區。❷奄將氣盡　奄奄一息，快要斷氣。❸乃有弟弟如此者哉　竟有這樣孝義的弟弟啊。弟弟，即悌弟。

【語譯】胡田村有姓胡的兄弟兩人，深入到幽深的山谷打柴。遇到一條大蟒蛇，哥哥走在前，被蟒蛇咬住往下吞。弟弟開始很害怕，想要逃走，但見到哥哥被蟒蛇咬住，於是大怒，拔出砍柴的斧頭，朝蟒蛇頭上砍去。那蛇雖然頭被砍傷，但還是不停地吞咽。哥哥的頭雖然被吞了進去，幸虧肩膀還不能吞下去。弟弟急得沒辦法，就用兩手拉住哥哥的雙腳，奮力和蟒蛇爭奪，竟然把哥哥從蛇口裡拉了出來。蟒蛇也忍受著傷痛爬走了。他看看哥哥，鼻子耳朵都沒有了，已奄奄一息。他背上哥哥往家走，途中休息了十多次，才回到家裡。醫治療養了半年，才得以痊癒。至今滿臉都是瘢痕，鼻子和耳朵只剩下孔。啊！務農的人，竟有這樣好的弟弟！有人說：「大蟒不能傷害他們，乃是因為兄弟的德義感動了神靈。」這話確實有理！

【研析】〈斫蟒〉是一篇歌頌兄弟情篤的小說。

胡田村離蒲松齡所居的蒲家莊也就數十里路，蒲松齡所講的這個故事應該有一定的真實性。我小時在老家，也經常聽爺爺奶奶講此等故事，說誰誰誰被蛇所吞，耳朵鼻子都化沒了，光剩下幾個窟窿。可惜當時實在年小，並且沒有想到將來要研讀《聊齋誌異》，所以並未用心去記，也就無法回憶老人們所講與蒲松齡所講是否為同一故事了。

兄弟倆到深山老林裡打柴，「兄在前」。別輕易放過這三個字，這是哥哥對弟弟友愛關照的表現。每每到了危險的地方，年齡長的、力氣大的在前面，才是常理，因為一旦發生異常情況，他比年齡小的、力氣弱的更有處理的能力和膽略。所以這裡的「兄在前」，僅僅三個字，就把弟弟非救哥哥不可的理由寫出來了：哥哥平時總是護著弟弟，弟弟才能在異常之時拼命救援哥哥。弟弟畢竟是小孩，遇到危險的第一反應當然是逃跑。但是，兄弟之情片刻就戰勝了膽怯心理，弟弟回頭揮斧砍斫蟒蛇的腦袋。幸虧是哥哥在前，若是弟弟在前，可能就沒救了。因為哥哥年齡大、身架也就寬，所以肩膀擋著蟒蛇的嘴，蟒蛇一時半刻還不能把他整個吞下去。這就為弟弟的救援爭取了時間。弟弟雖然年小力弱，心思卻不笨，他放下斧子不再砍殺，而是拽著哥哥的腳與蟒蛇角力，爭奪哥哥。最終，蟒蛇放棄了哥哥，弟弟把哥哥背回了家。哥哥雖然醜了一點，但生命卻保全了下來，這都是弟弟的功勞啊。

但明倫評論說：「農人未嘗學問，且非所以要譽於鄉黨朋友也。如此弟弟，乃真弟弟。」是啊，哥哥是真愛弟弟，弟弟是真愛哥哥，這種兄弟血緣之情會化成無窮的力量，戰勝巨大的困難的。

馮鎮巒評論說：「近日曉嵐先生喜作此等語，於世道人心大有裨益。聊齋非君子人，吾不信也。」是啊，聊齋先生不但是君子人，能夠勸人向善，他還是藝術家，能夠把勸懲的故事講得很美，讓人在得到教育的同時，還能受到美的薰陶。

犬姦

青州❶賈某，客於外，恆經歲不歸。家蓄一白犬，妻引與交，犬習為常。一日，夫至，與妻共臥。犬突入，登榻，嚙賈人竟死。後里舍稍聞之，共為不平，鳴❷于官。官械婦，婦不肯伏，收之。命縛犬來，始取婦出。犬忽見婦，直前碎衣作交狀，婦始無詞。使兩役解部院❸，一解人而一解犬。有欲觀其合者，共斂錢賂役，役乃牽聚令交。所止處，觀者常數百人，役以此網利焉。後人犬俱寸磔以死❹。嗚呼！天地之大，真無所不有矣。然人面而獸交者，獨一婦也乎哉！

異史氏為之判曰：「會于濮上❺，古所交譏；約于桑中❻，人且不齒。乃某者，不堪雌守❼之苦，浪思苟合之歡。夜叉伏牀，竟是家中牝獸；捷卿❽入竇，遂為被底情郎。雲雨臺❾前，亂搖續貂之尾；溫柔鄉❿

裏，頻款曳象之腰。銳錐處于皮囊，一縱股而脫穎；留情結于鏃項⓫，甫飲羽⓬而生根。忽思異類之交，直屬匪夷之想。尨⓭吠奸而為奸，妒殘兇殺，律難治以蕭曹⓮；人非獸而實獸，奸穢淫腥，肉不食于豺虎。嗚呼！人奸殺，則擬女以剮；至于狗奸殺，陽世遂無其刑。人不良，則罰人作犬；至于犬不良，陰曹應窮于法。宜支解以追魂魄，請押赴以問閻羅⓯。」

【注釋】❶青州　明清府名，治所在今山東青州。❷鳴　告發。❸部院　清代各省巡撫多兼兵部侍郎和都察院右副都御史銜，故稱巡撫為部院。❹寸磔以死　凌遲處死。❺濮上　指桑間濮上，指男女幽會之地。桑間在濮水之上，是古代衛國之地，後人以「桑間濮上」指淫靡放縱之風盛行的地方。《漢書．地理志下》：「衛地有桑間濮上之阻，男女亦亟聚會，聲色生焉。」❻桑中　〈國風．鄘風．桑中〉是《詩經》中一首描寫一位男子和情人幽會和送別的詩歌，其中有「期我乎桑中，要我乎上宮，送我乎淇之上矣」。❼雌守　退守無為，這裡指以婦道自守。❽捷卿　這裡指狗。捷，快速。古人嘗稱狗跑得快為輕足、捷飛。卿，戲謔之稱。❾雲雨臺　男女幽會之處。宋玉〈高唐賦〉有「旦為朝雲，暮為行雨，朝朝暮暮，陽臺之下」，後人稱男女狎會為「行雲雨」，而「行雲雨」的處所就被稱為雲雨臺。❿溫柔鄉　比喻美色迷人之境。《飛燕外傳》：「是夜進合德，帝大悅，以輔屬體，無所不靡，謂為溫柔鄉。」⓫鏃項　箭頭之後。⓬飲羽　沒進箭尾。⓭尨　多毛的狗。⓮蕭曹　蕭何和曹參，西漢初年的兩個丞相，代指國法。⑮閻羅　即閻王爺，管理地獄的魔王。

【語　譯】山東青州有個商人，在外地做生意，經常整年不回家。家裡養了一條白狗，商人的妻子便逗引白狗和自己交歡。白狗習以為常。有一天，商人回來了，和妻子同床共寢。白狗突然闖進來，跳到床上，竟然把商人咬死了。後來，鄰居聽聞這件事，都為商人抱不平，告到官府。官府拘捕了那個婦人，她不肯認罪，就把她收押起來。然後叫人牽來白狗，再放出婦人。白狗忽然見到她，直奔上前，撕碎她的衣服，作出交歡的樣子，婦人這才無話可說。官府派兩名差役把犯人和狗押往上級審理機關，一個押著犯人，一個押著白狗。有人想看人和狗交歡，便湊錢賄賂差役，差役便把那婦人和狗牽到一起，讓人和狗交合。差役停下的地方，圍觀的人常常有數百人，差役採用這種方法獲利。後來那婦人和狗都遭受凌遲處死了。啊！天地之大，真是無奇不有啊。然而，長著人的面孔、卻幹著禽獸勾當的，難道只有這一個婦人嗎！

異史氏為他們判決說：「在濮水上幽會，古代就是交相譏諷的；在桑林間約會，人人都會極端鄙視。這個婦人，不能忍受恪守婦道之苦，浪蕩的想要苟合之歡。夜叉趴在床上，竟然是家裡的雌獸；白狗進入洞中，於是做了被底的情郎。巫山雲雨臺前，亂搖著接在貂上的狗尾；美麗迷人的境地，頻頻扭著曳象的腰肢。尖銳的錐子在皮囊下面，一挺大腿就露出來了；將情意寄託在弓箭的彎鉤裡，才碰到羽毛就已經生根了。忽然想要和異類交歡，真是匪夷所思。狗本應吠警卻自作姦夫，這種妒忌殘暴的行為雖然像是兇殺，但即使是蕭何、曹參來制定法律也難以定罪；人不是野獸但確實是野獸，如此姦淫汙穢淫亂腥臭的人，他的肉豺狼虎豹都不會吃。啊！人因為通姦而殺人，那麼這婦人就可以擬判剮刑；至於狗因為通姦而殺人，陽間就沒有這樣的刑罰了。人行為不良，可以罰他變狗；至於狗行為不良，陰間應該也找不到法律了。只好宣告將牠肢解並追回牠的魂魄，押著去見閻羅來確定牠的罪行。」

【研　析】〈犬姦〉寫的是中外都有過的「獸交」行為，蒲松齡最後用一句「然人面而獸交者，獨一婦也乎哉」來曲終奏雅，顯示其似乎有某種深刻寓意。

但是，「天地之大，真無所不有矣」，這一句還是說對了。即以獸交而論，自古以來就代不乏書。清褚人獲《堅瓠續集》卷一引《文海披沙》說：「槃瓠之妻與狗交。漢廣川王裸宮人與羝羊交。靈帝於西園弄狗以配人。真寧一婦與羊交。沛縣磨婦與驢交。杜修妻薛氏與犬交。宋文帝時，吳興孟慧度婢與狗交。和州婦與虎交。宜黃袁氏女與蛇交。臨海鰥寡與魚交。章安史悝女與鵝交。突厥先人與狼交。衛羅國女配瑛與鳳交。陝右販婦與馬交。宋王氏婦與猴交。」等等。蒲松齡讀書博雜，這些「天地之大，無所不有」之事，他不會不知道，但這畢竟是非人道的性變態行為。西方性心理學家也研究過這種現象。紀曉嵐《閱微草堂筆記》卷十二云：「烏魯木齊多狹斜，小樓深巷，方響時聞。自譙鼓初鳴，至寺鐘欲動，燈火恆熒熒也。冶蕩者惟所欲為，官弗禁，亦弗能禁。有寧夏布商何某，年少美風姿，資累千金，亦不甚吝，而不喜為北里遊。惟畜牝豕十餘，飼極肥，濯極潔，日閉戶而沓淫之。豕亦相摩相倚，如昵其雄。僕隸恆竊窺之，何弗覺也。忽其友乘醉戲詰，乃愧而投井死。迪化廳同知木金泰曰：『非我親鞫是獄，雖司馬溫公以告我，我弗信也。』余作是地雜詩，有曰：『石破天驚事有無，從來好色勝登徒。何郎甘為風情死，才信劉郎愛媚豬。』即咏是事。人之性癖有至於是者，乃知以理斷天下事，不盡其變；即以情斷天下事，亦不盡其變也。」紀曉嵐最後這幾句話，說明了一個道理：天下之大，無奇不有，是不能以一般的情理來衡量的。在這一點上，紀曉嵐勝過蒲松齡。

蒲松齡雖然沒有進入仕途，但卻為進入仕途做了大量準備，擬寫判詞就是其中之一。翻看其《聊齋文集》，各種各樣的判詞連篇累牘而至。因此，寫一篇判詞附在故事後邊，也是蒲松齡的一大喜好。只不過此篇的判詞，純為逞才之作，看後知道即使偉大的作家，也有比較不堪的文字，哈哈一笑可也。

四十千

新城❶王大司馬❷有主計僕❸，家稱素封❹。忽夢一人奔入，曰：「汝欠四十千❺，今宜還矣。」問之，不答，逕入內去。既醒，妻產男。知為夙孽❻，遂以四十千捆置一室，凡兒衣食病藥，皆取給焉。過三四歲，視室中錢，僅存七百。適乳姥抱兒至，調笑於側。因呼之曰：「四十千將盡，汝宜行矣。」言已，兒忽顏色蹙變❼，項折目張。再撫之，氣已絕矣。乃以餘貲治葬具而瘞❽之。此可為負欠者戒也。

昔有老而無子者，問諸高僧。僧曰：「汝不欠人者，人又不欠汝者，烏得子？」蓋生佳兒，所以報我之緣；生頑兒，所以取我之債。生者勿喜，死者勿悲也。

【注釋】❶新城　舊縣名，即今山東桓臺。❷王大司馬　即王象乾（西元一五四六－一六三〇年），字子廓，號霽宇，桓臺新城人。明隆慶五年（西元一五七〇年）進士，授聞喜知縣，遷兵部主事，歷員外郎、郎中，後官至兵部尚書。❸主計僕　主管錢糧收支的僕人。❹素封　無官爵封邑而富比封君的人。《史記．貨殖列傳》：「今有無秩祿之奉，爵邑之入，而樂與之比者，命曰『素封』。」❺千　即一千錢。古代一千錢串成一吊，故本文「四十千」即為「四十吊錢」之意。❻夙孽　前世的冤孽。❼蹙變　急速變化。❽瘞　掩埋；埋葬。

【語　譯】新城的王大司馬家有位主管財務的管家，他雖然沒有封官拜爵，家中卻很富有。忽然夢見一個人跑進他家裡，說：「你欠我四十吊錢，現在該還了。」管家問他，又不回答，逕直往內室去了。醒來的時候，妻子生了個男孩。他知道這是前世所欠的債，便把四十吊錢捆成一捆，放在一間房子裡，凡是兒子的衣食、醫藥等費用，都在這四十吊錢裡支付。過了三四年，看看房子裡的錢，只剩下七百錢了。剛好乳母抱著孩子進來，在管家身邊逗他玩。管家對兒子說道：「四十吊錢快花完了，你該走了。」話剛說完，孩子忽然變了臉色，頸骨折斷，雙眼突出。再摸他，已經斷氣了。於是，用剩下的七百錢，購置了葬具，把他埋葬了。這可以讓欠債的人引以為戒。

從前，有個老而無子的人請教一位高僧。高僧說：「你不欠別人的，別人也不欠你的，怎麼能有兒子呢？」原來生個好兒子，那是來報答我的緣分；生個頑劣的兒子，那是來討還我欠的債。因此，生養兒子不必高興，死了兒子也不要悲傷。

【研　析】〈四十千〉是一篇有關子嗣的果報故事。

在《小說的藝術》中，米蘭．昆德拉引述赫爾曼．布洛赫的理論說：「發現惟有小說才能發現的東西，乃是小說惟一的存在理由。一部小說，若不發現一點在它當時還未知的存在，那它就是一部不道德的小說。」照理說，父子關係應該是人際關係中最親的親人關係，可是自古及今父子之間又往往表現出某種仇視甚至殺戮關係，就如同《紅樓夢》中〈好了歌〉所云：「世人都曉神仙好，只有兒孫忘不了；痴心父母古來多，孝順子孫誰見了？」父也，子也，這到底是怎麼回事呢？作為一位偉大的小說家，蒲松齡在《聊齋誌異》中發現了很多前人不曾發現的東西，就是在這種有悖倫常的父子關係上，蒲松齡也表示了自己的看法。

《聊齋誌異》中有一篇〈柳氏子〉。在那篇中，蒲松齡給我們講了一個與〈四十千〉類似的故事。膠州法內史的主計僕柳西川，年四十餘，生一子。照理說，在早婚多育的封建時代，四十多歲生一兒子不算稀奇，但是，柳西川是四十多歲才有了第一個兒子，這就有點不正常了。所以，接下來的故事就更加匪夷所思了。柳氏子放任驕縱，生病要吃騾子肉，柳西川只好殺了最肥美的騾子給他吃。可是柳氏子嘗了一口，就扔掉不吃了。一頭騾子和一口肉，其間的反差是很大的，放在任何一家都會是巨大損失。但是「可憐天下父母心」，為了救兒子的命，別說一頭騾子，就是自己的命說要也會無償送給的。可是，柳氏子畢竟死了，柳西川悲傷欲絕。

過了三四年，柳西川的同村人到泰山進香，竟然碰到了柳氏子。柳氏子對鄉人們表現得很熱情，還專程到旅店裡看望他們。這說明柳氏子本身並不壞。可是等多嘴的鄉人們說出柳氏子與柳西川的關係後，情況就不同了：「眾謂：『尊大人日切思慕，何不一歸省侍？』子訝問：『言者何人？』眾以柳對。子神色俱變，久之曰：『彼既見思，請歸傳語：我於四月七日，在此相候。』言訖，別去。」人死之後，大多都會忘了生前之事，比如蒲松齡在〈珠兒〉篇中說：「人既死，都與骨肉無關切。倘有人細述前生，方豁然動念耳。」鄉人們這一細述，就讓柳氏子明白了前因後果，頓生殺父之機。好在旅店的主人古道熱腸、富有江湖經驗，設計救助了柳西川，否則，其性命難逃是可想而知的。若真的那樣，也是活該，誰叫他昧了良心，侵吞了人家的血汗錢呢。但是柳氏子是自己的兒子時，可以把命給他，現在成了自己的仇人，最好還是避其鋒芒，逃之夭夭的好。作為財務大管家，柳西川對這筆帳算得很明白。

明人徐樹丕《識小錄》卷一「無子說」條云：「有一富人無子，問禪師以往因。禪師曰：『你不少他的，他不少你的，他來怎的？』」這篇〈四十千〉，寫新城王大司馬家的主計僕也就是財務總管，家裡頗為富有。忽然夢到一人竄進他的屋子，說：「你欠我四十千錢，應該還我了。」醒後，他老婆生了個男孩。過了三四年，這孩子把四十千錢花盡了，也就死了。蒲松齡在文後說：「昔有老而無子者，問諸高僧。僧曰：『汝不欠人者，人又不欠汝者，烏得子？』」蒲松齡的這幾句話，顯然來自徐樹丕的「無子說」。接下來，蒲松齡還說：「蓋生佳兒，所以報我之緣；生頑兒，所以取我之債。生者勿喜，死者勿悲也。」蒲松齡看到了現實生活中許多吊詭悖謬的父子關係，也看到了無數夭折早亡的少兒，他在徐樹丕對無子者的解釋的基礎之上，又進了一步，他提出了一種對父子關係的獨特看法，以此來安慰喪子者的悲苦的心靈。這看上去似是封建迷信，但在特殊的歷史條件下，還是有其心靈鎮靜劑的功用和療效的。

新郎

江南梅孝廉耦長❶言，其鄉孫公為德州宰，鞫❷一奇案。

初，村人有為子娶婦者，新人入門，戚里❸畢賀。飲至更餘，新郎出，見新婦炫裝❹，趨轉舍後，疑而尾之。宅後有長溪，小橋通之。見新婦渡橋逕去，益疑。呼之不應，遙以手招壻。壻急趁❺之，相去盈尺，而卒不可及。行數里，入村落。婦止，謂壻曰：「君家寂寞，我不慣住。請與郎暫居妾家，數日便同歸省。」言已，抽簪扣扉，軋然❻有女僮出應門。婦先入。不得已，從之。既入，則岳父母俱在堂上。謂壻曰：「我女少嬌慣，未嘗一刻離膝下，一旦去故里，心輒戚戚。今同郎來，甚慰係念。居數日，當送兩人歸。」乃為除室，牀褥備具，遂居之。

家中客見新郎久不至，共索之。室中惟新婦在，不知壻之所往。由此遐邇訪問，並無耗息❼。翁媼零涕，謂其必死。將半載，婦家悼女無偶，遂請於村人父，欲別醮女。村人父益悲，曰：「骸骨衣裳，無可驗證，何知吾兒遂為異物❽？縱其奄喪❾，周歲而嫁，當亦未晚，胡為如是急也？」婦父益啣之❿，訟於庭。孫公怪疑，無所措力，斷令待以三年，存案遣去。

村人子居女家，家人亦大相忻待⓫。每與婦議歸，婦亦諾之，而因循不即行。積半年餘，中心徘徊，萬慮不安。欲獨歸，而婦固留之。一日，合家遑遽，似有急難。倉卒謂壻曰：「本擬三二日遣夫婦偕歸。不意儀裝未備，忽遘閔凶⓬；不得已，即先送郎還。」於是送出門，旋踵急返，周旋言動，頗甚草草。方欲覓途行，回視院宇無存，但見高冢。大驚，尋路急歸。至家，歷言端末⓭，因與投官陳訴。孫公拘婦父諭之，送女于歸⓮，始合巹⓯焉。

【注　釋】❶梅孝廉耦長　梅庚（西元一六四〇—一七二二年），字耦長，號雪坪，晚年號聽山翁，安徽宣城人。康熙二十年（西元一六八一年）舉人，官泰順知縣。善篆、隸，畫山水、花卉。梅氏家族是由宋至清皖南地區最為顯赫的世家大族之一。❷鞫　審問。❸戚里　親戚鄰里。❹炫裝　盛裝。❺趁　逐；追趕。❻軋然　形容物體之間相互磨擦發出的聲音。❼耗息　消息。❽為異物　指死去。❾奄喪　猝死。奄，忽然；突然。❿啣之　含在心裡，這裡指懷恨在心。⓫忻待　好好款待。忻，同「欣」。⓬閔凶　憂患凶禍。閔，憂患。⓭端末　首尾；始末。⓮于歸　女子出嫁，這裡指新婦重返夫家。⓯合巹　婚禮中的一項儀式，代指成婚。

【語　譯】江南舉人梅耦長說，他家鄉的孫公在任德州太守的時候，審理過一樁離奇的案件。

當初，村裡有個人給兒子娶媳婦，新娘進了門，親友都來祝賀。喝酒喝到深夜還沒散席，新郎起身，看見新娘穿著結婚禮服，穿過後院走出後門，新郎心裡犯疑就尾隨著她。屋後有條小河，河上有座小橋。只見新娘子過了橋，逕直往前走去，新郎更加懷疑了。在後面大聲呼喊，新娘子也不答話，只是遠遠地向新郎招手。新郎急忙趕上去，前後相距不過一尺多遠，卻總也跟不上。這樣走了幾里路，進了一個村莊。新娘停下來，對新郎說：「你們家太寂寞了，我住不習慣。請和你暫時住在我家，幾天後就一起回去。」說完，拔下頭上的簪子敲門。有個小女孩出來開門。新娘先進去，新郎不得已，只好跟著她。進屋後，只見岳父、岳母都坐在大廳上。對女婿說：「我女兒從小嬌生慣養，一刻也沒有離開過我們，如今離開家裡，內心不免很感傷。現在和郎君一起回來，很能安慰我們的牽掛。請住上幾天，再送你們兩人回去。」僕人為他倆打掃屋子，準備床鋪被褥，便住下了。

新郎家裡的賓客見新郎很久沒回來，便到處尋找。新房裡只有新娘子，不知道新郎到哪裡去了。於是遠近訪求，都沒有消息。爹娘哭哭啼啼，估計他一定是死了。過了將近半年，新娘的父母心疼女兒沒有了配偶，就前來拜見親家，想叫女兒改嫁。新郎的父親更加悲傷，說：「屍體骸骨以及他穿的衣服，都沒有可以驗證的，怎麼就知道我兒子已經死了呢？即使死了，滿一年再嫁，也不算晚，為什麼這樣著急呢？」新娘的父親更加心懷怨恨，就到縣裡告狀。孫公覺得案情奇怪可疑，無從下手，就判定讓新娘等候三年，存案不結，當事人各自回家。

那位新郎住在岳父家，全家上下都好好款待。每次和妻子商量回家，新娘也答應，但又拖延不走。過了半年多，新郎思慮重重，非常不安。想要自己回去，可是新娘又一再挽留。一天，岳父全家突然驚慌失措，好像將有很急的災難。岳父倉促對女婿說：「本打算二三天就送你們夫婦回家。想不到禮服還沒準備好，突然遭到不測之災；萬不得已，只好請新郎先回。」說罷，就送女婿出門，隨即趕緊回屋，言談舉止之間，都草率慌亂。新郎正準備尋找歸路，回頭一看，宅院樓閣都消失了，只見到一座高高的墳墓。他大驚失色，急忙找路奔跑回家。進了家門，訴說了全部的經歷，爹娘就帶他到縣衙向縣官述說。孫公傳喚來新娘的父親，要他送女兒到新郎家，這才完成了婚禮。

【研 析】《聊齋誌異》中的這篇〈新郎〉令人費解。從清代的評點家何守奇、但明倫到現代的《聊齋》學者，都不能準確說明這篇小說所寫到底是怎麼回事。何守奇評論說：「此事不究本末。招去而復送歸，似非為禍者。但何所見而倏去，何所見而倏來？都不可解。」但明倫評論說：「剽竊新郎，幾至新人再醮，無情無恥，乃至於斯。至萬不得已而送歸，猶飾言儀裝未備，又何詐也！

特不識其所云遘閔凶者何事耳。」一個說「都不可解」，一個說「不識何事」，都沒有弄清此篇故事的真相。

一對新人結婚，這本是一件尋常之事，村村落落、日日月月，何地無之、何時無之？可誰見過德州這件婚姻奇聞？初更時分，親戚朋友們正在喝酒慶賀，新郎卻看到新娘炫裝轉到屋後，新娘招呼新郎一起回到新娘家。這就夠啟人疑竇的了：新婚伊始，新娘竟然逃離婆家回到娘家，這其中到底有何蹊蹺？

接下來的事情更為駭人聽聞。就如同電影鏡頭，我們明明看著新郎跟新娘回到了娘家，而家裡人久等新郎不歸，到新房一看，新郎確實不在，但新娘卻端端正正坐在那裡。新娘不是招呼著新郎走了嗎？怎麼還在新房裡？難道是新娘把新郎留在娘家，自己又跑回來不成？

可是接下來電影鏡頭又轉向了新娘家，新娘新郎並沒有分離，在一起已經待了半年多了，好端端的呢。這可真是匪夷所思、玄之又玄了。

不過，若是非要給這件案子找出一點蛛絲馬跡，也並非沒有可能。我們來看這段話：「一日，合家遑遽，似有急難。倉卒謂壻曰：『本擬三二日遣夫婦偕歸。不意儀裝未備，忽遘閔凶；不得已，即先送郎還。』於是送出門，旋踵急返，周旋言動，頗甚草草。方欲覓途行，回視院宇無存，但見高冢。」再看〈嬌娜〉篇中的類似描寫：「一日，公子有憂色，謂生曰：『天降凶殃，能相救否？』生不知何事，但銳自任。公子趨出，招一家俱入，羅拜堂上。生大駭，亟問。公子曰：『余非人類，狐也。今有雷霆之劫，君肯以身赴難，一門可望生全；不然，請抱子而行，無相累。』生矢共生死。乃使仗劍於門，囑曰：『雷霆轟擊，勿動也！』生如所教。果見陰雲晝暝，昏黑如磐。回視舊居，無復閎門，惟見高冢巋然，巨穴無底……」由此看來，這位新娘倒像是一位狐仙，就像〈阿繡〉中的狐仙，學得了阿繡的姿容，她也襲取了這位新娘的音容笑貌——舊時的婚姻，新郎新娘在結婚之前幾乎沒有見面的機會，所以對彼此容貌可能記不真切，這倒正是這位狐仙施展手段的有利條件——騙取了新郎的愛情。

不管怎麼說，我認為這位假新娘還是有善良之心的。她只是劫取這位新郎過了一段夫妻生活，也並沒有對新郎新娘採取什麼有傷性命的過激行為，並且在「忽遘閔凶」之時，也沒有讓新郎像〈嬌娜〉中的孔生那樣捨生相救，而是急忙把新郎送出家門，以避免同歸於盡。這都見得這位新娘的多情與善良。

好在有驚無險，最後新郎新娘禮成婚配，終成眷屬。對新郎來說，也算是人生中一段插曲，對新娘來說，雖然受了點鬱悶，可也避免了再醮之羞——若依著新娘那位性急的父親，新娘早就成了別人的媳婦了。

蒲松齡同鄉的文學前輩王漁洋是有名的神韻派詩人，蒲松齡與其見過面，也有詩歌唱答。但是，蒲松齡的詩歌中沒有多少「神韻」成分，倒是他的小說集《聊齋誌異》中有不少「神龍見首不見尾」的「神韻」之作，這篇〈新郎〉就是這方面的典型代表。

鷹虎神

郡城❶東嶽廟❷，在南郭❸。大門左右，神高丈餘，俗名「鷹虎神」，猙獰可畏。廟中道士任姓，每雞鳴，輒起焚誦❹。有偷兒預匿廊間，伺道士起，潛入寢室，搜括財物。奈室無長物❺，惟於薦底❻得錢三百，納腰中，拔關而出，將登千佛山❼。南竄許時，方至山下。見一巨丈夫，自山上來，左臂蒼鷹❽，適與相遇。近視之，面銅青色，依稀似廟門中所習見者。大恐，蹲伏而戰。神詫曰：「盜錢安往？」偷兒益懼，叩不已。神揪令還，入廟，使傾所盜錢，跪守之。道士課畢❾，回顧駭愕。盜歷歷自述。道士收其錢而遣之。

【注釋】❶郡城　郡治所在地，這裡指清時濟南府歷城縣（今山東濟南）。❷東嶽廟　道教主祀泰山神東嶽大帝的神廟。❸南郭　南面的外城。❹焚誦　燒香念經。❺長物　多餘的東西。此指可偷的東西。❻薦底　草席下面。❼千佛山　古稱歷山，亦名舜耕山，屬泰山餘脈，位於濟南市中心南部，因隋朝時期虔誠的教徒依山沿壁鐫刻了為數眾多的石佛，遂名千佛山。❽左臂蒼鷹　左臂上架著蒼鷹。❾課畢　做完功課，即上文所說的「焚誦」。

【語　譯】濟南府所在地歷城的東嶽廟在南面的外城。廟門左右兩旁，立著身高一丈有餘的泥塑神像，人們稱為「鷹虎神」，這兩尊神像面目猙獰，十分嚇人。東嶽廟有個姓任的道士，他每天雞叫的時候，便起床焚香誦經。有個小偷事先藏在廟廊裡，等道士起床，便潛入寢室，偷盜道士的財物。可屋裡沒有太多東西，小偷只在席底找到三百枚銅錢，他把銅錢藏在腰裡，拔起門閂往外逃，打算登上千佛山。向南逃竄了好大一會兒，才到山腳。這時，看見一個身材魁梧的男人從山上下來，左臂上架著一隻蒼鷹，正好和他遇上。靠近仔細一看，那男子臉如青銅色，隱約就是在廟前常見到的神像。小偷大驚，蹲伏在地，戰慄不已。神人喝問道：「偷了錢想往哪兒跑？」小偷更加驚慌，不停地磕頭。門神揪住他，命他回廟裡去，進廟後，讓他交出偷來的錢，跪下看守著。道士誦經完畢，回頭見小偷跪著，非常驚訝。小偷把自己盜竊的經過說了一遍。道士收回自己的錢，把小偷放走了。

【研　析】蒲松齡雖然是淄川人，但是對濟南的地理名勝卻非常熟悉，因為他不但每三年要到濟南參加鄉試，平時也要來往於濟南和淄川之間，為其坐館的館東西鋪畢家處理一些日常事務。這篇小故事沒有什麼寓意，也不是什麼精心之作，但是，他卻獨獨記得那位東嶽廟中道士的姓氏，與他平日所說的「某甲」、「某乙」比較起來，這篇故事的可信度就更高了。

這篇故事有三個人物：鷹虎神、偷兒、任道士。鷹虎神高大威猛、剛正嚴明、不苟言笑；偷兒小有聰明、財迷心竅、膽小氣餒；道士勤於功課、嚴於自律、寬厚仁慈。三個人物，三種面貌，在這短短的篇幅中都神情畢現了。

蛇癖

予鄉王蒲令之僕呂奉寧，性嗜蛇。每得小蛇，則全吞之，如啖❶蔥狀。大者，以刀寸寸斷之，始掬以食。嚼之錚錚❷，血水沾頤。且善嗅，嘗隔牆聞蛇香，急奔牆外，果得蛇盈尺。時無佩刀，先噬其頭，尾尚蜿蜒於口際。

【注釋】❶啖　吃。❷錚錚　金屬撞擊的聲音，這裡指吃蛇時響脆的聲音。

【語譯】我家鄉王蒲令的僕人呂奉寧，天性愛吃蛇。每次抓到小蛇，就整條吞進肚裡，好像吃蔥一樣。如果抓到大蛇，就用刀子把蛇切成一小段一小段的，然後雙手捧著吃。咀嚼時有「錚錚」的聲音，蛇血都沾在臉上。呂某的鼻子很靈，曾經隔著牆壁聞到蛇的香味，急忙跑到牆外，果然抓到一尺多長的蛇。當時身上沒帶刀子，就先咬蛇頭，蛇的尾巴還在他口邊屈曲起伏地蠕動著。

【研析】〈蛇癖〉寫的是蒲松齡家鄉淄川縣一個喜歡生吃活蛇的人的事情。

隨著人性的進步和生產力的提高，在很久以前，我們的祖先就脫離了茹毛飲血的野蠻階段，進入到有固定食物和相應烹飪方法的飲食文明時代。可是不管古今中外，歷朝歷代總有一些喜歡

3059 癖　蛇

吃食不該吃食的東西的人，被記錄在各種典籍文獻之中。現代醫學上，把這種現象稱為異食癖，此文所說的蛇癖，也應該是異食癖的一種表現。

異食癖又稱異食症，是指喜歡吃一些不能吃的東西，如泥巴、沙石、鹽粒、毛線頭等，而且對異食感到快樂，不吃就不舒服，是一種心理失常的強迫行為，主要是心理因素。蒲松齡的這位老鄉喜歡生嚼活蛇，在一般人看來確實嗜血恐怖，但他自己卻感覺甘美異常。若是對他的生理機制和心理結構進行分析，必能得出符合現代醫學的解釋，可惜他早已死去數百年，我們只能看著蒲松齡這篇生動活潑的文字，想像他吃蛇時的色香味了。

齕石

新城王欽文❶太翁家，有圉人❷王姓，幼入勞山學道。久之，不火食❸，惟啖松子及白石，徧體生毛。既數年，念母老歸里，漸復火食，猶啖石如故。向日視之，即知石之甘苦酸鹹，如啖芋❹然。母死，復入山，今又十七八年矣。

【注　釋】❶王欽文　即王漁洋之父王與敕，字欽文，順治元年（西元一六四四年）拔貢，翌年有司舉薦，以服侍年邁父親為由不仕。去世後，以子漁洋貴，誥封朝議大夫、國子監祭酒，贈資政大夫、經筵講官、刑部尚書。❷圉人　養馬的僕人。王漁洋《池北偶談》卷二十一亦載此事。❸火食　吃熟食。《禮記・王制》：「東方曰夷，被髮文身，有不火食者矣。」❹芋　又名芋艿、芋頭，多年生草本植物，球莖富含澱粉及蛋白質，可供食用。

【語　譯】新城王欽文老太翁家裡，有個姓王的馬夫，幼年進勞山學道。時間長了，不吃熟食，只吃松子和白石子，渾身長毛。幾年之後，他想到母親年老，便回了家，漸漸恢復了吃熟食，但依舊吃石子。他對著太陽照著，就知道石頭的甜、苦、酸、鹹，吃起來就像吃芋頭一樣。母親死後，他又進了山，至今又有十七八年了。

【研析】〈齕石〉看起來似乎是單純地寫異食癖，其實不是，而是包含了道家的修煉術於其中。吃白石修煉的說法源遠流長。晉葛洪《神仙傳》：「白石先生者，中黃丈人弟子也，嘗煮白石為糧，因就白石山居，時人故號曰白石先生。」韋應物〈寄全椒山中道士〉：「今朝郡齋冷，忽念山中客。澗底束荊薪，歸來煮白石。欲持一瓢酒，遠慰風雨夕。落葉滿空山，何處尋行迹。」蒲松齡這篇〈齕石〉中的王姓圉人，就是白石先生、全椒山道士之流。王漁洋在《池北偶談》中也記其事：「仙人煮石，世但傳其語耳。予家傭人王嘉祿者，少居勞山中，獨坐數年，遂絕煙火，惟啖石為飯，渴即飲溪澗中水，遍身毛生寸許，後以母老歸家，漸火食，毛遂脫落。然時時以石為飯，每取一石，映日視之，即知其味甘鹹辛苦。以巨桶盛水挂齒上，盤旋如風。後母終，不知所往。」

今人聶石樵說：「蒲松齡所寫即王漁洋家中之事，但內容沒有什麼意義。」是啊，這些怪異的人事寫到小說裡，沒有什麼教育意義。但是，古代的作者們多對這些「沒有意義」的事情津津樂道，因為，這是一種令人不可思議的異食癖，現代亦有嗜食土塊、頭髮、煤塊、玻璃之類的記載。因為不可思議，所以這篇故事便說其人曾「入勞山學道」，帶有了仙家的意味。當然，我們今天來看這些小故事，也不是為了受教育，開開眼界，長長見聞，就如同參觀出土文物，也是有益無害的。

蒲松齡在寫〈蛇癖〉時，說呂奉寧吃活蛇，「每得小蛇，則全吞之，如啜蔥狀」；此篇寫吃石頭，「向日視之，即知石之甘苦酸鹹，如啖芋然」。蛇是長條形的，用蔥來比非常貼切；石頭是橢圓形的，用芋頭來作比也非常形象。蒲松齡是不世出的文章大家，就是一篇小小的「誌異」之作，也多有妙語，情趣橫生，姍姍喜人。

廟鬼

新城諸生王啟後者，方伯❶中宇公象坤❷曾孫。見一婦人入室，貌肥黑不揚。笑近坐榻，意甚褻。王拒之，不去。由此坐臥輒見之，而意堅定，終不搖。婦怒，批其頰有聲，而亦不甚痛。婦以帶懸梁上，捽❸與並縊。王不覺自投梁下，引頸作縊狀。人見其足不履❹地，挺然立空中，即亦不能死。自是病顛，忽曰：「彼將與我投河矣。」望河狂奔，曳之乃止。如此百端，日常數作，術藥罔效。一日，忽見有武士綰❺鎖而入，怒叱曰：「樸誠❻者汝何敢擾！」即縶婦項，自櫺中出。纔至窗外，婦不復人形，目電熌，口血赤如盆。憶城隍廟門中有泥鬼四，絕類其一焉。於是病若失。

【注釋】❶方伯　殷周時一方諸侯之長，後用來泛稱地方長官。明清時尊稱布政使為「方伯」。❷中宇公象坤　王象坤，字中宇，明嘉靖四十四年（西元一五六五年）進士，初授河南杞縣令，歷官山西左布政使。❸捽揪；抓。❹履　踏；踩著。❺綰　盤繞成結。❻樸誠　樸實忠誠。

【語　譯】新城有個秀才王啟後，是山西左布政使王象坤的曾孫。一天，他看見有個婦人走進房間，又胖又黑，其貌不揚。她笑著走近王啟後所坐的矮床，意態十分猥褻。王拒絕她，她也不離開。從此王啟後不論坐著躺著都能見到她，他意志堅定，始終沒有動搖。婦人發怒了，打他的臉，打得很響，但不太疼。婦人拿出帶子掛在樑上，揪住王的頭髮和她一起上吊。王身不由己地來到樑下，伸長脖子作出上吊的樣子。人們見他雙腳不著地，身子直挺挺立在空中，可又死不了。自此，王啟後得了瘋病，忽然對人說：「她要和我一起投河了。」然後向河邊狂奔，人們把他拉住才停下。諸如此類的情況，每天發作多次。不論施巫術還是吃藥都沒有效果。一天，忽然見到一個武士手持鎖鏈進來，怒斥婦人：「純樸誠實的人你怎麼敢騷擾！」當即用鐵鏈套住她的脖子，從窗櫺出去。才到窗外，婦人就不再是人形，眼睛如電閃，嘴巴血紅像臉盆那樣大。他想起城隍廟門裡有四個泥鬼，這跟其中一個像極了。之後他的病就好了。

【研　析】〈廟鬼〉是一個略帶褻意的恐怖故事。

新城的秀才王啟後，是明代大官王象坤的曾孫。就是這樣的大戶人家，也免不了受到邪魔鬼怪的作祟。一天，一位肥黑貌醜的婦人來挑逗他，他不為所動。從此，這位婦人就坐臥不離，緊緊纏上了他。也許是這位婦人的樣子引不起這位書生的興趣，王啟後意志堅定，始終不為所動。於是這位婦人就百般作弄他。先是打他的耳光，再就是揪著他上吊。王啟後的精神終於崩潰了，瘋瘋癲癲要跟著那婦人投河，幸虧別人拉住，才沒釀成大禍。

像這樣的瘋癲病，舊時人們無藥可救，就稱之為神病，需要燒香念佛或者請神仙降臨才能醫治。時至今日，人們對那些現代醫學不容易治癒的疑難病症，還是持此種態度。可是，這位作祟王啟後的鬼怪，本身就是城隍廟中的泥鬼，或許她道業不淺，所以「術藥罔效」——吃藥自然是不管事，巫術當然也不會有效。

好在「鹵水點豆腐，一物降一物」，醫藥巫術降伏不了她，比她法力更高的神兵武士卻不懼怕她——帶著鐵鏈來把她抓走了，王啟後的病也就好了。臨走之時，人們還見到了她的真相：目電閃，口血赤如盆。現在想想好害怕，如果當初王啟後不是意志堅定，一旦中了她的圈套，後果可就不堪設想了。

這篇〈廟鬼〉中的泥鬼作祟王啟後，「術藥罔效」，只有神界的武士才能降得住她。我們不要以為這樣的惡鬼就真沒人對付得了，請看晉人魚豢《三國典略》中的這則故事：「齊崔子武幼時，宿於外祖揚州刺史趙郡李憲家。夜夢一女子，姿色甚麗，自謂雲龍王女，願與崔郎私好。子武悅之，牽其衣裾，微有裂綻。未曉告辭，結帶而別。至明，往山祠中觀之，傍有畫女，容狀即夢中見者，裂裾結帶猶在。子武自是通夢，恍惚成疾。後逢醫禁之，乃絕。」

在這篇故事中，「逢醫禁之，乃絕」。看來凡間的人也能禁絕幽冥的鬼神。類似的故事，在李昌祺的《剪燈餘話》卷四〈江廟泥神記〉中亦有所載，謝璉在他舅舅家讀書，被花蕊夫人費氏祠堂的四個泥像所惑，「神情恍惚，言語支離，伏枕淹淹，久而不愈」。他的父親知道後，「即手碎其像，命僕沉之江中而歸。自此月餘，生疾亦愈，怪魅遂絕」。

造畜

魘昧❶之術，不一其道，或投美餌，紿❷之食之，則人迷罔❸，相從而去，俗名曰「打絮巴」，江南謂之「扯絮」。小兒無知，輒受其害。又有變人為畜者，名曰「造畜」。此術江北猶少，河❹以南輒有之。揚州旅店中，有一人牽驢五頭，暫縶櫪下❺，云：「我少選❻即返。」兼囑：「勿令飲噉。」遂去。驢暴日中，蹄齧殊喧❼。主人牽着涼處。驢見水，奔之，遂縱飲之。一滾塵，化為婦人。怪之，詰其所由，舌強❽而不能答，乃匿諸室中。既而驢主至，驅五羊於院中，驚問驢之所在。主人曳客坐，便進餐飲，且云：「客姑飯，驢即至矣。」主人出，悉飲五羊，輾轉皆為童子。陰報郡，遣役捕獲，遂械殺之。

【注釋】❶魘昧　用法術使人受禍或使之神智迷糊。❷紿　欺騙。❸迷罔　迷惑失常。❹河　指黃河。❺櫪下　馬房裡。❻少選　一會兒；不多久。《呂氏春秋．音初》：「覆以玉筐，少選，發而視之，燕遺二卵，北飛，遂不反。」❼蹄齧殊喧 又踢又咬，叫鬧異常。❽舌強 舌頭僵硬。

【語　譯】魘昧之術，不只有一種，有的拿好吃的東西，騙人吃了，人就迷惑失常，跟著他走，俗稱「打絮巴」，江南稱作「扯絮」。小孩子不懂事，常受其害。又有把人變成牲畜的，叫作「造畜」。這種妖術在長江以北還少，黃河以南就有。江蘇揚州某旅店裡，有個人牽著五頭驢，暫時把驢繫在馬房裡，說：「我一會兒就回來。」並且囑咐：「不要讓驢喝水吃東西。」就走了。驢在太陽下暴曬，又踢又咬，叫鬧異常。店主人把牠們牽到涼快的地方。驢看到水，奔跑過去，店主人就讓牠們盡情喝起來。驢在地上一打滾，變成了婦人。店主人覺得奇怪，問她們為什麼會這樣，婦人們舌頭僵硬，不能回答。店主人於是把她們藏在房間裡。後來驢子的主人來了，把五隻羊趕到院子裡，驚慌地問驢在哪裡。店主人拉客人坐下，拿出酒食，並說：「客官先吃飯，驢馬上就到了。」店主人出來，給五隻羊都餵了水，一打滾都變成了小孩。店主人暗中報告郡衙門，衙門派差役逮捕了那個施妖術的人，並將他拷打至死。

【研　析】〈造畜〉是一篇記錄古代「魘魅之術」的怪異小說。

「魘魅之術」，古代典籍多有記載。如宋周煇《清波雜志》卷八：「引巫師之妖術，因魘魅於宮闈。」《醒世恒言・李玉英獄中訟冤》：「後母還千方百計，做下魘魅，要他夫妻不睦。」清紀昀《閱微草堂筆記・灤陽消夏錄四》：「而世有蠱毒魘魅之術，明載於刑律。」蒲松齡的《聊齋誌異》中也多有記載，如〈長治女子〉，如這篇〈造畜〉。

文章開頭先寫了另外一種「魘魅之術」：「打絮巴」或稱「扯絮」。為什麼叫這樣的名字呢？

從其害人之方法即大致可以看出。害人者先用欺騙的手段把可口的食物給被害者吃，可能是食物中摻雜了某種迷幻物質，被害者吃後就乖乖地跟在害人者後面隨之而去，任由其宰割。被害者跟在受害者身後，就像一片隨風飄蕩的柳絮，所以有此稱呼。雖然江北江南稱呼略有差異，但一個「絮」字確實寫出了被迷幻者的精神狀態與行動體態，可謂傳神逼真。

因為小兒無知並且貪食，所以「打絮巴」的受害者往往是他們。而〈造畜〉的受害者除了小兒之外還有婦人。在揚州的旅店中，有人牽著五頭驢子進來。這五頭驢子其實不是驢子，是害人者使用「魘魅之術」使五個婦人變成的。我們看一看這幾句話：「驢暴日中，蹄齧殊喧。主人牽着涼處。驢見水，奔之，遂縱飲之。」其痛苦難耐之情狀如在目前。接著他又牽來了五隻羊，這五隻羊是由五個童子變成的。一天之內，這個壞東西就害了十個人，可謂窮兇極惡。幸虧旅店的主人沉著機智、富有正義感，否則這十條性命的結局還不知如何悲慘。

唐人薛漁思在其〈板橋三娘子〉中也有一段關於「造畜」的記載，旅店主人三娘子特地製作蕎麥燒餅，凡是吃了燒餅的客人都會變成驢，三娘子便「盡沒其貨財」，且把「驢」驅入店後為其勞作。許州客人趙季和以其人之道還治其人之身，哄騙三娘子吃下燒餅，把三娘子變成驢，「乘策所變驢，周游他處，未嘗阻失，日行百里」。四年後，一位老人請求趙季和釋放了三娘子，並把三娘子變回人身。〈板橋三娘子〉內容奇異，文筆俏麗，是一篇優美的唐人傳奇。今人聶石樵云：「這段故事或即蒲松齡〈造畜〉之所本，而加以提煉之。」實際上，〈板橋三娘子〉與〈造畜〉繁簡不同、風格各異，對比著讀讀，當會更有收穫。

小官人

太史❶某公，忘其姓氏。晝臥齋中，忽有小鹵簿❷，出自堂陬❸。馬大如蛙，人細於指。小儀仗以數十隊；一官冠皂紗，着繡襆，乘肩輿❹，紛紛出門而去。公心異之，竊疑睡眼之訛。頓見一小人，返入舍，攜一氈包，大如拳，竟造牀下。白言❺：「家主人有不腆之儀❻，敬獻太史。」言已，對立，即又不陳其物。少間❼，又自笑曰：「戔戔❽微物，想太史亦當無所用，不如即賜小人。」太史頷之。欣然攜之而去。後不復見。惜太史中餒❾，不曾詰所自來❿。

【注釋】❶太史　官名。夏、商、周三代為史官與曆官之長，後職位漸低。至明清兩朝，修史之事由翰林院負責，又稱翰林為太史。❷鹵簿　古代帝王外出時扈從的儀仗隊。❸堂陬　廳堂一角。❹肩輿　轎子。❺白言　報告；稟告。❻不腆之儀　不豐厚的禮物。舊時送禮的謙辭。腆，豐厚。儀，禮物。❼少間　一會兒；沒多久。❽戔戔　形容淺少。❾中餒　心裡害怕。餒，喪氣。❿詰所自來　問從哪裡來。

【語　譯】有一位太史，忘記姓名了。他白天躺在書房裡休息，忽然有一支小儀仗隊從房屋角落裡走出來。馬像青蛙一般大，人比手指頭還小。小儀仗有數十對，一位官員頭戴烏紗，身穿禮服，坐著轎子，紛紛攘攘地出門而去。太史心裡奇怪，暗中懷疑是自己睡覺看錯了。很快又看見一個小人兒，返回屋裡，拿著一個氈包，有拳頭般大小，逕直走到床前，稟告說：「我家主人有微薄的禮物，敬獻給太史。」說完，面對太史站著，卻又不打開禮物。過了一會，小人兒又自己笑著說：「這些小東西，想必太史也用不著，不如就賞賜給小人。」太史點點頭。小人兒高高興興拿著走了。後來再沒有見到了。可惜太史心裡害怕，沒有問他們從哪裡來。

【研　析】〈小官人〉與〈宅妖〉篇一樣，都是通過寫小人小物來鋪展各自的怪異故事。

現實中有沒有這樣的小人小物？我們不說宇宙之大，就說地球之大，我們也不可能全知全覺，遽下斷語。但是，我們可以根據自己的所見所聞說，在我們的生活範圍中，絕對不會有這樣的事情。絕對不會有的事情怎麼偏偏出現了呢？並且還說得栩栩如生，如同親眼所見一般。我想這大概也是夢魘所致。

看一下〈宅妖〉中的這段文字：「日暮，燈火初張，生著履臥榻上。忽見小人，長三寸許，自外入，略一盤旋，即復去。少頃，荷二小凳來，設堂中，宛如小兒輩用粱藍心所製者。又頃之，二小人舁一棺入，僅長四寸許，停置凳上。安厝未已，一女子率廝婢數人來，率細小如前狀。女子衰衣，麻綆束腰際，布裹首；以袖掩口，嚶嚶而哭，聲類巨蠅。」再看看此篇的這段文字：「晝臥齋中，忽有小鹵簿，出自堂陬。馬大如蛙，人細於指。小儀仗以數十隊；一官冠皂紗，着繡襆，乘肩輿，紛紛出門而去。」我們不得不佩服蒲松齡文筆之高妙。

想來，既是夢境，講述者是不會記憶如此清晰如畫的，肯定是經過了蒲松齡的藝術加工。蒲松齡長期教授童蒙，對兒童的體態情貌有著多年細緻的觀察；蒲松齡又是民間婚喪嫁娶的參與者和官僚家接客送禮的聞見者，所以，寫這類匪夷所思卻又合情合理的小故事，自是最為騰挪筆墨的行家裡手。今天的卡通畫設計者若能讀讀蒲松齡這類作品，或許對自己的選題命意會有大的啟發。

豬婆龍

豬婆龍❶，產于西江❷。形似龍而短，能橫飛，常出沿江岸撲食鵝鴨。或獵得之，則貨其肉于陳、柯。此二姓皆友諒❸之裔，世食豬婆龍肉，他族不敢食也。一客自江右❹來，得一頭，縶舟中。一日，泊舟錢塘❺，縛稍懈，忽躍入江。俄頃，波濤大作，估舟❻傾沉。

【注釋】❶豬婆龍　揚子鱷，或稱作鼉，是中國特有的一種鱷魚，主要分布在長江中下游地區及太湖。❷西江　長江下游以西地區。❸友諒　陳友諒（西元一三二〇－一三六三年），元末沔陽（今湖北仙桃）人，原係紅巾軍徐壽輝部將，後自立為帝，建大漢政權。在與明太祖朱元璋的戰爭中失利被殺。❹江右　中國東南偏中部長江中下游一帶，即今江西及其周邊部分地區。❺錢塘　錢塘江，浙江省內最大的河流。錢塘江潮被譽為「天下第一潮」。❻估舟　商船。

【語　譯】豬婆龍，產自江西。形狀像龍，但比龍短，能夠橫著飛行，常常出來沿著江岸撲食鵝鴨。有人捕獲了，就把牠的肉賣給陳、柯兩姓人。這兩姓都是陳友諒的後代，世代吃豬婆龍肉，其他姓的人不敢吃。有個旅客從江西來，捉到一頭豬婆龍，綁在船裡。一天，船停泊在錢塘江，繩子稍微鬆了點，豬婆龍忽然跳進了江裡。一會兒，起了大風浪，商船就翻沉了。

【研　析】〈豬婆龍〉是一篇記錄豬婆龍（揚子鱷）怪異傳說的短文。

這篇文章根據傳聞，介紹了豬婆龍的產地：西江；形狀：似龍而短，能橫飛；食性：沿江岸撲食鵝鴨。豬婆龍雖然兇猛，可是也有人捕獲出售，因為有人喜歡吃牠的肉，這些人都是陳友諒的後代族人。陳友諒是元末明初的一支武裝力量的領導者，後為朱元璋所滅。陳友諒的後代子孫為什麼喜歡吃揚子鱷呢？其中是有道理的。

據傳，當年朱元璋與陳友諒作戰，被陳兵所追殺，逃至月亮咀，在茂林雲霧洞躲藏，後退到婆娑坊住宿，夜眠夢見婆龍相伴，醒來賜名婆龍廟，由此名氣大增。有人說，這裡是藏龍臥虎之地，加之山中常出現兩條豬婆龍，人們就將婆娑山改名婆龍山。豬婆龍既護駕有功，再加上豬婆龍的「豬」與朱元璋的「朱」諧音，用現在的話說，朱元璋就把牠看作了自己的「吉祥物」。豬婆龍是朱元璋的吉祥物，朱元璋是陳友諒的死敵仇人，所以陳友諒的後代就以吃食豬婆龍為快了。

揚子鱷，是中國特有的一種鱷魚，俗稱豬婆龍，土龍，亦是世界上體型細小的鱷魚品種之一，主要分布在長江中下游地區。牠既是古老的，又是現在生存數量非常稀少、世界上瀕臨滅絕的爬行動物。在揚子鱷身上，至今還可以找到早先恐龍類爬行動物的許多特徵。所以，人們稱揚子鱷為「活化石」。因此，揚子鱷對於人們研究古代爬行動物的興衰和研究古地質學和生物的進化，都有重要意義。揚子鱷在大陸為國家一類保護動物，嚴禁捕殺，而在安徽、浙江等地也都建立了揚子鱷的自然保護區和人工養殖場，以使這種珍貴動物的種族能夠延續下去。

汾州狐

汾州❶判❷朱公者，居廨❸多狐。公夜坐，有女子往來燈下。初謂是家人婦，未遑顧瞻❹；及舉目，竟不相識，而容光豔絕。心知其狐，而愛好之，遽呼之來。女停履笑曰：「厲聲加人，誰是汝婢媼耶？」朱笑而起，曳坐謝過。遂與款密❺，久如夫妻之好。忽謂曰：「君秩❻當遷，別有日矣。」問：「何時？」答曰：「目前。但賀者在門，弔者即在閭，不能官也。」

三日，遷報果至。次日，即得太夫人❼訃音。公解任，欲與偕旋❽。狐不可，送之河上。強之登舟。女曰：「君自不知，狐不能過河也。」朱不忍別，戀戀河畔。女忽出，言將一謁故舊。移時歸，即有客來答拜。女別室與語。客去乃來，曰：「請便登舟，妾送君渡。」朱曰：「向言不能渡，今何以渡？」曰：「曩❾所謁非他，河神也。妾以君故，特請之。彼限我十天往復，故可暫依耳。」遂同濟。至十日，果別而去。

【注釋】❶汾州　府名，治所在今山西汾陽。❷判　通判，在知府下掌管糧運、家田、水利和訴訟等事項。❸居廨　所居的官署。❹顧瞻　回視；環視。❺款密　親密；親切。❻秩　官吏的俸祿。這裡指官吏的職級。❼太夫人　指朱公之母。❽偕旋　一同回家。❾曩　以往；從前。

【語譯】山西汾州通判朱公居住的官署有很多狐精。朱公夜裡坐著，有個女子在燈下來來回回地走。朱公一開始以為是僕人的妻子，沒空細看；等到抬眼看時，竟然不認識，但容貌美妙異常。朱公心知道是狐精，但很喜歡她，突然招呼她過來。女子停住腳步，笑著說：「粗聲粗氣吆喝人，誰是你的丫環僕婦？」朱公笑著站起來，拉她坐下，向她謝罪。於是跟她親熱起來，時間長了就像夫妻般恩愛。女子忽然對朱公說：「你的官職要升遷，我們不久就要分別了。」朱公問：「什麼時候？」女子答道：「就在眼前。但賀喜的人在門前，弔喪的人就到街門了，你當不上那個官。」

三天後，升官的喜報果然來了。第二天，就接到太夫人逝世的訃告。朱公辭了官，想和狐精一同回鄉。狐精說不行，把朱公送到黃河邊。朱公硬要她上船。女子說：「你不知道，狐狸是不能過黃河的。」朱公不忍心分別，在河邊戀戀不捨。女子忽然出去，說要去拜訪一個老朋友。沒多久就回來了，接著有客人來回訪。女子在另一間屋子和客人說話。客人走後，女子才出來，說：「請上船，我送你渡河。」朱公說：「剛才你說不能過，現在怎麼就可以了？」女子說：「剛才我所拜見的不是別人，是河神。我為了你，特意向他請求。他限我十天來回，因此可以暫時和你在一起。」於是兩人一同渡河。到了第十天，女子果然辭別離去。

【研析】〈汾州狐〉描寫了一位很讓人喜愛的狐女形象。

首先，這位狐女性格讓人喜歡。朱公既為汾州府通判，對人頤指氣使慣了，所以說話不禁聲音高一些。如果是別人，有可能會唯唯諾諾，點頭哈腰。可是這位狐女卻笑著說：「厲聲加人，誰是汝婢媼耶？」雖然表面上沒有曲意奉承，其笑容和語氣中卻透露著知己與親熱，這就使盛氣凌人的朱公放下架子，與她平等相愛，不是夫妻而勝似夫妻。

其次，這位狐女的預知能力讓人佩服。她提前知道朱公的官職要升遷，同時也知道朱公家裡要有人去世。果然，第三天升遷的文件下來，第四天朱公母親的死訊也傳來了。朱公要回家奔喪，當然就不能去做官了。

第三，這位狐女的情誼讓人感動。朱公回家奔喪，放不下狐女，欲與之一起回家。據古書記載，狐狸是不能過河的。狐狸為何就不能渡河呢？《周易·未濟》云：「小狐汔濟，濡其尾。」《焦氏易林》亦云：「小狐渡水，汙濡其尾。」《風俗通》載古詩云：「狐欲渡河，無奈尾何。」這都說明，狐狸非常愛護自己美麗的大尾巴，生怕過河弄濕弄髒了它。可是，根據下文狐女向河神請求等事來看，這些不像是狐狸不能過河的真正理由。其真正理由，可能不僅僅是尾巴的問題，說不定還會牽扯到生命。朱公不明白這一點，對她戀戀不捨。朱公的深情感動了狐女，她就向河神求得十日假期，跟朱公一道還家了。

雖然是狐女，其對朱公的一往情深，確實讓人感動。

龍

北直❶界有墮龍入村。其行重拙，入某紳家。其戶僅可容軀，塞而入。家人盡奔。登樓譁譟，銃砲❷轟然，龍乃出。門外停貯潦水❸，淺不盈尺。龍入，轉側其中，身盡泥塗；極力騰躍，尺餘輒墮。泥蟠❹三日，蠅集鱗甲。忽大雨，乃霹靂拏空❺而去。

房生與友人登牛山，入寺游矚。忽椽間一黃磚墮，上盤一小蛇，細裁❻如蚓。忽旋一周，如指；又一周，已如帶。共驚，知為龍，羣趨而下。方至山半，聞寺中霹靂一聲，天上黑雲如蓋，一巨龍夭矯❼其中，移時而沒。

章丘小相公莊，有民婦適野，值大風，塵沙撲面。覺一目眯，如含麥芒，揉之吹之，迄不愈。啟瞼而審視之，睛固無恙，但有赤綫蜿蜒於肉分。或曰：「此蟄龍也。」婦憂懼待死。積三月餘，天暴雨，忽巨霆一聲，裂眦而去。婦無少損。

袁宣四❽言：「在蘇州，值陰晦，霹靂大作。眾見龍垂雲際，鱗甲張動，爪中搏一人頭，鬚眉畢見；移時，入雲而沒。亦未聞有失其頭者。」

【注釋】❶北直　明代稱直隸於京師的地區為直隸，自永樂初建都北京（今北京市）後，又稱直隸北京的地區為北直隸，簡稱北直。❷銃砲　火槍、土砲。❸潦水　雨後的積水。❹泥蟠　在泥裡盤曲。❺拏空　凌空；抓向空中。❻裁　同「才」。❼夭矯　屈伸遊動。❽袁宣四　袁藩，字宣四，號松籬，淄川人。康熙二年（西元一六六三年）舉人。有《敦好堂集》。

【語譯】北直隸地界有條從天上掉下的龍進了村子。牠行動笨拙，爬進某鄉紳的家，那家門口只能容下牠的身軀，龍就擠著進去。那家人都嚇跑了。登上樓去大聲鼓噪，轟轟地打土砲。龍於是退出去。門外積著一窪水，淺淺的不滿一尺。龍爬進水裡，在那裡翻滾，身上塗滿了爛泥；牠極力騰躍，離地一尺就墮下來。龍在泥潭裡盤了三天，蒼蠅聚集在牠的鱗甲上。忽然下起大雨，那條龍霹靂一聲，騰空飛去。

有個姓房的書生和朋友登上牛山，進到寺院裡遊覽。忽然房椽間掉下一塊黃磚，磚上盤著一條小蛇，細細的跟蚯蚓一般。小蛇忽然轉了一圈，變得有指頭粗細；又轉一圈，已像衣帶般大了。

大家都很吃驚，知道牠是龍，一起跑下山去。剛到半山腰，聽寺院裡霹靂一聲。天上籠罩的烏雲就像大傘一樣，一條巨龍在雲中伸屈遊動，一會兒就不見了。

山東章丘的小相公莊，有個農婦到野外去，碰上大風，塵沙撲面。農婦覺得一隻眼睛進了東西，像進了麥芒一般，揉它吹它，都不見好。掀起眼皮仔細看，眼珠其實沒有毛病，只是有條紅線蜿蜒盤在眼裡。有人說：「這是條潛伏的龍。」農婦又擔憂又害怕，只有等死。過了三個多月，天降暴雨，忽然一聲霹靂，那條龍衝裂眼角飛去。農婦沒有絲毫損傷。

袁宣四講了一件事：「在蘇州，有一次天氣陰暗，霹靂大作。人們看見一條龍從雲間垂下來，鱗甲張動，爪中抓著一個人頭，眉毛鬍子都看得見。過了一會兒，龍鑽進雲裡消失了。也沒聽說有人丟了腦袋。」

【研　析】在現實生活中沒有人見過龍，在這篇〈龍〉裡可以大飽眼福了。

龍與鳳凰、麒麟、龜一起並稱「四瑞獸」，青龍與白虎、朱雀、玄武又並稱為「四神獸」。龍逐漸成為中華民族的圖騰，也成為封建時代皇帝的象徵。照理說，對這樣一種聖靈般的動物人們應該誠惶誠恐、頂禮膜拜才是，可是事實上，自古以來人們雖然害怕牠，有時候也不斷地出牠的洋相，把牠放在可敬、可怕與可笑之間。

在這篇〈龍〉中，蒲松齡共講了四則有關龍的故事。第一則，講的是一條困龍。看看牠那笨拙的體型和緩慢的動作，再看看牠那狼狽的形象和無助的掙扎，再看看牠那滿身的爛泥和引來的蒼蠅，實在令人心生憐憫。但明倫把這條龍比作不得意的士人，「士之辱在泥塗，屈久乃信」。

第二則，講的是條神龍，這條龍比第一條龍神通廣大，牠能小如蚯蚓，也能大如雲蓋；牠能盤在人間寺廟的磚上，也能飛入人們做夢也到不了的雲端；牠能默默無聞，也能震動山谷。這樣的龍就不會受到任何限制，真正能來去自由，龍行天下了。

第三則，這是一條莫名其妙的龍。龍有那樣大的本事，蟄落在哪裡不好，卻偏偏要隱藏在一位婦人的眼皮底下。不說這位婦人不舒服，就是這條龍恐怕也不能暢其心志。設想，一個東西三四個月淹泡在人的眼淚裡，那是一種何等的滋味？

第四則，蒲松齡是聽他的朋友袁藩說的。袁藩在蘇州時，碰到天陰大雨，霹靂雷鳴。龍垂雲際，鱗甲張動，爪中抓著一個人頭，人頭的鬍子眉毛還清晰可見。這是一條什麼龍？這是一個什麼人？神龍見首不見尾，真是雲山霧罩，不可揣度了。

《聊齋誌異》中還有其他寫龍的文章，對比參照著看，會更有意味。

江中

王聖俞❶南游，泊舟江心。既寢，視月明如練❷，未能寐，使童僕為之按摩。忽聞舟頂如小兒行，踏蘆蓆作響，遠自舟尾來，漸近艙戶。慮為盜，急起問童。童亦聞之。問答間，見一人伏舟頂上，垂首窺艙內。大愕，按劍❸呼諸僕，一舟俱醒。告以所見，或疑錯誤。俄響聲又作。羣起四顧，渺然無人，惟疎星皎月，漫漫江波而已。眾坐舟中，旋見青火如燈狀，突出水面，隨水浮游；漸近舡，則火頓滅。即有黑人驟起，屹立❹水上，以手攀舟而行。眾譟曰：「必此物也！」欲射之。方開弓，則遽伏水中，不可見矣。問舟人，舟人曰：「此古戰場，鬼時❺出沒，其無足怪。」

【注　釋】❶王聖俞　《聊齋文集》卷七〈婚啟〉有〈六月為沈德甫與王聖俞啟〉，文中稱「琅琊望族，海內名宗」，可知其為山東諸城一帶人。其他不詳。❷月明如練　月光灑瀉，如白練垂天。練，白色熟絹。❸按劍以手撫劍，做好警戒。❹屹立　高聳挺立。❺時　常常。

【語　譯】王聖俞到江南遊玩，晚上把船停泊在江心。躺下休息後，看著月光灑瀉，如白練垂天，沒有睡著，便叫童僕給他按摩。忽然聽到船頂好像有小孩在走動，踩得蘆席發出聲音，腳步聲從船尾傳來，漸漸接近船艙。王聖俞擔心有盜賊，急忙起來詢問童僕。童僕也說聽到了腳步聲。兩人正在一問一答的時候，看見一個人趴在船頂上，垂下頭來向艙內窺探。王聖俞大吃一驚，手按寶劍呼喚眾僕人，船上的人都醒了。王聖俞把剛才看見的告訴大家，有人懷疑他看錯了。一會兒，腳步聲又響起來。大家四處張望，卻看不見什麼人，只有疏落的群星和皎潔的月亮，以及漫漫江水泛起的微波。大家端坐在船裡，不久又看見像燈光一般的青色火焰忽地冒出水面，隨著江水漂浮流動；將要靠近大船時，火焰突然熄滅了。一個黑黝黝的人影猛然出現，矗立在水面上，用手攀著船走動。大家高聲喊起來：「一定是這個怪物！」想用箭射它。剛拉開弓，它就迅速沉到水裡，看不見了。詢問船家，船家回答說：「這裡是古戰場，時常有鬼魂出沒，不值得大驚小怪。」

【研　析】〈江中〉寫王聖俞南遊時發生在長江江心的一件奇聞異事。

蒲松齡真是寫文章的高手，這麼短短的一篇小文章，竟然寫得波浪起伏、轉折有致，讓人且驚且異、且喜且歎，比晚明人的小品文還要清新喜人。

王聖俞南遊，將船停在江心，讓一僮僕為之按摩，同時觀望如練的月色。這是一種既美且雅的事情。可是靜極之時偏偏有聲音響起，而聲音還是來自船的頂部，並且像兒童走路的聲音。這還不要緊，緊接著，這位船頂的兒童探下身來，窺探船內。真是讓人毛骨悚然。可是，隨著大家的群起驚呼，事情也就過去了，「東船西舫悄無言，唯見江心秋月白」。

就如江心的波濤，一波未平一波又起。船上的問題是解決了，可是水中又出現了怪物。先是青火如燈，漂游水上，接著是黑人立水，攀舟而行。這比剛才的小兒窺舟，更為驚心動魄。當大家張弓欲射之時，黑人沒了，一切都正常了，又是虛驚一場。最後，蒲松齡才揭出事情的原委，「此古戰場，鬼時出沒，其無足怪」。而王聖俞是山東人，可能不常來往長江，所以就覺得險怪異常了。

伏狐

太史❶某，為狐所魅，病瘠❷。符禳❸既窮，乃乞假歸，冀可逃避。太史行，而狐從之。大懼，無所為謀。一日，止於涿❹，門外有鈴醫❺，自言能伏狐。太史延之入。投以藥，則房中術❻也。促令服訖，入與狐交，銳不可當。狐辟易❼，哀而求罷；不聽，進益勇。狐展轉營脫❽，苦不得去。移時無聲，視之，現狐形而斃矣。

昔余鄉某生者，素有嫪毐❾之目❿，自言生平未得一快意。夜宿孤館，四無鄰。忽有奔女，扉未啟而已入。心知其狐，亦欣然樂就狎之。衿襦甫解，貫革直入。狐驚痛，啼聲吱然，如鷹脫韝⓫，穿窗而出。某猶望窗外作狎暱聲，哀喚之，冀其復回，而已寂然矣。此真討狐之猛將也！宜榜門⓬「驅狐」，可以為業。

【注釋】❶太史　官名。明清時稱翰林官為太史。❷病瘠　因病而枯瘦。❸符禳　以符咒禳解。❹涿　地名，今河北涿州。❺鈴醫　走街串巷的民間醫生。因以搖鈴招徠病家，故而得名。❻房中術　中國古代的性學理論，通常把性與養生延年結合在一起。❼辟易　驚慌地退避。❽營脫　設法解脫。❾嫪毐　戰國末年秦國人，秦始皇生母趙姬的男寵，因發動叛亂被誅。後稱善淫者為「嫪毐」。❿目　名稱。⓫如鷹脫韝　如同獵鷹擺脫羈絆，迅速飛去。韝，古代射箭時戴的皮製袖套。⓬榜門　在門前張貼。

【語　譯】某太史，被狐妖魅惑，得了枯瘦之疾。用符咒禳解都不起作用，只好請假回鄉，希望能夠逃避狐妖。太史上路了，狐妖仍然跟著他，太史十分害怕，沒有辦法。一天，住在河北涿州，旅店門口來了個走街串巷的郎中，自稱能降伏狐妖。太史把他請進門。郎中給太史開了藥，是一些春藥。他催促太史把藥服下，進房與狐妖交歡，銳不可當。狐妖躲避退縮，哀叫請求停止。太史不聽，更加奮勇直進。狐妖翻來覆去想要逃脫，但怎麼也逃不掉。過了一會兒，狐妖沒有了聲音，一看，它現出狐狸原形死了。

從前，我家鄉某生，素有大陰男子之稱，自己說生平沒有得到一次稱心如意的交歡。晚上住在一間孤館裡，四周沒有鄰居。忽然來了個女子，門沒打開，人就進來了。某生心裡知道這女子是狐狸變的，也欣然和她親近狎昵。剛解開衣帶短裙，某生便挺身刺入她的身體。狐狸又驚又痛，發出「吱吱」的啼叫聲，好像獵鷹擺脫羈絆，穿過窗戶就離開了。某生還望著窗外，發出狎昵的聲音，哀求地呼喚她，希望她回來，但已經寂然無聲了。此人真是討伐狐妖的猛將！應該在門上貼出「驅狐」的招牌，以此作為職業。

【研　析】〈伏狐〉寫了兩個和性有關的降服狐狸的故事。

某太史被狐狸所魅，既然用咒符都驅除不了它，那唯一的辦法就是躲避了。可是這位騷狐實在粘人得很，你是躲也躲不了，逃也逃不掉，它像狗皮膏藥一樣緊貼著這位太史。這位騷狐雖然騷性大發，在學識上卻木然不通。終於，它碰到敵手了。一位江湖遊醫給太史吃了壯陽藥。這次到了太史窮追不捨了，最後把騷狐斃於胯下。

第二則故事蒲松齡寫的是自己的同鄉某生。此人陽物巨大，即使搞走了騷狐，自己也仍然沒有得到「快意」。物之小者固然無趣，物若過大，也有不能愜意之處。

蒲松齡也真夠幽默的，他給這第二位大陰人出了個主意：若是把「驅狐」二字寫在門上，專做這樣的生意，豈不是既快意又掙錢的好買賣！笑話總歸是笑話，笑笑而已。這兩則故事就像今天我們時常聽到的葷笑話，聽聽也可，說說也好，調劑生活而已，與人品道德無關。

蟄龍

於陵❶曲銀臺❷公，讀書樓上。值陰雨晦冥❸，見一小物，有光如螢，蠕蠕而行。過處，則黑如蚰❹迹。漸盤卷上，卷亦焦。意為龍，乃捧卷送之。至門外，持立良久，蠖❺曲不少動。公曰：「將無謂我不恭？」執卷返，仍置案上，冠帶長揖❻送之。方至簷下，但見昂首乍伸❼，離卷橫飛，其聲嗤然，光一道如縷；數步外，回首向公，則頭大於甕，身數十圍矣；又一折反，霹靂震驚，騰霄而去。回視所行處，蓋曲曲自書笥❽中出焉。

【注　釋】❶於陵　古地名，在今山東鄒平東南。❷曲銀臺　曲遷喬，號帶溪，山東鄒平人，明神宗萬曆五年（西元一五七七年）進士，官至通政使司通政使。銀臺，宋時設有銀臺司，掌管國家奏狀案牘，明清的通政使司職位和銀臺司相當，所以也稱通政司為銀臺。❸晦冥　天色昏暗。❹蚰　蚰蜒。棲息房屋內外陰濕處的一種節肢動物，似蜈蚣而略小。❺蠖　尺蠖。尺蠖蛾的幼蟲，生長在樹上，行動時一屈一伸地前進，是為害多種植物的害蟲。❻冠帶長揖　穿戴官服，深深地作揖。長揖，拱手高舉，自上而下行禮。❼乍伸　突然伸展。乍，忽然。❽書笥　書箱。

【語譯】山東於陵的通政使曲公在樓上讀書。剛好下起雨來，天色昏暗，曲公看見一個小動物，身上發出螢火般的光，在蠕動爬行。爬過的地方，留下黑色的像蜒蚰爬過的印跡。它慢慢盤到書上，書上也變成焦黑色。曲公意識到牠是龍，於是捧起書想把牠送走。走到門外，捧著站了很久，小動物像尺蠖那樣蜷曲著，一動也不動。曲公說：「難道說我不恭敬嗎？」捧著書又回到屋裡，仍舊放在桌子上，穿戴好官服，深深作揖來送牠。剛走到屋簷下，只見小動物抬起頭，突然伸展軀體，離開書本騰空飛去，發出「嗤嗤」的聲音，天空出現一道線狀的光帶；幾步之外，牠回過頭來看著曲公，只見頭比甕還要大，身軀已有數十圍粗了，接著，牠又轉過頭去，霹靂一聲，驚天動地，騰空而去。曲公回頭看看牠爬過的地方，那彎彎曲曲的痕跡是從書箱裡出來的。

【研析】〈蟄龍〉仍是寫一條怪異之龍，宜與〈龍〉並讀，不知蒲松齡為何將此篇單獨命名，而沒有合併到〈龍〉篇中。

曲公讀書樓上，正值天陰雲厚、山雨欲來。他看到一條小蟲爬行，經過之處留下黑黑的痕跡。等到牠爬到書卷上，書卷也變成了焦黑色。若在一般的人，早就把這條骯髒蟲子扔出門外了。可是曲公偏偏多事，他不知從何處看出這是一條龍，竟然捧著書卷送到門外，讓牠升天。可是這條蟲子只在那裡扭動卻飛不上天去。這位好事的曲公又回來磕頭作揖，禮儀有加，這才把那條龍送走了。牠走的過程分為三個步驟：橫飛出去，發響發光；再是突然變大，頭如甕而身數十圍；最後是雷閃雷鳴，騰空而去。

明人馮夢龍在《古今譚概》中還記載了兩則「蟄龍」異聞：一則，有一人時時耳鳴，某日耕地，雷雨大作，說耳鳴得非常厲害，話還沒說完，就聽霹靂一聲，其人腦裂而死。這條龍蟄伏在人的耳朵裡，需要死一人才能飛升，這也不是一條好龍。二則，有一人的大拇指甲中有一條紅筋時曲時直，有時還蜿蜒而動。有一天泛舟飲酒，雷電繞船，水波震盪。那人把手伸出窗外，一條龍震裂指甲飛去。這條龍沒有傷到人的性命，應該是條好龍。

由此看來，天上的龍也和地上的人一樣，有賢與不肖、善與不善之分。本來，龍就是人造出來的，牠又怎能不具有人的品行稟賦呢！

李伯言

李生伯言，沂水❶人。抗直❷有肝膽。忽暴病，家人進藥，卻之曰：「吾病非藥餌可療，陰司閻羅缺，欲吾暫攝其篆❸耳。死勿埋我，宜待之。」是日果死。

騶從❹導去，入一宮殿，進冕服❺；隸胥祗候❻甚肅。案上簿書叢沓❼。一宗，江南某，稽❽生平所私❾良家女八十二人。鞫之，佐證不誣。按冥律，宜炮烙。堂下有銅柱，高八九尺，圍可一抱；空其中而熾炭焉，表裏通赤。羣鬼以鐵蒺藜❿撻驅使登，手移足盤而上。甫至頂，則烟氣飛騰，崩然一響如爆竹，人乃墮；團伏移時，始復蘇。又撻之，爆墮如前。三墮，則匝地⓫如烟而散，不復能成形矣。

又一起，為同邑王某，被婢父訟盜占生女。王即生姻家⓬。先是，一人賣婢。王知其所來非道[13]，而利其直廉，遂購之。至是王暴卒。越日，其友周生遇於途，知為鬼，奔避齋中。王亦從入。周懼而祝，問所欲為。王曰：「煩作見證於冥司耳。」驚問：「何事？」曰：「余婢實價購之，今被誤控。此事君親見之，惟借季路一言[14]，無他說也。」周固拒之。王出曰：「恐不由君耳。」未幾，周果死，同赴閻羅質審[15]。李見王，隱存左袒[16]意。忽見殿上火生，燄燒梁棟。李大駭，側足立[17]。吏急進曰：「陰曹不與人世等，一念之私不可容。急消他念，則火自熄。」李斂神寂慮，火頓滅。已而鞫狀，王與婢父反復相苦。問周，周以實對。王以故犯論笞[18]。笞訖，遣人俱送回生。周與王皆三日而甦。

李視事畢，輿馬而返。中途見闕頭斷足者數百輩，伏地哀鳴。停車研詰[19]，則異鄉之鬼，思踐故土，恐關隘阻隔，乞求路引[20]。李曰：「余攝任三日，已解任矣，何能為力？」眾曰：「南村胡生，將建道場[21]，代囑可致。」李諾之。至家，騶從都去，李乃甦。胡生字水心，與李善，聞李再生，便詣探省。李遽問：「清醮㉒何時？」胡訝曰：「兵燹㉓之後，妻孥瓦全㉔，向與室人㉕作此顛心，未向一人道也。何知之？」李具以告。胡歎曰：「閨房一語，遂播幽冥，可懼哉！」乃敬諾而去。次日，如王所，王猶憊臥。見李，肅然起敬，申謝佑庇㉖。李曰：「法律不能寬假㉗。今幸無恙乎？」王云：「已無他症，但瘡膿潰耳。」又二十餘日始痊，臀肉腐落，瘢痕如杖者。

異史氏曰：「陰司之刑，慘於陽世，責亦苛於陽世。然關說㉘不行，則受殘酷者不怨也。誰謂夜臺㉙無天日哉？第恨無火燒臨民之堂廨㉚耳！」

【注釋】❶沂水　地名，今山東沂水縣。❷抗直　剛直不屈。❸暫攝其篆　暫時管理印信，即暫時代理官職之意。篆，官印。❹騶從　貴族出門時所帶的騎馬的侍從。騶，騎馬的侍從。❺冕服　古代大夫以上的禮冠與服飾。這裡指閻羅冠服。❻祗候　恭候。❼簿書叢沓　簿籍文書繁多而雜亂。❽稽　考核。這裡指總計。❾私　姦汙。❿鐵蒺藜　中國古代軍用的帶鐵質尖刺的障礙物。這裡大約是一種有刺的鐵棒。⓫匝地　遍地。⓬姻家　兒女親家。⓭所來非道　來路不正。⓮季路一言　可以憑信的話。季路，即孔子弟子仲由，字子路，一字季路。

孔子曾說他「片言可以折獄」《論語・顏淵第十二》。⑮質審　對質審訊。⑯左袒　偏袒一方。語出《史記・呂后本紀》。漢高祖劉邦死後，呂后當權，大力培植呂姓勢力。呂后死，太尉周勃奪呂氏兵權，在軍中對眾人說：「為呂氏右袒，為劉氏左袒。」軍中皆左袒。⑰側足立　形容有所畏懼，不敢正立。⑱笞　古代用竹板或荊條打人脊背或臀腿的刑罰。⑲研詰　仔細盤問。⑳路引　政府頒發的通行證之類的公文。㉑道場　供佛祭祀或修行學道的處所，也指佛教、道教規模較大的誦經禮拜儀式。㉒醮　祭祀神靈。㉓兵燹　因戰爭而造成的焚燒破壞等災害。㉔瓦全　苟全生命。㉕室人　妻子。㉖佑庇　幫助；保護。㉗寬假　寬容；寬恕。㉘關說　代人陳說，從中替人說好話。㉙夜臺　墳墓，借指陰間。㉚堂廨　官署。

【語　譯】李伯言，山東沂水人。秉性剛直，素有勇氣血性。忽然得了急病，家人給他送藥，他推辭說：「我的病不是藥物可以治療的，陰曹地府缺個閻羅，想讓我暫時代掌印信。我死後，不要埋我，要等我還陽。」就在這天，李伯言果然死了。

一隊騎馬的侍從領著李伯言上路，進入一座宮殿，奉上閻羅穿戴的冠服；吏役敬候，氣氛十分嚴肅。書案上的公文繁多而雜亂。第一宗，江南某人，總計他的平生共姦汙良家婦女八十二人。一審問，證據確鑿。按照陰間法律，應該處以炮烙之刑。殿堂下有根銅柱，高八九尺，粗細大約一個人可以合抱，銅柱中間是空的，裡面燃燒著炭火，裡裡外外被燒得通紅。一群鬼役用鐵蒺藜抽打著驅使案犯爬上銅柱，案犯移動著雙手，盤腿而上。剛剛爬到銅柱頂部，只見煙氣飛騰，轟然一聲，響如爆竹，人從上面跌落下來；在地上蜷縮成一團，一段時間才蘇醒過來。鬼役又用鐵蒺藜抽打他，和上次一樣，爬上去、轟然爆響、掉下來。這樣反覆摔了三次，只見案犯在地上像一股煙霧散去，不能回復人形了。

另一宗，是李伯言的同鄉王某，被婢女的父親控告用不正當手段強占自己的女兒。王某是李伯言的姻親。事情是這樣的：有一個人要賣婢女，王某知道這個婢女來路不正，但他貪圖價錢便宜，於是買了下來。審這案子時，王某突然死了。過了一天，王某的朋友周生在路上遇到王某，周生知道王某是鬼，跑到書房裡躲起來。王某也跟著進來。周生恐懼得連忙禱告，問王某要幹什麼。王某說：「麻煩你到陰間作證。」周生吃驚地問：「什麼事？」王某說：「我那個婢女實係出錢購買，現在卻被錯誤地指控。這事是你親眼見的，只借你的一句誠信之言，沒有別的意思。」周生堅決推辭。王某一邊走出書房一邊說：「恐怕由不得你了。」不久，周生果然死了，一齊到閻羅殿對質。李伯言看見王某，心裡暗暗產生了袒護的念頭。忽然看見殿上騰起了大火，火焰都燒到了棟樑上。李伯言大驚失色，側身站立。一個官吏趕緊稟告說：「陰曹和人間不一樣，即使是一閃念的私心也不能容許。馬上打消其他的念頭，大火自然會熄滅。」李伯言於是收斂神情，排除私念，大火頓時熄滅了。接著開始審訊，王某與婢女的父親反覆辯論。李伯言問周生，周生如實稟告。王某以明知故犯之罪，判處笞刑。打完板子，派人把他們遣送還陽。周生和王某都在死去三日後蘇醒過來。

李伯言把陰間的事情處理完畢，乘著車馬返回陽世。半路上看見幾百個缺頭斷足的跪在地上哀鳴。李伯言停車盤問，原來都是異鄉之鬼，想返回故土，恐怕被關隘阻隔，乞求發給道路通行證。李伯言說：「我代理職務三天，已經卸任了，怎麼能給你們出力呢？」眾鬼一齊說：「南村胡生，準備修建道場，代我們囑託他就可以了。」伯言允諾了。回到家裡，車馬侍從全部折返而去，李伯言就蘇醒過來了。胡生字水心，與李伯言交情很好，聽說李伯言又復活了，就前來探望問候。李伯言突然問他：「你什麼時候設壇祭祀？」胡生驚訝地說：「兵禍以後，妻兒幸得苟全性命，我和妻子許下這一心願，從未對人說過。你怎麼知道呢？」李伯言就把事情經過說了一遍。胡生感歎說：「閨房一語，竟然傳到陰間，真可怕呀！」於是恭敬地答應了，告辭離去。第二天，李伯言來到王某家裡，王某仍然疲憊不堪地躺在床上。看見李伯言，肅然起敬，感謝他的庇護之恩。李伯言說：「法律不容許寬容。你現在身體沒什麼事了吧？」王某說：「已經沒有別的症狀，只是挨打的地方化膿了。」又過了二十多天，王某的笞傷才痊癒，屁股上的爛肉都脫落，留下的瘢痕就和在人間挨過板子的一樣。

異史氏說：「陰司的刑罰，比人世的還要慘酷，責罰也比人世的苛刻。但是在那裡賄賂說情是行不通的，所以受殘酷刑罰的人沒有怨恨。誰說陰間地獄暗無天日呢？只恨沒有大火去燒那些統治百姓的人間官署！」

【研　析】〈李伯言〉是一篇借鬼神之事以明報應不爽的勸懲之作。

沂水的李伯言，有一天突然暴病，他說這是陰曹地府裡閻羅一職暫缺，請他去臨時代理。陰曹地府為何讓他去代理閻羅呢？看中的是他的「抗直有肝膽」。我們看他是怎樣展示他的「抗直肝膽」的。

李伯言剛剛就任，就接手一件姦淫案。江南某人，姦淫良家婦女八十二人，罪大惡極，證據確鑿。於是李伯言下令對他實施炮烙之刑。炮烙之刑據說是殷紂王發明的，《史記·殷本紀》記載：「紂乃重刑辟，有炮烙之法。」即在銅柱上塗油，下加炭使熱，令有罪之人行其上，輒墜炭中活活燒死。在蒲松齡的筆下，犯人爬上銅柱子，不是掉到柱子下邊的炭火裡燒死，而是爬到柱子頂端，一聲爆響掉下來，如此三次，犯人就「匝地如烟而散，不復能成形矣」。只有這樣，這些犯人才能灰飛煙滅，永世不得輪迴，斬草除根，讓他們連當牛做馬的機會也沒有，更別說重新為人了。

還有一件案子，是一件霸占女子案。李伯言的同鄉親戚王某，貪圖便宜，買了一個來路不明的女子做妾，被這位妾的父親告上閻羅殿。王某為了證明自己無罪，還硬拉來了周生作證。其行為可謂蠻橫霸道得很。李伯言看在同鄉親戚的份上，心中就有偏袒王生之意。心念剛一活動，就看到閻王殿上烈火蒸騰，直竄棟樑。原來「陰曹不與人世等，一念之私不可容」。李伯言只得屏氣凝神，秉公審斷了此案，王某遭到打板子的懲罰。「陰曹不與人世等，一念之私不可容」，也是這一段的格言警句，足以讓人間那些徇私枉法者羞愧。

看過上文兩個鬼案，我們覺著有些蹊蹺：姦淫婦女也罷，霸占人女也罷，這都應該是人間法官審理的案子，怎麼都到陰曹去審理了呢？原來蒲松齡是在向人們講述寓言故事，用陰曹的廉明反襯人世的屈枉，暗示人若做了惡事，即使人間不被人知，得不到應有的懲罰，冥冥之中也有閻王老爺在看著你，絕不會讓你僥倖逃脫懲罰。且看李伯言完成了代理閻羅的任務，回到陽世。在回家的路上看到各種鬼魂伏地哀號，請求他指引回家的路徑。他說自己任務已經結束，無能為力了。那些鬼魂說，他可以向南村的胡生請求，讓他代為超度，他家裡將要舉行超度亡靈的道場。胡生是李伯言的朋友，聽說李伯言再生還陽，特來探望。李伯言說出建道場之事，讓胡生大吃一驚，因為這件事他只和妻子商量過，別人並不知曉。「閨房一語，遂播幽冥」。人的心思別人不會知道，但是地獄的鬼知道，閻王爺更知道得清清楚楚。

如果說人間的事地獄知道，那麼地獄的事人間知道嗎？同樣知道。王生受了鞭笞在家養病，李伯言去看望他，他身上挨打的傷痕還在化膿呢。這篇故事正是蒲松齡借李伯言的「抗直有肝膽」來表現他創作的「福善禍淫之旨」。正如評點者方舒巖所說，「彰善癉惡，陽世之大法。奈刀筆吏往往失之不平，轉望之冥報，閻羅肯任其責哉？青天白日，曲直莫分，豈酆都黑暗之中，反能代為剖析？此含冤者所以終難昭報也。然火燒堂廨，王生受笞，又何以聞？則無其理者，不妨姑傳其事，使狂悖者稍知斂迹，又未必非聖王神道設教之意也夫」。

金陵女子

沂水居民趙某，以故自城中歸，見女子白衣哭路側，甚哀。睨之，美。悅之，凝注不去。女垂涕曰：「夫夫❶也，路不行而顧我！」趙曰：「我以曠野無人，而子哭之慟，實愴於心。」女曰：「夫死無路，是以哀耳。」趙勸其復擇良匹❷。曰：「渺此一身❸，其何能擇？如得所託，媵之❹可也。」趙忻然自薦，女從之。趙以去家遠，將覓代步。女曰：「無庸。」乃先行，飄若仙奔。至家，操井臼❺甚勤。積二年餘，謂趙曰：「感君戀戀，猥相從❻，忽已三年。今宜且去。」趙曰：「曩言無家，今焉往？」曰：「彼時漫為是言耳，何得無家？身父❼貨藥金陵。倘欲再晤，可載藥往，可助資斧❽。」趙經營，為貰❾輿馬。女辭之，出門逕去；追之不及，瞬息遂杳。

居久之，頗涉懷想，因市藥詣金陵。寄貨旅邸，訪諸衢市❿。忽藥肆一翁望見，曰：「壻至矣。」延之入。女方浣裳庭中，見之不言亦不笑，浣不輟。趙啣恨遽出，翁又曳之返。女不顧如初。翁命治具⓫作飯。謀厚贈之，女止之曰：「渠福薄，多將不任⓬；宜少慰其苦辛，再檢十數醫方⓭與之，便喫著不盡矣。」翁問所載藥。女云：「已售之矣，直⓮在此。」翁乃出方付金，送趙歸。試其方，有奇驗。沂水尚有能知其方者。以蒜臼接茅簷雨水，洗瘊贅⓯，其方之一也，良效。

【注釋】❶夫夫　這個男子。《禮記‧檀弓上》：「曾子指子游而示人曰：『夫夫也，為習於禮者。』」❷良匹　佳偶。❸渺此一身　孤身一人，形容力量微小，孤苦無依。❹媵之　給人當侍妾。❺操井臼　做提水、舂米之類的事，泛指家務勞動。❻猥相從　苟且跟從。❼身父　我的父親。身，本人。❽資斧　盤纏；旅費。❾貰　租賃。❿衢市　街道和集市。⓫治具　擺設酒席。⓬不任　不能擔當；不能勝任。⓭醫方　藥方。⓮直　值，指賣藥所得的貨款。⓯瘊贅　疣贅。

【語譯】山東沂水的居民趙某，有事從縣城回家，看見一個身穿孝服的女子在路旁啼哭，顯得十分哀痛。斜眼一看，那女子長得很漂亮。趙某很喜愛，直盯著看，不願離開。女子流著眼淚說：「你這個男子，怎麼不走路，老是看我幹什麼！」趙某說：「這荒郊野外，空無一人，而你哭得這麼悲哀，我心裡感到很難受。」女子說：「丈夫死了，無依無靠，所以很悲哀。」趙某勸她再選擇一個好伴侶。女子說：「我孤身一人，怎麼能選擇？如果能找到託身之人，做妾也行啊。」

趙某高興地自我推薦，女子同意了。因為離家還很遠，趙某就想給女子找代步的工具。女子說：「不用了。」於是在前面先走起來，步履輕盈就像仙女飄飛一樣。到家後，打水、舂米，十分勤快。過了兩年多，對趙某說：「感謝你對我一片真心，苟且跟從你，不覺已快三年了。今天我該走了。」趙某說：「你以前說沒有家，現在要到哪裡去？」女子說：「那時我不過隨口一說罷了，怎麼會沒有家呢？我父親在金陵賣藥。以後如果想再見面，你可以帶些藥去，可以幫助解決你的盤費。」趙某張羅為她雇請車馬。女子勸阻了他，逕自出門而去，趙某追也追不上，轉眼就不見了蹤影。

過了很長時間，趙某很想念那女子，就買了些藥來到金陵。他把貨物寄存在旅館裡，就去街道和集市尋找起來。忽然藥鋪裡一個老頭望見他，說：「我女婿來了。」就把他請進屋裡。女子正在庭院裡洗衣服，看見他來了，不說也不笑，只是洗個不停。趙某惱恨地走出藥鋪，老頭又把他拉回來。但女子依然像剛才那樣不理不睬。老頭讓人擺設酒席準備喝酒。想贈送給趙某厚禮，女子勸阻說：「他福分薄，送得太多恐怕他擔當不起；只要稍微慰勞一下他奔波的勞苦，再拿十幾個藥方送給他，就吃穿不盡了。」老頭問他帶來的藥。女子說：「已經賣了，錢在這裡。」老頭於是取出藥方，連同賣藥的錢一起交給趙某，送他回去。趙某回去以後，試驗那些藥方，果然有奇效。沂水縣現在還有能夠知道那些藥方的人。用搗蒜的石臼承接茅簷雨水，洗疣子，這是其中的一個，很有效。

【研析】〈金陵女子〉是一篇「神龍見首不見尾」的別致之作。

〈金陵女子〉中的金陵女子和〈新郎〉中的那位假新娘，都是來無影去無蹤的特殊女子。你說她們是人吧，封建社會的小腳女子哪能像她們一樣登萍渡水、行走如風？你看，那位假新娘是：「宅後有長溪，小橋通之。見新婦渡橋逕去，益疑。呼之不應，遙以手招壻。壻急趁之，相去盈尺，而卒不可及。」這位金陵女子是：「乃先行，飄若仙奔。」、「女辭之，出門逕去；追之不及，瞬息遂杳。」這簡直可以和曹植〈洛神賦〉中的碧波仙子洛神媲美了：「體迅飛鳧，飄忽若神。凌波微步，羅襪生塵。動無常則，若危若安。進止難期，若往若還。」所以，就是神韻詩派的大師王漁洋看過這篇小說也不得不說：「女子大突兀！」

其實，這篇小說的開頭還可以和〈畫皮〉的開頭相比。〈畫皮〉的開頭是：「太原王生早行，遇一女郎，抱幞獨奔，甚艱於步，急走趁之，乃二八姝麗。心相愛樂，問：『何夙夜踽踽獨行？』女曰：『行道之人，不能解愁憂，何勞相問。』生曰：『卿何愁憂？或可效力不辭也。』女黯然曰：『父母貪賂，鬻妾朱門。嫡妒甚，朝詈而夕楚辱之，所弗堪也，將遠遁耳。』問：『何之？』曰：『在亡之人，烏有定所。』生言：『敝廬不遠，即煩枉顧。』女喜從之。生代攜幞物，導與同歸。」看完這段文字，再看〈金陵女子〉的開頭，我們感覺彷彿又有一個「畫皮」的故事將要上演。可是接下來，情況就不一樣了。〈金陵女子〉中的趙某沒有妻子，並且因為路途遠，怕累著這位女子，還想給她雇牲口代步。可見，趙某對金陵女子是真心的。而〈畫皮〉中的王生，家裡有妻子，他對畫皮女的態度完全是玩弄獵奇。所以，趙某雖然沒有和金陵女子成為百年佳偶，卻也過了三年幸福美滿的夫妻生活，並最終獲得神奇藥方，吃穿不愁一輩子。而那位王生卻被妖怪剖腹挖心，還累及妻子拯救自己。

小說最後說「以蒜臼接茅簷雨水，洗瘊贅，其方之一也」，是否確有其效，我們就不得而知了。

湯公

湯公名聘❶，辛丑進士。抱病彌留❷。忽覺下部熱氣，漸升而上：至股，則足死；至腹，則股又死；至心，心之死最難。凡自童稚以及瑣屑❸久忘之事，都隨心血來，一一潮過❹。如一善，則心中清淨寧帖；一惡，則懊憹❺煩燥，似油沸鼎中，其難堪之狀，口不能肖似❻之。猶憶七八歲時，曾探雀雛而斃之，只此一事，心頭熱血潮湧，食頃❼方過。直待平生所為，一一潮盡，乃覺熱氣縷縷然，穿喉入腦，自頂顛出，騰上如炊，踰數十刻期❽，魂乃離竅❾，忘軀殼矣。

而渺渺無歸❿，漂泊郊路間。一巨人來，高幾盈尋⓫，掇拾之，納諸袖中。入袖，則疊肩壓股。其人甚夥⓬，薅惱⓭悶氣，殆不可過。公頓思惟佛能解厄⓮，因宣佛號⓯，纔三四聲，飄墮袖外。巨人復納之。

三納三墮，巨人乃去之。公獨立徬徨，未知何往之善。憶佛在西土[16]，乃遂西。無何，見路側一僧趺坐[17]，趨拜問途。僧曰：「凡士子生死錄[18]，文昌[19]及孔聖司之，必兩處銷名，乃可他適。」公問其居，僧示以途，奔赴。

無幾，至聖廟[20]，見宣聖[21]南面坐，拜禱如前。宣聖言：「名籍之落，仍得帝君。」因指以路。公又趨之。見一殿閣，如王者[22]居。俯身入，果有神人，如世所傳帝君像。伏祝之。帝君檢名曰：「汝心誠正，宜復有生理。但皮囊[23]腐矣，非菩薩[24]莫能為力。」因指示令急往。公從其教。俄見茂林修竹，殿宇華好。入，見螺髻[25]莊嚴，金容滿月；瓶浸楊柳，翠碧垂煙。公肅然稽首[26]，拜述帝君言。菩薩難之，公哀禱不已。傍有尊者[27]白言：「菩薩施大法力，撮土可以為肉，折柳可以為骨。」菩薩即如所請，手斷柳枝，傾瓶中水，合淨土為泥，拍附公體。使童子攜送靈所，推而合之。棺中呻動，家人駭集，扶而出之，霍然病已。計氣絕已斷七㉘矣。

【注　釋】❶湯公名聘　湯聘，祖籍江寧縣，隸籍溧水縣人。清順治十四年（西元一六五七年）丁酉舉人，十八年辛丑進士，曾任平山縣知縣。❷彌留　病情嚴重，即將死亡。❸瑣屑　細小而繁多。❹都隨心血來二句　這是活用「心血來潮」的成語。❺懊憹　煩悶；焦躁。❻肖似　描摹其形狀。❼食頃　吃一頓飯的時間。❽踰數十刻期　過了幾十刻的時間。踰，超過。刻，古代用漏壺記時，一晝夜共一百刻。❾離竅　離開身體。❿渺渺無歸　神魂遠離，無所歸附。⓫尋　古代長度單位，一尋等於八尺。⓬夥　多。⓭嬦惱　煩躁不快。⓮解厄　解救危難。厄，困苦；災難。⓯宣佛號　高聲誦出佛的名號，如「阿彌陀佛」等。佛號，佛教諸佛及大菩薩的名號。⓰西土　指佛教發源地印度，古人以印度在中國之西，故稱。⓱趺坐　佛教坐法之一，即互交二足，將右腳盤放於左腿上，左腳盤放於右腿上的坐姿。在諸坐法之中，以此坐法為最安穩而不易疲倦。⓲生死錄　即生死簿，冥界記錄人的生死情況的冊子。⓳文昌　即文昌帝君，為民間和道教尊奉的掌管士人功名祿位之神。文昌本星名，亦稱文曲星，或文星，古時認為是主持文運功名的星宿。⓴聖廟　孔廟的尊稱。㉑宣聖　即孔子。漢平帝元始元年（西元元年）諡孔子為褒成宣尼公。此後歷代王朝皆尊孔子為聖人，詩文中多稱為「宣聖」。㉒王者　帝王。㉓皮囊　指人的軀殼。㉔菩薩　佛教指修行到了一定程度，地位僅次於佛的人。㉕螺髻　形狀像螺殼的髮髻。㉖稽首　古代跪拜禮，跪下並拱手至地，頭也至地。㉗尊者　亦稱「聖者」，指具有較高的德行、智慧的僧人。㉘斷七　舊時迷信風俗，人死後每七天叫一個「七」，滿七個「七」即四十九天時叫「斷七」，常請和尚道士來念經超度亡魂。

【語　譯】湯公名聘，是辛丑年間進士。他重病纏身，已經到了彌留之際。忽然覺得身體下部有一股熱氣，漸漸上升：升到大腿，雙腳就死去；升到腹部，大腿又死去；升到心窩，心是最難死的。

所有童年以來的往事以及瑣碎久已遺忘的事，都隨著心血而來，像潮水一般在心頭一一湧過。如果是一件善事，心裡就清淨安寧；如果是一件惡行，心裡就懊悔煩躁，像油在鍋裡沸騰一般，那種難堪的滋味，難以用語言表達出來。還記得七八歲時，曾經把鳥窩裡的幼雀取出來殺死，只這一件事，就使他心頭熱血翻騰不止，一頓飯工夫才過去。直到平生所作所為，一一都已湧過了心頭，才覺得熱氣一縷縷地穿過喉嚨，進入腦部，從頭頂出來，像炊煙一樣升騰而上，過了幾十刻的時間，靈魂才離開身體而去。

湯公的靈魂無依無歸，在野外的路上飄蕩。一個身高八尺的巨人走過來，拾起湯公的靈魂，放在袖子裡。湯公進入袖子，只覺得肩腿相壓。裡面有很多人，實在令人煩燥氣悶，幾乎不能忍受。湯公忽然想起只有佛祖能解救危難，就高聲念誦「南無阿彌陀佛」，才念了三四聲，就已飄落到袖子外。巨人又把他捉回去。連續捉了好幾次，他都飄落出來，巨人只好離開了。湯公獨自站著，彷徨四顧，不知到哪裡去好。想到佛祖在西天，於是向西方走去。不久，看見路旁有個和尚在打坐，就急忙上前施禮問路。和尚說：「凡是讀書人的生死簿，都由文昌帝君和孔聖人掌管，必須到他們兩個那裡把姓名勾掉，才能到別處去。」湯公問他們住在哪裡，和尚指示給他，他就馬上趕去。

不一會兒，湯公來到孔聖廟，見孔子面朝南坐著，就走過去跪拜禱告。孔子說：「要除去名籍，還得找文昌帝君。」於是指給他路途。湯公又急忙趕去。看見一座殿閣，像帝王居住的一樣。彎腰走進去，果然有位神人，和世間所描繪的文昌帝君模樣一樣。湯公趴在地上禱告。文昌帝君翻檢著名冊說：「你為人誠實正直，應該再返回人間。但你的軀殼已經腐爛，除了觀音菩薩誰也無能為力。」於是給他指示路途，叫他急切前往。湯公聽從他的教誨。走了一會，看見一片茂密竹林，殿宇華麗。湯公走進去，只見觀音菩薩梳著螺髻，神態莊嚴，面容豐滿而有光彩；寶瓶裡浸著楊柳枝，青翠碧綠，垂下的枝條如雲煙一般。湯公恭恭敬敬地磕頭，把文昌帝君的話述說了一遍。觀音菩薩很為難，湯公哀求不止。旁邊有位尊者對觀音菩薩說：「菩薩施展大法力，捏合泥土可以做肉，折取柳枝可以做骨頭。」觀音菩薩就按尊者所說的，用手折下柳枝，倒出寶瓶裡的水，和上淨土捏成泥，拍附在湯公身體上。然後讓童子把湯公帶到停放靈柩的地方，和棺裡的軀體推合在一起。湯公在棺材裡呻吟，翻動身體，家人非常驚駭，聚集在一起，把湯公從棺材裡扶出來，一下子病就痊癒了。算起來湯公已斷氣四十九天了。

【研 析】清順治溧水進士湯聘死而復生的故事流傳較廣。馮鎮巒據《丹桂籍》注，描寫了事件大體經過。清朝順治甲午這一年，溧水縣的書生湯聘到省城去應試，不知何故，在旅店裡面就突然得了重病，很快就死了。冥冥之中他感到自己的靈魂從頭上出來，飄蕩而去。湯聘靈魂離體之後，相繼到了文昌、孔子、觀音等處。最後，他見到了文昌帝君，帝君正在審查功過簿，翻到湯聘的名下，就對他說，你的壽命已經盡了，本該今天就得死，不過在某年某月，你有一次乘船到如皋，船上有一位美女，對你動了情，百般親近你，想跟你苟合。但是你正色斥責她，把她喝退。因此，上天不但賜予你壽限，而且還要賜給你功名，你將來定會前程遠大。最後，文昌帝君跟湯聘說：「汝見色不淫，故來相救。」果然，湯聘不但死而復生，至辛丑年還中了進士。何守奇也說，「此事累見他書。」清人陸次雲的《北墅奇書》和徐岳的《見聞錄》均有記載，只不過情節略有不同而已。

蒲松齡所寫的〈湯公〉，除對宣聖、文昌、菩薩等的慈善心腸和神奇法力進行稱揚外，還詳細描述了人死之際的種種體驗。「凡自童稚以及瑣屑久忘之事，都隨心血來，一一潮過。如一善，則心中清淨寧帖；一惡，則懊憹煩燥，似油沸鼎中，其難堪之狀，口不能肖似之。猶憶七八歲時，曾探雀雛而斃之，只此一事，心頭熱血潮湧，食頃方過。直待平生所為，一一潮盡，乃覺熱氣縷縷然，穿喉入腦，自頂顛出，騰上如炊，踰數十刻期，魂乃離竅，忘軀殼矣」。「心血來潮」這個詞，我們都不止一次用過，可是誰對此進行過如此形象生動的想像。蒲松齡不是詞典學家，卻用小說的語言解釋了此詞。

當然，也不是什麼人都能死而復活的，在蒲松齡看來，正是因為湯聘「心誠正」才會「復有生理」。如果所做之事多是令人「懊憹煩燥」的惡事，而不是令人「清淨寧帖」的善事，那麼復活之事是萬萬不能的。但明倫說：「菩薩大法力，亦必因其有生理為之；不然，瓶中水雖多，能為天下之不誠正者而肉之骨之乎。」說到底，故事仍是借因果報應來勸善懲惡。

閻羅

萊蕪❶秀才李中之，性直諒不阿❷。每數日，輒死去，僵然如尸，三四日始醒。或問所見，則隱祕不洩。時邑❸有張生者，亦數日一死。語人曰：「李中之，閻羅❹也。余至陰司，亦其屬曹❺。」其門殿對聯，俱能述之。或問：「李昨赴陰司何事？」張曰：「不能具述。惟提勘❻曹操，笞❼二十。」

異史氏曰：「阿瞞❽一案，想更數十閻羅矣。畜道、劍山❾，種種具在，宜得何罪，不勞挹取❿；乃數千年不決，何也？豈以臨刑之囚快於速割，故使之求死不得也⓫？異已！」

【注釋】❶萊蕪　縣名，即今山東萊蕪。❷直諒不阿　正直誠實，不徇私情。❸邑　城市，此指萊蕪縣城。❹閻羅　俗稱「閻王爺」、「閻羅王」。❺屬曹　下屬官吏。❻提勘　提審。❼笞　笞刑，古代用竹板或荊條打人脊背或臀腿的刑罰。❽阿瞞　曹操的小名。❾畜道劍山　將人轉化為畜生或到劍山上去受刑罰。❿挹取　汲取，把液體舀出來。此指翻檢法律條文。⓫豈以臨刑之囚二句　臨死的囚犯希望快死以減少痛苦，閻羅遲遲不給曹操判刑，是想讓他求死不得多受痛苦。

【語　譯】山東萊蕪有個秀才名叫李中之，為人正直誠信，剛直不阿。每隔幾天，總要死去一次，僵臥著如同死屍一樣，三四天才蘇醒。有人問他見到什麼，總是深藏不露。當時，縣裡有個張生，也是幾天死一次。張生對人說：「李中之是閻羅王。我到了陰間，也是他的屬官。」閻王殿門的對聯，張生都能背誦出來。有人問：「昨天李中之到陰間辦什麼事？」張生說：「不能詳細講。只是提審曹操，打了他二十大板。」

異史氏說：「曹阿瞞一案，想來已經更換幾十個閻羅王了。冥間有罰人轉為畜牲、上劍山等酷刑，種種刑罰都很明確，曹操應判什麼罪，並不費難；但幾千年都沒有判決，這是什麼原因呢？難道是因為臨死的囚犯都以速死為快，所以才讓曹操求死不得嗎？太奇怪了！」

【研　析】〈閻羅〉這篇短文寫的是閻羅提審曹操的故事。

與〈李伯言〉篇沂水縣的李伯言一樣，萊蕪縣的秀才李中之也到陰曹去代理閻羅辦案。只是李伯言是偶一為之，李中之卻是隔幾天就去一次。不管案件多少，辦案人都要秉公執法，李伯言是「抗直有肝膽」，李中之是「性直諒不阿」。他們倆具有這樣的品格，才適合到陰間去代理閻羅。

雖然李中之辦案使用的還是笞刑，但所審的犯人卻非同小可，因為他不是普通人，他是魏武帝曹操。曹操到底是一個怎樣的人物，歷來就有不同的看法。有人說他是治世之能臣，有人說他是亂世之奸雄，迄無定論。不過，隨著人們知識水準的提高，現代人對歷史人物的評價是越來越客觀公正了，曹操的歷史功績也越來越得到人們的首肯。但是在舊史學家和舊時人民的心目中，曹操是一位十惡不赦的奸臣。蒲松齡對曹操沒有好感，痛恨有加，因此讓曹操變畜生、上刀山還覺不解恨，千百年來非得不斷提審他，讓他求死不得、求生不能。在〈曹操冢〉那篇小文中，也是持如此態度。

小髻

長山❶居民某，暇居，輒有短客❷來，久與扳談❸。素不識其生平，頗注疑念。客曰：「三數日將便徙居❹，與君比鄰矣。」過四五日，又曰：「今已同里，旦晚可以承教❺。」問：「僑居❻何所？」亦不詳告，但以手北指。自是，日輒一來。時向人假❼器具；或吝不與，則自失之。羣疑其狐。村北有古冢，陷不可測，意必居此。共操兵杖往。伏聽之，久無少異。一更向盡，聞穴中戢戢❽然，似數十百人作耳語。眾寂不動。俄而尺許小人，連遱❾而出，至不可數。眾譟起，並擊之。杖杖皆火，瞬息四散。惟遺一小髻❿，如胡桃⓫殼然，紗飾而金綫。嗅之，騷臭不可言。

【注釋】❶長山　明清時縣名，約為今山東濱州鄒平。❷短客　小個子客人。❸扳談　閒談；交談。❹徙居　遷居；搬家。❺承教　謙詞，言接受教誨。❻僑居　僑遷，遷居的美稱。《詩經・小雅・伐木》：「伐木丁丁，鳥鳴嚶嚶。出自幽谷，遷於喬木。」❼假　借。❽戢戢　象聲詞，形容細小之聲。唐元稹〈表夏〉詩：「翩翩簾外燕，戢戢巢內雛。」❾連遱　接連不斷。❿髻　盤在頭頂或腦後的髮結。⓫胡桃　即核桃。木材堅韌，可以做器物，果仁可以吃，可以榨油，也可以入藥。

【語　譯】山東長山縣有位居民，閒住在家，經常有個身材矮小的客人來訪，纏著主人聊天。主人素來不知道他的底細，心裡非常疑惑。客人說：「過幾天我就要搬家，和您作鄰居了。」過了四五天，客人又說：「我已經和您住一條里弄，早晚可以向您請教。」主人問：「您搬到什麼地方了？」客人也不詳說，只是用手向北指了指。從此，客人每天總來一次。有時向人借點用具。有的人吝嗇，不借給他，那麼用具就自動遺失了。大家懷疑他是狐妖。村北有座古墓，墓穴深不可測。大家想狐妖一定住在那裡。一同拿起棍棒前去。趴在墓旁仔細聽，很長時間都沒有發現異常。一更將盡，聽到墓穴裡有唧唧噥噥的聲音，好像有近百人在竊竊私語。大家寂然無聲，一動不動。一會兒，身高僅一尺多的小人，絡繹不絕地走出來，多得無法計數。大家吶喊著站起來，一齊追打那些小人。每一棒打下去，都冒出火花來。眨眼間，小人們四散而逃。只遺下一個小髻，像胡桃殼一樣，薄紗鑲邊，綴著金線。聞一下，騷臭得不能用語言來形容。

【研　析】〈小髻〉寫發生在長山縣的一件怪異之事。

我們還記得《聊齋誌異》中〈宅妖〉裡那群哭喪的小人和〈小官人〉中那個笑語盈盈的小官人，在這篇〈小髻〉中蒲松齡又給我們描寫了別一樣的一個「小」人物。

這個「小」人物，蒲松齡稱他為「短客」，這個名稱很別致醒目，想來這個「短客」的個子也就一米左右吧。他雖然個子矮，卻很愛與人交往，經常來與某人閒聊。因為他長得特別，並且又是陌生人，所以某人對他的身分頗存懷疑。俗話說「話多有失」。時間久了，某人對「短客」的懷疑程度未減，而「短客」對某人卻忘了警惕，告訴他自己將要搬到近鄰居住。到某人問他具體地址時，他大概意識到了自己的輕信與魯莽，所以不加明言，只是用手指指村北。更奇怪的是，他有時向村人借器具用，村人不借給他，器具就會自動消失，找尋不見。於是村人懷疑他是狐狸精。在一個晚上，大家拿著兵杖來到村北的古墓旁，尋機打散了這夥矮個子狐狸，地上只留下一個騷臭異常的小小的髮髻。

讀這篇小說，我們可能想到《聊齋誌異》中的那篇〈九山王〉。〈九山王〉中的老狐狸借住在曹州李姓家裡，沒有幹什麼對不起李姓的事，李姓卻因為他是狐狸，就設計誅殺了他的家族。當然，李姓最後也得到了老狐狸殘酷的報復。這篇〈小髻〉中的「短客」，只是來找某人談談天，就算有時借東西不還，也是別人吝嗇在先，其實他並無什麼惡意。可是，村人們卻因為他是狐狸而執兵杖擊殺之，這太過分了。

老饕

邢德，澤州❶人，綠林之傑❷也。能挽強弩，發連矢，稱一時絕技。而生平落拓❸，不利營謀❹，出門輒虧其貲。兩京❺大賈，往往喜與邢俱，途中恃以無恐。會冬初，有二三估客❻，薄假以貲，邀同販鬻❼；邢復自罄其囊❽，將并居貨。有友善卜者，因詣之。友占曰：「此爻為『悔』❾，所操之業，即不母而子亦有損焉❿。」邢不樂，欲中止，而諸客強速⓫之行。至都，果符所占。臘將半⓬，匹馬出都門。自念新歲無貲，倍益怏悶。

時晨霧濛濛，暫趨臨路店，解裝覓飲。見一頒白叟⓭，共兩少年，酌北牖下。一僮侍，黃髮蓬蓬然。邢於南座，對叟休止⓮。僮行觴，悞翻柈具⓯，汚叟衣。少年怒，立摘⓰其耳。捧巾持帨⓱，代叟揩拭。既見僮手掬俱有鐵箭鐶[18]，厚半寸；每一鐶，約重二兩餘。食已，叟命少年，於革囊中探出鏹物[19]，堆累几上，稱秤握算[20]，可飲數杯時，始緘裹完好。少年於櫪[21]中牽一黑跛騾來，扶叟乘之；僮亦跨羸馬[22]相從，出門去。兩少年各腰弓矢，捉馬俱出。邢窺多金，窮睛旁睨，饞焰若炙[23]。輟飲，急尾之。視叟與僮猶款段[24]於前，乃下道斜馳出叟前，緊啣關弓，怒相向。叟俯脫左足靴，微笑云：「而不識得老饕[25]也？」邢滿引一矢去。叟仰臥鞍上，伸其足，開兩指如箝，夾矢住。笑曰：「技但止此，何須而翁[26]手敵？」邢怒，出其絕技，一矢剛發，後矢繼至。叟手掇一，似未防其連珠；後矢直貫其口，踣然[27]而墮，啣矢僵眠。僮亦下。邢喜，謂其已斃，近臨之。叟吐矢躍起，鼓掌曰：「初會面，何便作此惡劇？」邢大驚，馬亦駭逸[28]。以此知叟異，不敢復返。

走三四十里，值方面綱紀[29]，囊物赴都；要取[30]之，略可千金，意氣始得揚。方疾鶩間，聞後有蹄聲；回首，則僮易跛騾來，駛若飛。叱曰：「男子勿行！獵取之貨，宜少瓜分㉛。」邢曰：「汝識『連珠箭邢某』否？」僮云：「適已承教矣。」邢以僮貌不揚，又無弓矢，易之。一發三矢，連遱㉜不斷，如羣隼飛翔。僮殊不忙迫，手接二，口啣一。笑曰：「如此技藝，辱寞煞人！乃翁傯遽㉝，未暇尋得弓來；此物亦無用處，請即擲還。」遂於指上脫鐵鐶，穿矢其中，以手力擲，嗚嗚風鳴。邢急撥以弓；弦適觸鐵鐶，鏗然斷絕，弓亦綻裂。邢驚絕。未及覷避，矢過貫耳，不覺翻墜。僮下騎，便將搜括㉞。邢以弓臥撻之。僮奪弓去。拗折為兩；又折為四，拋置之。已，乃一手握邢兩臂，一足踏邢兩股；臂若縛，股若壓，極力不能少動。腰中束帶雙疊，可駢三指許；僮以一手捏之，隨手斷如灰燼。取金已，乃超乘㉟，作一舉手，致聲「孟浪㊱」，霍然逕去。邢歸，卒為善士。每向人述往事不諱。此與劉東山事㊲蓋仿佛焉。

【注釋】❶澤州　州名，今屬山西晉城。❷綠林之傑　即綠林好漢。西漢末，新市人王匡、王鳳等聚集在綠林山中，至七八千人，王莽天鳳四年（西元一七年）起事造反，稱「綠林軍」。綠林，位於湖北當陽東北。後來以「綠林」泛指結夥聚集山林之間反抗政府或搶劫財物的有組織集團。❸落拓　豪放；放蕩不羈。《北史・楊素傳》：「素少落拓有大志，不拘小節。」❹不利營謀　不善於經營謀利。❺兩京　南京與北京。❻估客　商人。估，通「賈」。❼販鬻　販賣。鬻，賣。❽自罄其囊　拿出所有的積蓄。罄，用盡。囊，錢袋子。❾此爻為悔　所占卦的爻辭中有「悔」字，表示不吉利。悔，《周易》占卜吉凶時所用的術語之一，乃凶卦，為不吉之占。❿即不母而子亦有損焉　似應為「即不子而母亦有損焉」，意思是不但不能獲利，連本錢亦有虧損。母，本錢。子，利息。⓫速　請；催促。⓬臘將半　臘月過了將近一半。臘，臘月，舊曆十二月。⓭頒白叟　鬚髮參白的老人。頒白，鬚髮半白。頒，通「斑」。叟，老頭兒。⓮休止　停下休息。⓯柈具　盤子裡的菜肴。柈，通「盤」。⓰摘　揪；用手提。⓱帨　巾帕。⓲箭鐶　扳指，一種護手的工具，戴於勾弦的手指，用以扣住弓弦；同時，在放箭時，也可以防止急速回抽的弓弦擦傷手指。⓳鏹物　錢財。鏹，通「繈」。穿錢的繩子，引申為成串的銅錢，也泛指銀錢。⓴握算　手執算盤計算。㉑櫪　馬槽。曹操〈步出夏門行〉：「老驥伏櫪，志在千里」。㉒羸馬　瘦弱的馬匹。㉓饞焰若炙　渴羨的目光像是點著了火。㉔款段　馬行遲緩貌。㉕老饕　老財迷或老饞鬼，是此翁的江湖綽號。饕，饕餮，傳說中的一種兇惡貪食的野獸。㉖而翁　你父親。而，同「爾」。你的。㉗踣然　跌倒的樣子。㉘駭逸　馬因驚嚇而狂奔不止。㉙方面綱紀　地方大員的僕人。方面，古指一個地方的軍政要職或其長官。綱紀，管理一家事務的僕人。㉚要取　攔路搶劫錢財。㉛瓜分　像切瓜一樣分割或分配，指剖分財物。㉜連遱　接連不斷的樣子。㉝傯遽　倉猝；匆忙。㉞搜括　搜求、掠奪財物。㉟超乘　本指跳躍上車，此指跳上騾背。㊱孟浪　魯莽；冒昧。㊲劉東山事　見明宋懋澄《九籥別集》卷二〈劉東山〉，亦見明凌濛初《初刻拍案驚奇》卷三〈劉東山誇技順城門，十八兄奇蹤村酒肆〉。大致是：明世宗時三輔捉盜人劉東山，發箭百發百中，自號「連珠箭」。某年末，到京城販賣驢子，得錢百金，在順城門雇騾子回家，路上自誇其技，被人聽去。途中遇一黃衫氈笠少年，張弓搭箭，將錢截去。後劉東山與妻賣酒村外，不再憑武藝謀生。三年後，黃衫少年率眾來至酒店，告訴劉東山說，當年聽了他在順城門自誇武藝，就和他開了個玩笑，並拿出千金作為當年搶奪財物的酬報。

【語　譯】邢德，山西澤州人，是一位綠林豪傑。能夠拉強弓，發連珠箭，堪稱一時絕技。但他一生落拓，不善於經商謀利，出門做買賣總是虧本。南京和北京的大商人，往往喜歡和他一起，途中就可以有恃無恐了。有一年初冬，有兩三個商販，借給邢德少量本錢，邀請他一同出門做買賣，邢德又拿出自己所有的錢，打算一併用來置辦貨物。他有位朋友善於算卦，於是登門拜訪。朋友算了一卦，說：「所占卜的爻辭有『悔』，你這宗買賣肯定要虧損本錢。」邢德不高興，想中止這次行程，可是商販們強拉他上路。到了京城，果然和預卜的一樣。這時已是臘月中旬，邢德騎著馬獨自走出城門。想到沒有錢過年，心中更加愁悶。

當時晨霧濛濛，邢德就暫且到路邊客店，解下行裝，買酒來喝。看見一個鬢髮斑白的老人，和兩個年輕人在北窗下喝酒。一個小僮在旁邊侍候，滿頭參差不齊的黃髮。邢德走到南邊，面向老人坐下。小僮倒酒，誤將杯盤碰翻，弄髒了老人的衣服。一個年輕人發怒了，馬上擰住小僮的耳朵。小僮連忙捧來毛巾，替老人擦拭衣服。邢德看見小僮的兩隻拇指上都戴著鐵箭鐶，厚約半寸；每個箭鐶約二兩多重。吃完飯後，老人叫年輕人從皮口袋裡拿出銀子，堆放在桌子上，用秤來稱，用算盤來算，過了大約喝幾杯酒的時間，才把銀子包裹好。年輕人從馬棚牽來一頭黑色騾子，扶老人騎上去；小僮也騎上一匹瘦馬跟在後面，出門而去。兩個年輕人各自腰掛弓箭，牽著馬一起走出客店。邢德窺見他們有那麼多銀子，目不轉睛地從旁邊偷看，貪婪的目光好像灼熱的火焰。邢德放下酒杯，急忙尾隨而去。看見老人和小僮還在前面緩緩而行，就從小路斜刺衝到老人前面，勒住馬頭，彎弓搭箭，怒目相向。老人彎腰脫下左腳上的靴子，微笑著說：「你不認得我是老饕嗎？」邢德拉滿弓弦，射了一箭。老人仰臥在鞍上，伸出左腳，張開兩個腳趾，像鉗子一樣，夾住射過來的箭。笑著說：「就這點本事，哪裡需要你老子用手來對付呢？」邢德大怒，使出他的絕技，一支箭剛剛射出，另一支箭緊跟著就到。老人用手接住第一支箭，似乎沒有防備他連續發射；第二支箭就直射入嘴裡，老人身子一歪摔下來，嘴裡銜著箭桿，直挺挺地躺在地上。小僮也跳下了瘦馬。邢德高興了，以為老人已經死了，就走上前去。老人吐出箭頭，一躍而起，拍著手說：「初次見面，怎麼能這樣惡作劇呢？」邢德大吃一驚，那匹馬也受驚狂奔。這才知道老人不同尋常，不敢再返回去了。

邢德驅馬跑了三四十里，碰上一個大官的管家，帶著大批財物進京；邢德攔路把它搶下來，大約有千兩銀子，才有些得意揚揚。正在騎馬疾馳的時候，聽見後面有馬蹄聲；回頭一看，原來是那個小僮換乘了跛腳騾子趕過來，快得像飛一樣。小僮大聲說道：「前面那男子不要走！搶來的東西，應該分給我一點。」邢德說：「你知道我是『連珠箭邢某』嗎？」小僮說：「剛才已經領教過了。」邢德見這小僮其貌不揚，又沒有弓箭，沒把他放在眼裡。對著小僮連發三箭，連續不斷，就像群鷹飛翔。小僮一點兒也不慌張，伸手接住兩支，張嘴銜住一支。笑著說：「這樣的技藝，羞死人了！你老子來得太匆忙，沒時間把弓帶來；這些箭也沒什麼用處，就把它還給你吧。」於是從手指上脫下鐵箭鐶，套在箭上，用力擲出，夾著嗚嗚的風聲。邢德急忙用弓去撥；弓弦恰好碰到鐵箭鐶，弓弦砰的一聲斷了，弓也被震裂了。邢德大驚失色。沒來得及躲避，箭頭已經把耳朵射穿，不覺栽下馬來。小僮跳下騾子，上前就要搜索財物。邢德躺在地上用弓打他。小僮生氣了，伸手把弓奪過去。折為兩段，又折一下，成為四段，扔到一邊。接著，一隻手抓住邢德的兩隻胳膊，一隻腳踩住邢德的兩條大腿，邢德感到胳膊好像被捆住，大腿好像被壓住，用盡全身力氣也動彈不得。腰間紮著條雙層帶子，約三指來寬；小僮用手一捏，帶子隨手而斷開，碎成灰燼一樣。取走銀子後，跳上跛腳騾子，拱拱手，說聲「冒犯了」，就快速的逕自走了。邢德回家以後，最終成為善良的人。他常常毫不隱諱地向人講述這件往事。這和劉東山的故事大致相同。

【研　析】〈老饕〉是一篇描寫江湖異人的武俠小說。

喜歡明清小說的讀者，大概還記得凌濛初《初刻拍案驚奇》卷一那篇〈轉運漢遇巧洞庭紅，波斯胡指破鼉龍殼〉。書中說：「國朝成化年間，蘇州府長洲縣閶門外有一人，姓文名實，字若虛。生來心思慧巧，做著便能，學著便會。琴棋書畫，吹彈歌舞，件件粗通。幼年間，曾有人相他有巨萬之富。他亦自恃才能，不十分去營求生產，坐吃山空，將祖上遺下千金家事，看看消下來。以後曉得家業有限，看見別人經商圖利的，時常獲利幾倍，便也思量做些生意，卻又百做百不著。」因此人稱「倒運漢」。一些經常到海外經商的朋友就帶他出海散心排憂。文若虛臨走前占了一卦，瞽目先生說：「此卦非凡，有百十分財氣，不是小可。」朋友借給文若虛一兩銀子，他買了一簍洞庭紅桔子，準備路上解渴。沒想到洞庭紅在海外吉零國，被當成稀世珍品搶購一空，賣了一千來兩銀子。回國途中他又偶然揀到一個大烏龜殼，因為裡面藏有珍珠，在福建靠岸後被一個波斯商人用五萬兩銀子買去。「倒運漢」成了「轉運漢」。現在我們讀到的這篇〈老饕〉，雖然寫的是一武夫而非文士，卻與〈轉運漢遇巧洞庭紅〉異曲同工，同樣值得我們細心欣賞。〈轉運漢〉的開頭寫澤州人邢德武藝高強而不善於經商謀利，每次做買賣都要虧本。這和〈轉運漢〉中的文若虛一樣，也可以稱為一個「倒運漢」。後來，邢德也是在朋友的攛掇下借錢一塊經商。臨走前也是算了一卦，這一卦和文若虛的不同；文若虛的是發大財，文果然發了大財；邢德的是賠本，果然賠了本。文若虛的發財史，是一段妙趣橫生的文人傳奇；邢德破產後的武士經歷，也是一段驚心動魄的武俠奇觀。

生意失意之後，邢德抑鬱而歸，在旅店裡遇到了一位須白老叟和黃髮少年。這一老一少的行囊裡裝有金銀無數，並且老頭乘一頭瘸騾子，少年乘一頭瘦馬。這似乎給了綠林豪傑邢德一可乘之機，奪得二人的錢財，也可以勝過所虧損之本息了。可是，事與願違，一個花白頭髮的「老饕」竟把赫赫有名的「連珠箭邢某」收拾得失魂落魄，騎馬逃走。

若說這位老叟是位異人，那少年也毫不含糊。邢德不敢搶奪老饕的財物，那搶奪地方大員的僕人運往京城的不義之財總可以吧？可是也不行。他搶了，那位黃髮少年可不讓。邢德打不過年高藝精的老饕，對付這位少年應該沒問題吧？不，問題很大。邢德的連珠箭對少年來說毫無威脅，倒是少年輕輕一擲，箭矢穿透了邢德的耳朵。接著，少年又輕輕一折，折斷了邢德的強弓。最後，少年又輕輕一捏，捏斷了邢德的雙層牛皮腰帶，搜取邢德搶來的金銀，霍然離去。

一個老叟，一個少年，一頭瘸騾，一匹瘦馬，這是怎樣的一個組合？可就是這樣一個其貌不揚的組合，卻把年富力強、名聲遠播的綠林豪傑「連珠箭邢某」打得心服口服，從此不再逞能炫技，成為一大善人。老頭與少年，雖然打破了邢德的發財夢，但對他後來的奉公守法、安分做人、享其天年，未始沒有好處。

這篇故事與宋懋澄《九籥別集》中的〈劉東山〉、凌濛初《初刻拍案驚奇》中的〈劉東山誇技順城門〉相類似。今人聶石樵認為蒲松齡的這篇故事「內容是勸誡人們不應誇高恃強，而文采波瀾卻勝過《拍案驚奇》許多」。

雊鵒

王汾濱言：其鄉有養八哥❶者，教以語言，甚狎習❷，出遊必與之俱，相將數年矣。一日，將過絳州❸，去家尚遠，而資斧已罄，其人愁苦無策。鳥云：「何不售我？送我王邸❹，當得善價，不愁歸路無貲也。」其人云：「我安忍。」鳥言：「不妨。主人得價疾行，待我城西二十里大樹下。」其人從之。攜至城，相問答，觀者漸眾。有中貴❺見之，聞諸王。王召入，欲買之。其人曰：「小人相依為命，不願賣。」王問鳥：「汝願住否？」言：「願住。」王喜。鳥又言：「給價十金，勿多予。」王益喜，立畀❻十金。其人故作懊恨狀而去。王與鳥言，應對便捷，呼肉啖之。食已，鳥曰：「臣要浴。」王命金盆貯水，開籠令浴。浴已，飛簷間，梳翎抖羽，尚與王喋喋不休。頃之，羽燥，翩躚而起，操晉聲❼

曰：「臣去呀！」顧盼已失所在。王及內侍仰面咨嗟。急覓其人，則已渺矣。後有往秦中❽者，見其人攜鳥在西安❾市上。畢載積先生❿記。

【注　釋】❶八哥　即雊鴝，通體烏黑，形似烏鴉，能學人語，是著名的觀賞鳥，自古以來就是王宮貴族的賞玩之物。❷狎習　親近熟悉。❸絳州　古州名，即今山西新絳。❹王邸　王府；王家的第宅。❺中貴　宦官。❻畀　給予。❼晉聲　山西方言。晉，山西的代稱。❽秦中　古地名，指今陝西一帶。❾西安　明代府名，古稱長安，即今陝西西安。❿畢載積先生　指畢際有。畢際有，字載積，號存吾，淄川西鋪人，是明代戶部尚書畢自嚴的仲子。清順治二年考中拔貢，順治十三年任山西稷山知縣，後升江南通州知州，康熙二年，「以通州所千總解運漕糧，積年掛欠，變產賠補不及額」，被免職。畢際有是蒲松齡坐館時的館東，與蒲松齡友情篤厚。

【語　譯】王汾濱說：他的家鄉有個養八哥的人，教給八哥說人話，非常親近熟習，出去遊玩一定帶上牠，相伴很多年了。有一天，馴鳥人要經過山西絳州，離家鄉還很遠，但旅費已經用完，馴鳥人十分憂愁，無計可施。八哥說：「為什麼不賣了我呢？把我送到王府，肯定能賣個好價錢，不用發愁回家沒錢了。」馴鳥人說：「我怎麼忍心。」八哥說：「不要緊。你拿到錢後趕緊離開，到城西二十里的大樹下等我。」馴鳥人答應了。他帶著八哥進了城，和牠說話，圍觀的人越來越多。王府裡的一個宦官看見了，把它告訴王爺。王爺召見馴鳥人，想買下這隻八哥。馴鳥人說：「小人和牠相依為命，不願賣。」王爺問八哥：「你願意住在這裡嗎？」八哥說：「願意住在這裡。」王爺很高興。八哥又說：「給他十兩銀子，不要多給。」王爺更加高興，馬上給了馴鳥人十兩銀子。馴鳥人故意裝出懊惱的樣子，離開了王府。王爺和八哥說話，八哥應對敏捷，王爺叫人拿肉給牠吃。八哥吃完了，說：「臣要洗澡。」王爺命僕人用金盆盛水，打開鳥籠，讓牠洗澡。洗完後，八哥飛上屋簷，用嘴梳理羽毛，抖去羽毛的水，依然和王爺喋喋不休地說話。一會兒，羽毛乾了，便翩翩飛起，用山西口音說：「臣走了！」大家四處張望，已經找不到八哥了。王爺和內侍們仰面歎息。急忙去找馴鳥人，馴鳥人已經渺無蹤影。後來有個到陝西去的人，看見馴鳥人攜帶著他的八哥出現在西安市上。這是畢載積先生記述的。

【研　析】〈雊鵒〉是一篇記錄珍禽逸聞的故事。

雊鵒就是八哥，是著名的玩賞鳥。禽類能得到人們的喜愛玩賞，不是因為其叫聲婉轉，就是因為其羽毛亮麗。鴝鵒身體烏黑，如同烏鴉一般，其羽毛並不惹人喜愛，可是其叫聲卻超出一般的鳥聲，不僅婉轉明亮，而且能學人說話。鴝鵒、鸚鵡等能學人語，這並不稀奇，稀奇的是蒲松齡筆下的這隻鴝鵒不但能學人語，還能分人憂、解人難，實在是一隻讓人拍案驚奇的神鳥。

在〈蛇人〉那篇小說中，蛇與人建立了很好的情感關係，可是由於蛇不能說話，這種關係便不能夠得到直接的表現。〈雊鵒〉這篇則不同，此篇中的雊鵒和牠的主人已經有了好幾年的感情，很瞭解主人的心意。當牠看到主人因缺乏盤纏而愁苦無策時，就出謀劃策說：「把我賣給王府，一定能得個好價錢。」牠的主人是個誠實忠厚之人，就說：「我怎麼捨得賣你呢。」牠說：「不妨，主人您得了錢就趕快走，在城西二十里大樹下等我。」看到這裡，我們已經預感到這可能是一隻非同尋常之鳥了，但我們還對牠的言行將信將疑。

接下來，故事徐徐展開。鳥與人先相互問答，以引起人們的注意，最後讓王府的宦官帶領他們進入王府。進入王府之後，主人先裝出一番不願賣鳥的樣子，以引起王爺出高價的興趣。接著牠不但說自己願意賣身，還說出十兩銀子的價格，並且煞有介事地說千萬不要多給他。一下子，牠這種裝出來的憨厚乖巧，就取得了王爺的喜愛與信任，立即把銀子給了鳥的主人。一個能把鳥訓練到如此乖巧的人，當然也不是一般的聰明，他接過銀子不但不露喜色，而且還裝出一副十分不情願的樣子。這樣，王爺不但不疑其有詐，而且還怕其反悔不賣，希望他快點離開了事呢。

主人走了，雊鴝留在了王府。王爺愛不釋手，與其對談甚歡，並以肉餵之。雊鴝吃飽了，還趁機撒嬌說：「臣要洗澡。」這一個「臣」字，又把王爺哄得飄飄然、昏昏然、不知其所以然了。雊鴝在金盆裡洗完澡，飛到屋簷上抖著水珠梳理羽毛，為了不引起王爺的懷疑，還喋喋不休地與王爺拉著家常。可是，一旦羽毛晾乾，不影響飛行，就一飛而去，還用山西口音說：「臣走了！」一句山西話真是聲口畢肖，讓人如聞其聲如見其形。王爺花了十兩銀子賺鳥自稱了兩聲「臣」，也算值了。王公大臣們花的冤枉錢多了，可哪有像雊鴝鳥這樣稱心可人的？

如果用普通的眼光來看，雊鴝鳥即使再聰明也絕對聰明不到這個程度，就是牠聰明的主人還是在牠的教導下才豁然開朗、懂得賺錢之法的。但是如果用文學的眼光來看，這真是一隻栩栩如生的藝術雊鴝。畢載積在講述的時候已經進行了一番藝術的加工，然後再加上蒲松齡的再番點染描摹，雊鴝就成了一個文學史上不多見的成功的鳥的藝術形象。

諭鬼

青州❶石尚書茂華❷為諸生時，郡門❸外有大淵，不雨亦不涸。邑❹中獲大寇數十名，刑於淵上。鬼聚為祟，經過者輒被曳入。一日，有某甲正遭困厄，忽聞羣鬼惶竄❺曰：「石尚書至矣！」未幾，公至，甲以狀告。公以堊灰❻題壁，示云：「石某為禁約事：照得❼厥念無良，致嬰❽雷霆之怒；所謀不軌，遂遭鈇鉞❾之誅。只宜返罔兩❿之心，爭相懺悔；庶幾洗髑髏⓫之血，脫此沈淪。爾乃生已極刑，死猶聚惡。跳踉⓬而至，披髮成羣；躑躅⓭以前，搏膺⓮作厲。黃泥塞耳，輒逞鬼子之凶；白晝為妖，幾斷行人之路。彼丘陵三尺外⓯，管轄由人；豈乾坤兩大中⓰，凶頑任爾？諭⓱後各宜潛蹤，勿猶怙惡⓲。無定河邊之骨⓳，靜待輪迴；金閨夢裏之魂，還踐鄉土。如蹈前愆⓴，必貽後悔！」自此鬼患遂絕，淵亦尋乾。

【注釋】❶青州　明清時府名，府治在今山東青州。❷石尚書茂華　石茂華，字君采，號毅庵，明中期大臣，益都（今山東青州）人。嘉靖二十三年（西元一五四四年）進士，曾任兵部尚書，掌南京都察院事。❸郡門　此指青州城門。❹邑　城市，此指益都縣城。❺惶竄　倉皇逃竄。❻堊灰　石灰。❼照得　查察而得，舊時下行公文和布告中常用語。❽嬰　遭受。❾鈇鉞　斫刀和大斧，腰斬、砍頭的刑具。❿罔兩　即魍魎，害人的鬼怪。⓫髑髏　死人的頭骨。⓬跳踉　跳躍。⓭躑躅　慢慢地走，徘徊不前。⓮搏膺　拍胸膛。⓯丘陵三尺外　指三尺厚度的墳墓之外。丘陵，指墳墓。三尺，三尺厚土，指墳土厚度。⓰乾坤兩大中　天地之間；人間。乾坤，《周易》以天為乾，以地為坤。兩大，兩者並大，天地一樣大。⓱諭　舊時指上對下的文告、指示。⓲怙惡　堅持作惡。怙，依靠；堅持。⓳無定河邊之骨　唐陳陶〈隴西行〉：「誓掃匈奴不顧身，五千貂錦喪胡塵。可憐無定河邊骨，猶是深閨夢裡人。」此數句用陳陶詩義，勸諭鬼魂還鄉，靜待投生。⓴愆　過錯；罪過。

【語譯】山東青州的尚書石茂華還是個秀才的時候，青州城門外有個大水塘，即使不下雨也不乾涸。縣裡抓捕了幾十名強盜，在大水塘上把他們處決了。鬼魂聚集在那裡作祟，經過的人都被拉進去。有一天，某甲正遭到鬼魂的糾纏，忽然聽到鬼魂們驚慌地邊逃邊喊：「石尚書來了！」沒多久，石茂華來到這裡，某甲把剛才的情況告訴了他。石茂華用石灰在牆壁上寫道：「石某立下規矩：查得你們心地不良，以致引起雷霆震怒；你們所謀不軌，於是受到法律制裁。只應該去掉鬼魅害人之心，爭相懺悔；或許能夠洗去骷髏上的血，早日超生。你們活著之時已受到極刑，死後還聚集作惡。跳躍而來，披散頭髮結成一夥；踏步向前，拍著胸膛殘害無辜。黃泥塞耳，總要施逞惡鬼之兇；白晝為妖，幾乎截斷行人之路。墳墓三尺之外，都屬人間管轄；天地兩界之中，怎能任你們兇頑？告示頒布後要各自潛隱起來，不要仍然作惡。無定河邊的白骨，靜待轉世投生；

春闈夢裡的游魂，重新回到故土。如果再不悔改，必定後悔莫及！」從此，鬼魂為害的事就絕跡了，水塘不久也乾涸了。

【研　析】〈諭鬼〉寫的是石茂華為秀才時鬼怪預言他將來成為尚書的故事。這種為了證明某人造化不同凡人而附會編造的預言故事，自古多有。《史記・高祖本紀》就記載了劉邦斬白帝之子白蛇起義的故事。白帝是古代傳說中的五天帝之一，位於西方，其行（五行）為金，秦朝供祠白帝，自以為是白帝的子孫。赤帝也是五天帝之一，位於南方，其行為火，漢代自稱是赤帝的子孫。白帝子被赤帝子所殺，預示著秦朝將被漢朝所滅。《史記評林》引楊循吉語云：「斬蛇事高祖自托以神靈其身，而駭天下愚夫婦耳。」這是很有見地的看法。

青州的石茂華還是秀才的時候，青州城門外的大水塘裡殺死了幾十個大盜，他們的鬼魂聚集不散，往往危害過往行人。可是有一天，群鬼正在把某人拖下深淵之時，卻突然嚇得驚慌失措，驚呼著「石尚書來了」四散逃竄。果然，石茂華隨後來到此地，某人就把方才的情景告訴了他。石茂華就用石灰粉在牆壁上寫了一篇禁約來曉諭群鬼，從此鬼患遂絕。

劉邦是赫赫有名的漢代開國皇帝，用斬蛇之事來「神靈其身」；石茂華雖然比不得劉邦，卻也是萬人景仰的兵部尚書，所以，當地人編造附會出這樣一個故事，說連鬼怪都怕石茂華這樣正氣凜然、文采飛揚、將來要做大官的人。地方上出這樣的大人物，是地方上的光榮，所以鄉親們都樂於編造傳揚此類有關鄉賢的預言故事。

泥鬼

余鄉唐太史濟武❶數歲時，有表親某相攜戲寺中。太史童年磊落❷，膽即最豪。見廡❸中泥鬼，睜瑠璃眼，甚光而巨；愛之，陰以指抉取❹，懷之而歸。既抵家，某暴病不語，移時忽起，厲聲曰：「何故抉我睛！」譟叫不休。眾莫之知，太史始言所作。家人乃祝曰：「童子無知，戲傷尊目，行奉還❺也。」乃大言曰：「如此，我便當去。」言訖，仆地遂絕。良久而甦；問其所言，茫不自覺。乃送睛，仍安鬼眶中。

異史氏曰：「登堂索睛，土偶何其靈也？顧太史抉睛，而何以遷怒於同遊？蓋以玉堂之貴❻，而且至性觥觥❼，觀其上書北闕，拂袖南山❽，神且憚之，而況鬼乎？」

【注釋】❶唐太史濟武　唐夢賚，字濟武，號豹巖，淄川人。他於清順治五年（西元一六四八年）中舉人，翌年成進士，授翰林院庶吉士，順治八年授翰林院檢討。太史，官名，三代為史官與曆官之長，明清兩朝，修史之事由翰林院負責，故稱翰林為太史。❷磊落　灑脫；襟懷廣闊。❸廡　古代堂下周圍的廊屋，此指廟中的走廊和廊房。❹抉取　挖取；摳取。❺奉還　敬詞，歸還。❻玉堂之貴　指唐夢賚曾貴為翰林院官員。玉堂，官署名，漢侍中有玉堂署，宋以後翰林院亦稱玉堂。❼覦覦　剛直的樣子。《後漢書．郭憲傳》：「帝曰：『常聞關東覦覦郭子橫，竟不虛也。』」❽上書北闕二句　唐夢賚在翰林院做官時，曾上疏諫止將《玉匣記》等荒誕不經之書譯為滿文，後罷官歸里。唐孟浩然〈歲暮歸南山〉有「北闕休上書，南山歸敝廬」之語。

【語　譯】我家鄉的唐濟武太史，幾歲大的時候，有個表親帶他到寺廟裡玩耍。唐太史童年時磊落灑脫，膽子最大。看見寺院走廊裡的泥塑鬼神，睜著琉璃眼睛，又大又亮；心裡很喜歡，便暗中用手指摳下來，藏在懷裡帶回家。回家以後，那個表親突然病倒了，不能說話，一會兒忽然站起來，大聲說：「為什麼挖我的眼睛！」叫喊個不停。大家不知道怎麼回事，唐濟武才說了自己所做的事。家人就禱告說：「小孩子不懂事，玩耍時傷到您的眼睛，這就奉還給您。」那表親於是高聲說：「既然這樣，我就回去了。」說完，倒在地上昏迷了。很久才蘇醒過來；問他剛才說過的話，他茫然無知。家人於是把眼睛送回去，仍舊安放在泥鬼的眼眶裡。

異史氏說：「走到大廳上來索取眼睛，泥偶怎麼會這樣靈驗？但是太史挖了它的眼睛，為什麼遷怒於一同遊玩的人呢？大概是因為唐濟武日後可以官居翰林，而且性格剛直，看他敢於給皇帝上書，能夠辭官歸隱，神仙也要忌憚他，何況是鬼呢？」

【研　析】〈泥鬼〉寫蒲松齡之鄉前輩唐夢賚少年時的神異故事。

唐夢賚生於明天啟七年（西元一六二七年），比蒲松齡大十三歲。清順治五年（西元一六四八年）中舉，次年成進士，順治八年（西元一六五一年）庶吉士散館，授祕書院檢討。唐夢賚二十二歲中舉，二十三歲成進士，二十六歲罷官歸里。其前期較為順利的科舉行程與後期罷官歸里的鄉紳生活，都在淄川地區產生了大而久的影響，當地民眾編撰附會出很多頗具奇幻色彩的民間傳說，來對他進行褒揚。這和〈諭鬼〉篇的主旨是一樣的，都是為了表明其主人公的非同尋常。

唐夢賚幾歲大的時候，和表哥到廟裡玩，因為喜歡泥鬼的琉璃眼珠子，就偷偷摳下來玩。回到家後，他的那位表哥突然得病胡說起來，高聲叫個不停：「為什麼挖我的眼睛！」眾人不明究竟，個個張口結舌。直到唐夢賚說明了情況，家人答應將眼睛送回去，他那位表哥才蘇醒過來。泥鬼為何不敢作祟唐夢賚而卻敢作祟他的表哥呢？因為唐夢賚將來是要中進士做大官的，就連鬼神也懼他敬他三分。馮鎮巒則在故事後附錄了唐寅的一則故事，「昔唐六如讀書某寺，取佛座上塵板煨火暖寒。一措大效之，頭足昏眩，發狂。病者作神語曰：『唐寅則可，當何人，敢亦爾耶？』」看來，鬼也夠勢利的，難怪但明倫說這個泥鬼是「專欺弱人」之鬼。

除了這篇〈泥鬼〉，蒲松齡還寫過一篇〈雹神〉來宣揚唐夢賚的不同凡響：「唐太史道義文章，天人之欽矚已久，此鬼神之所以必求信於君子也。」唐夢賚作為鄉前輩，對蒲松齡多有幫助、提攜，曾為《聊齋誌異》作序，多有稱揚，蒲松齡當然要不遺餘力地歌頌褒揚他了。

犬燈

韓光祿大千❶之僕，夜宿廈❷間，見樓上有燈，如明星。未幾，熒熒飄落，及地化為犬。睨之，轉舍後去。急起，潛尾之，入園中，化為女子。心知其狐，還臥故所。俄，女子自後來，僕陽寐❸以觀其變。女俯而撼之。僕偽作醒狀，問其為誰。女不答。僕曰：「樓上燈光，非子也耶？」女曰：「既知之，何問焉？」遂共宿止。晝別宵會，以為常。

主人知之，使二人夾僕臥。二人既醒，則身臥牀下，亦不知墮自何時。主人益怒，謂僕曰：「來時，當捉之來；不然，則有鞭楚❹！」僕不敢言，諾而退。因念：捉之難；不捉，懼罪。展轉❺無策。忽憶女子一小紅衫，密著其體，未肯暫脫，必其要害，執此可以脅❻之。夜分，女至，問：「主人囑汝捉我乎？」曰：「良有之。但我兩人情好，何肯此為？」及寢，陰掬❼其衫。女急啼，力脫而去。從此遂絕。

後僕自他方歸，遙見女子坐道周❽；至前，則舉袖障❾面。僕下騎，呼曰：「何作此態？」女乃起，握手曰：「我謂子已忘舊好矣。既戀戀有故人意❿，情尚可原。前事出於主命，亦不汝怪也。但緣分已盡，今設小酌，請入為別。」時秋初，高粱正茂。女攜與俱入，則中有巨第⓫。繫馬而入，廳堂中酒肴已列。甫坐，羣婢行炙⓬。日將暮，僕有事欲覆主命，遂別。既出，則依然田隴耳。

【注釋】❶韓光祿大千　韓茂椿，字大千，淄川人，曾為光祿寺署丞。❷廈　廊屋，房屋前簷伸出的部分，可避風雨，遮太陽。❸陽寐　假裝睡著。陽，通「佯」。❹鞭楚　鞭子和刑杖，引申為鞭打。❺展轉　同「輾轉」。翻來覆去，不能安定。❻脅　脅迫。❼掬　雙手剝取。❽道周　路邊。❾障　遮蔽。❿戀戀有故人意　依戀不捨，有老朋友的感情。《史記・范睢蔡澤列傳》：「然公之所以得無死者，以綈袍戀戀，有故人之意，故釋公。」戀戀，愛慕；留戀。故人，老朋友。⓫巨第　巨大寬敞的房宅。⓬行炙　傳送烤肉，泛指宴會時上菜。

【語譯】光祿寺署丞韓大千的僕人，晚上住在敞屋裡，看見樓上有燈光，像明星一樣。沒多久，那燈光閃爍著飄落下來，到了地上就變成了一隻狗。僕人斜著眼睛偷看，狗跑到房子後面去了。

急忙起來，偷偷尾隨著牠，狗跑進園子裡，變成一個女子。僕人心裡知道她是狐妖，便回到敞屋重新躺下。一會兒，女子從後面走進來，僕人假裝睡著來觀察她的變化。女子俯下身子搖晃他。僕人裝作剛剛醒來的樣子，問她是誰。女子不答話。僕人說：「樓上的燈光，不是你嗎？」女子說：「既然已經知道，還問什麼？」兩人便一同睡了。白天分別，晚上相會，習以為常。

主人知道了這件事，就叫另外兩人把僕人夾在中間一起睡。那兩人醒後，發覺自己躺在床下，也不知道什麼時候掉下來的。主人更加憤怒，對僕人說：「那女子來了，就把她抓來；否則，你就受鞭打！」僕人不敢說話，答應著退下。他想：捉她有困難；不捉，又怕獲罪。他翻來覆去，無計可施。忽然想起女子有件小紅衫，貼身穿著，從不肯脫下一會兒，一定是她的要害之物，拿到這件東西就可以脅迫她。夜裡，女子來了，問僕人說：「主人囑咐你捉我嗎？」僕人回答說：「確實有這件事。但咱們兩人感情良好，怎麼肯這樣做呢？」等到睡下以後，僕人便暗暗用手去剝脫她的小紅衫。女子急得啼叫起來，奮力掙脫逃跑了。從此沒有了來往。

後來僕人從別處歸來，遠遠看見女子坐在路旁，僕人來到她跟前，她舉起衣袖遮住臉。僕人下馬，大聲說：「怎麼作這種姿態？」女子便站起來，握著僕人的手，說：「我以為你已經忘了往日的情誼。既然還能不忘舊情，也還可以原諒。以前的事是迫於主人之命，也不責怪你了。但我們的緣分已經結束了，我準備了一些酒菜，請進來喝酒話別吧。」當時正是初秋，高粱長得正茂盛。女子挽著僕人一同走進去，只見裡面有一幢很大的房屋。僕人把馬繫好，走進去，廳堂上的筵席已經擺好。僕人剛坐下，婢女們便輪流斟酒上菜。天色將晚，僕人因為有事，要回去向主人覆命，便告辭了。走出門去，才發現那裡依然是一片田野。

【研 析】〈犬燈〉寫一男子與一狐女幽會的故事。

《聊齋誌異》中寫過很多狐狸精，都沒有這篇中的狐狸精怪異。她在樓上的時候是一盞燈，像明星一般，可是等落到地上卻變成了一隻狗，轉到屋後才化為女子。這一系列變化無法以常理來推斷，也正顯示出她的不同尋常。然而，這位僕人並沒有因此而大聲疾呼，或者追趕撲打，而是「潛尾之」，「陽寐以觀其變」。這才成就了兩者的姻緣。

他的主人不但不識風雅，並且還有點嫉妒或者說豔羨，所以就派另外兩個僕人睡在他的左右以破壞他的好事。可是睡夢之中他們已經移睡到地下，人家兩人照樣不誤好事。於是，主人就威脅僕人，說不把狐狸精捉住，就要「鞭楚」。這位僕人是喜歡狐女的，不願意捉她，當然他也知道捉不住她。可是，捉不住她，自己就要受責罰。於是，他思得良策，要剝取她的紅色褻衣來要脅她。可是狐女早就識破了僕人的奸計，雖然受了點驚嚇，還是有驚無險地全身而退了。

照理說，這位僕人奉主人之命捉捕狐女，狐女應該把他視為仇人才對。可事情並不是這樣。多年之後，這位僕人路遇那位狐女。狐女不但原諒了他，還請他到家中酒肉招待。這種感情真是讓人心動，並不亞於人世間戀人之間的感情。蒲松齡寫鬼寫狐之所以高人一等，就是因為他把鬼狐的感情都高度人性化了。但明倫評價說：「化燈光而來，擲紅衫而去；適才作態，旋復原情，此狐頗知進退。」所以，〈青鳳〉中的畢怡庵不但不覺鬼狐之可怖，還時時處處感覺其可愛可親，恨不能在夢中一遇狐仙鬼女。

番僧

釋體空❶言：「在青州，見二番僧❷，象貌奇古：耳綴雙環，被黃布，鬚髮鬈如❸。自言從西域❹來。聞太守重佛，謁之。太守遣二隸，送詣叢林❺。和尚靈轡不甚禮之。執事者❻見其人異，私款之，止宿焉。或問：『西域多異人，羅漢❼得無有奇術否？』其一囅然❽笑，出手於袖，掌中托小塔❾，高裁盈尺，玲瓏可愛。壁上最高處，有小龕，僧擲塔其中，矗然端立，無少偏倚。視塔上有舍利❿放光，照耀一室。少間，以手招之，仍落掌中。其一僧乃袒臂，伸左肱⓫，長可六七尺，而右肱縮無有矣；轉伸右肱，亦如左狀。」

【注釋】❶釋體空　體空和尚。釋，佛教創始人釋迦牟尼的簡稱，後泛指佛教或佛教徒。體空，和尚的法名。❷番僧　西域來的僧侶。番，稱外國的或外族的。❸鬈如　捲曲的樣子。如，然。❹西域　狹義上是指玉門關、陽關以西，葱嶺即今帕米爾高原以東，巴爾喀什湖東、南及新疆廣大地區。而廣義的西域則是指凡是通過狹義西域所能到達的地區，包括亞洲中、西部地區等。❺叢林　僧人聚居之處，因指寺院。❻執事者　分管其事的人。❼羅漢　阿羅漢的簡稱，是佛陀得道弟子修證最高的果位，地位僅低於菩薩。此處是對番僧的敬稱。❽囅然　笑的樣子。《莊子．達生》：「桓公囅然而笑。」❾塔　佛教特有的高聳的建築物，尖頂，多層，常有七級、九級、十三級等，形狀有圓形的、多角形的，一般用以藏舍利、經卷等。❿舍利　在佛教中，僧人死後所遺留的頭髮、骨骼、骨灰等，均稱為舍利；在火化後，所產生的結晶體，則稱為舍利子或堅固子。⓫肱　胳膊由肘到肩的部分，此指胳膊。

【語　譯】體空和尚說：「在山東青州，見過兩個番僧，相貌非常古怪：耳朵戴著雙環，身披黃布，鬍子、頭髮捲曲。他們自己說是從西域來的。聽說太守重視佛教，所以來拜見他。青州太守派了兩名衙役，送他們到寺院去。靈轡和尚對他們不太尊敬。執事僧見他們與常人不同，私下款待他們，留他們住宿。有人問：『西域有很多不尋常的人，你們莫非有奇異的法術嗎？』其中一個番僧笑了笑，從袖子裡伸出手來，手掌中托著一個小塔，只有一尺高，玲瓏可愛。寺院牆壁上最高的地方，有個小神龕，番僧把塔擲到神龕裡，小塔端端正正地矗立在裡面，一點兒不偏不斜。看到塔上有舍利子放出光芒，照亮整個房間。一會兒，番僧用手一招，小塔又落回到掌上。另一個番僧則袒露出臂膀，伸出左臂，大約六七尺長，而右臂則收縮不見了；再伸出右臂，情形和伸出左臂時完全一樣。」

【研　析】〈番僧〉寫兩位西域僧人在青州小施法術、聳人聽聞的故事。

番僧，有時也稱胡僧，古代典籍中對此多有記載。最著名的番僧可能是《金瓶梅》中送給西門慶「胡僧藥」的那位「西域天竺國密松林齊腰峰寒庭寺下來的梵僧」。〈番僧〉中的這兩位僧人，雖然沒有《金瓶梅》中的胡僧生得奇形怪狀，但「象貌奇古：耳綴雙環，被黃布，鬚髮鬈如」，也夠駭中原人士之視聽了。怪不得那位執事僧人私下裡善意款待他們，僅僅他們的相貌之「異」，就容易讓人產生他們身懷「異能」的感覺。

好在這位執事僧的感覺是對的。兩位番僧都各自略施小技，一為答謝這位執事僧人的善意，二為證明自己確實不是招搖撞騙的江湖騙子。第一位展示的是塔和舍利，這都是佛教的聖物；第二位展示的是特殊的武功技法。有了這兩個番僧的輪番表演，執事僧人眼界大開，事後到處宣揚自己的見聞。這番見聞，不知怎麼就傳到了蒲松齡的耳朵裡，我們今天才有眼福見到這樣的奇聞異事。

李司鑑

李司鑑，永年❶舉人也。於康熙四年九月二十八日，打死其妻李氏。地方❷報廣平❸，行❹永年查審。司鑑在府前，忽於肉架下奪一屠刀，奔入城隍廟❺，登戲臺上，對神而跪。自言：「神責我不當聽信奸人，在鄉黨❻顛倒是非，着我割耳。」遂將左耳割落，拋臺下。又言：「神責我不應騙人銀錢，着我剁指。」遂將左指剁去。又言：「神責我不當姦淫婦女，使我割腎❼。」遂自閹，昏迷僵仆。時總督朱雲門題參革褫究擬❽，已奉俞旨❾，而司鑑已伏冥誅❿矣。邸抄⓫。

【注釋】❶永年　縣名，即今河北永年，明清時屬廣平府。❷地方　舊時指甲長、地保。❸廣平　明清時府名，治所在永年縣。❹行　行臨。❺城隍廟　祭祀城隍神的廟宇。❻鄉黨　古代五百家為黨，一萬二千五百家為鄉，合而稱鄉黨。❼腎　此指外腎，即生殖器。❽總督朱雲門題參革褫究擬　朱雲門，即朱昌祚，字雲門，祖籍山東高唐，康熙四年（西元一六六五年）任直隸、山東、河南總督。題參革褫究擬，奏請朝廷革除李司鑑的舉人功名和衣冠，準備審理治罪。❾奉俞旨　獲得聖旨准奏。俞旨，表示同意的聖旨。俞，允准。❿冥誅受到陰司的懲治。⓫邸抄 亦作「邸鈔」，即邸報，專門用於朝廷傳知朝政的文書和政治情報的新聞文抄。

【語 譯】李司鑑，是永年縣的舉人。康熙四年九月二十八日，他打死了妻子李氏。里長向廣平府報案，廣平府派人到永年縣調查審理。李司鑑在府署前，忽然在肉架下奪過一把殺豬刀，跑到城隍廟裡，爬上戲臺，對著神像跪下。自言自語地說：「神明責怪我不應聽信壞人的話，在鄉里顛倒是非，讓我割下耳朵。」於是把左耳朵割下來，扔到臺下。接著又說：「神明責怪我不該騙人錢財，讓我剁去手指。」於是把左手指剁了下來。然後又說：「神明斥責我不應姦淫婦女，叫我割去外腎。」於是自行閹割，昏死過去，僵臥在戲臺上。當時總督朱雲門奏請朝廷革除李司鑑的功名，加以審理治罪，已經獲得准奏的聖旨，而李司鑑已經受到冥間的誅戮。這是根據邸報抄錄的。

【研 析】〈李司鑑〉寫的是惡有惡報的冥報故事。

古人云：「善有善報，惡有惡報；不是不報，時辰未到。」又云：「善惡到頭終有報，只分來早與來遲。」這裡的報，不是指人間法律的懲罰，而是指冥冥之中的報應。像李司鑑這樣的人，打死了他的妻子，按人間的律法是要償命的。但是，如果判案的官員徇私枉法，故意袒護他，他也可能判不了死刑。不管是死刑也罷，還是多少不等的有期徒刑也罷，人們知道的頂多也就是他打死了自己的妻子。況且如果他不說，很難有別人知道他的所作所為。可是，奉旨查辦的朱昌祚還沒有到來，李司鑑就受到陰間的報應，被城隍神宣判死刑，自己把自己殺死了。臨死之前，他把自己的罪行坦白得清清楚楚：聽信奸人、顛倒是非，所以必須割耳朵；騙人錢財，所以必須割手指；姦淫婦女，所以必須割去生殖器……哪裡犯罪賠償哪裡，真是毫釐不爽。只可惜還沒割到打死妻子的拳頭，李司鑑就死去了。

這樣的因果報應，在現實中當然不會如此一一對應。但是千百年來人們就是用這樣的方式來懲惡揚善，對維護社會安定，維持世道人心起到了積極的作用。這應該值得肯定，不能簡單地以封建迷信論之。俞樾《俞曲園筆記》中也有一個警戒殘害生靈者的果報故事，抄在這裡，供大家參考、思索：「平望人王均，好食蛙，制一鐵針，長二尺許。每捕得一蛙，則以針穿其頸，針滿，始攜之歸，以充饌焉。如是者多年矣。一日，至親戚家，見盤中無蛙，甚憾。日暮，親戚留其宿。是夜，遠處失火，王均登屋望之，其火熊熊。親戚家臨河而居，懼盜賊由水攀援登屋，故于水邊植鐵條數十，末端皆銳，如鋒刃狀。王均遠望火光，幸災樂禍，失足而墜，鐵條適貫其頸，呼號甚慘，救之者無法可施，後豎一長梯水中，眾人緣梯而上，始將其解下，而氣已絕矣。其死狀宛然鐵針穿蛙，蓋殺生之報應也。」

五羖大夫

河津暢體元❶，字汝玉。為諸生❷時，夢人呼為「五羖大夫❸」，喜為佳兆。及遇流寇❹之亂，盡剝其衣，閉置空室。時冬月，寒甚，暗中摸索，得數羊皮護體，僅不至死。質明❺，視之，恰符五數，啞然自笑神之戲己也。後以明經❻授雒南❼知縣。畢載積❽先生志。

【注釋】❶河津暢體元　河津，縣名，即今山西河津。暢體元，山西河津縣人，科貢出身。❷諸生　明清時期經考試錄取而進入府、州、縣各級學校學習的生員，即秀才。❸五羖大夫　指春秋時秦國大夫百里奚。百里奚本在虞國為大夫，後入秦國，曾逃跑到宛地，被楚國抓獲。秦穆公聽說百里奚有賢能，想用重金贖買他，卻又擔心楚國不給，就用五張黑色公羊皮贖他。楚國答應了交易，交出百里奚，終輔佐秦穆公稱霸諸侯。見《史記・秦本紀》。羖，黑色的公羊。❹流寇　此指明末四處流竄的盜賊。❺質明　天剛亮的時候。❻明經　科舉時代，挑選府、州、縣生員中成績或資格優異者，升入京師的國子監讀書，稱為貢生。清代貢生，別稱「明經」。❼雒南　縣名，即今陝西洛南。❽畢載積　指畢際有。畢際有，字載積，號存吾，清代淄川西鋪人，是明代戶部尚書畢自嚴的仲子。清順治二年考中拔貢，順治十三年任山西稷山知縣，後升江南通州知州，康熙二年，「以通州所千總解運漕糧，積年掛欠，變產賠補不及額」，被免職。畢際有是蒲松齡坐館時的館東，與蒲松齡友情篤厚。

【語　譯】山西河津縣的暢體元，字汝玉。當他還是秀才時，夢到有人稱呼他為「五羖大夫」，高興地認為這是個好兆頭。後來遇到了作亂的流寇，被扒光了衣服，關在一間空房子裡。當時正是冬天，十分寒冷，暢體元在黑暗中摸索，找到幾張羊皮來遮蓋身體，只是沒有凍死而已。天剛亮的時候，暢體元看看身上，正好符合五張羊皮的數量，他啞然失笑，原來是神和自己開玩笑。後來他以貢生的身分任陝西雒南知縣。這篇是畢載積先生記述的。

【研　析】〈五羖大夫〉寫的是暢體元誤把惡兆當佳兆的故事。

在〈諭鬼〉篇中，石茂華還在做秀才的時候，惡鬼們見到他就避之唯恐不及，預言他將來要做尚書，後來他果然做了兵部尚書。而在〈五羖大夫〉中，暢體元做秀才的時候，夢中有人喊他「五羖大夫」。他既然是秀才，當然知道春秋時秦國的「五羖大夫」百里奚的故事，所以，他暗自得意，認為這是自己將要飛黃騰達的好兆頭。沒想到正趕上流寇作亂，將他活捉，剝去他的衣服，深更半夜的，把他放在一間空房子裡。當時正值冬天，他無以蔽體，黑暗中摸索到幾張羊皮裹在身上，才沒有凍死。天亮後，數一數身上的羊皮，不多不少正好五張：原來這就是所謂的「五羖大夫」。不管怎麼說，暢體元最後還是做了洛南縣的知縣，雖然離大夫還遠一點，卻比蒲松齡強多了。

預言的故事應驗了，就說這是神靈在保佑自己的前程，如果沒有應驗，就說這是鬼神在和自己開玩笑。應驗也罷，不應驗也罷，古人都有解釋的辦法，這是我們先人的通達幽默之處，也是他們洞察世事之後為人處世的智慧。清人王漁洋在其《池北偶談》中也記載了與〈五羖大夫〉相同的事情：「河津人暢體元者，少時夢神人呼為『五羖大夫』，頗以自負。及流寇之亂，體元為賊掠，囚縶一室。冬夜寒甚，於壁角得五羊皮覆其身，乃悟神語蓋戲之耳。後以明經仕為雒南知縣。」

這篇簡短的文字，與蒲松齡的描寫幾乎一樣。而蒲松齡在〈五羖大夫〉的文末說：「畢載積先生志。」這也說明這個故事在當時是廣為流傳的。

黑獸

聞李太公敬一❶言：「某公在瀋陽❷，宴集山顛。俯瞰山下，有虎啣物來，以爪穴地，瘞❸之而去。使人探所瘞，得死鹿。乃取鹿而虛掩其穴。少間，虎導一黑獸至，毛長數寸。虎前驅，若邀尊客。既至穴，獸眈眈❹蹲伺。虎探穴失鹿，戰伏❺不敢少動。獸怒其誑❻，以爪擊虎額，虎立斃。獸亦逕去。」

異史氏曰：「獸不知何名。然問其形，殊不大於虎，而何延頸❼受死，懼之如此其甚哉？凡物各有所制❽，理不可解。如獮最畏狨❾；遙見之，則百十成羣，羅而跪，無敢遁者；凝睛定息，聽狨至，以爪徧揣❿其肥瘠；肥者則以片石誌顛頂。獮戴石而伏，悚若木雞，惟恐墮落。狨揣誌已，乃次第按石取食，餘始鬨散。余嘗謂貪吏似狨，亦且揣民之肥瘠而志之，而裂食之；而民之戢耳⑪聽食，莫敢喘息，蚩蚩⑫之情，亦猶是也。可哀也夫！」

【注　釋】❶李太公敬一　李思豫，字敬一，淄川人，作者摯友李堯臣的祖父。❷瀋陽　即今遼寧瀋陽，清世祖福臨遷都北京後，瀋陽為陪都。❸瘞　掩埋。❹眈眈　威嚴地注視。❺戰伏　顫抖著趴在地上。❻誑　欺騙；瞞哄。❼延頸　伸長脖子。❽凡物各有所制　即「一物降一物」的意思。制，制約；克制。❾獮最畏狨　獼猴最害怕金絲猴。獮，即「獼」，獼猴。狨，金絲猴。❿揣　觸摸測定。⓫戢耳　即「帖耳」，形容卑屈馴服的樣子。⓬蚩蚩　性格敦厚的樣子。

【語　譯】聽李敬一太公說：「某公在瀋陽時，在山頂宴請賓客。低頭向山下看，看到有隻老虎叼著一樣東西過來，用爪子在地上挖了個坑，把東西埋好離開了。某公派人去查看埋了什麼東西，發現是隻死鹿。於是把死鹿拿走，又把坑重新掩上。一會兒，老虎領著一隻黑獸來了，那黑獸身上的毛足有幾寸長。老虎在前面引路，好像在邀請尊貴的客人。來到坑前，黑獸目光威猛地蹲在旁邊等候。老虎扒開泥土，發現死鹿不見了，顫抖著趴在地上，一動也不敢動。黑獸以為老虎騙牠，勃然大怒，用爪子擊打老虎的額頭，老虎立時斃命。黑獸也逕自離去。」

異史氏說：「不知道黑獸叫什麼名字。但問問牠的體型，卻並不比老虎大，為什麼老虎卻伸著脖子等死，對黑獸懼怕得這樣厲害呢？大凡事物都有自己的剋星，從道理上很不可理解。例如獼猴最怕狨猴；遠遠看見狨猴來了，百十隻獼猴成群列隊地跪下，沒有敢逃跑的；目不轉睛，屏住呼吸，聽憑猱猴來到跟前，用爪子逐隻摸遍，測定肥瘦；肥的就用一片石頭放在頭頂作記號。頂著石塊的獮猴趴在地上，懼怕得如同木雞似的，唯恐石塊掉下來。猱猴逐隻把獮猴摸完了，石塊也放好了，就順著次序把頭上有石塊的獮猴捉來吃掉，剩下的獮猴才一哄而散。我曾經說貪官汙吏就像猱猴一樣，也逐個去摸老百姓的肥瘦，記下來，然後撕碎了吃；而老百姓卻俯首貼耳，聽憑貪官汙吏的食用，沒有敢喘粗氣的，那種愚蠢畏懼的情景，也就像獮猴畏懼猱猴一樣。實在可悲啊！」

【研析】〈黑獸〉寫一隻不知名的黑獸拍死老虎的故事。

老虎獵獲一隻鹿，不敢自己吃掉，埋藏起來，留給黑獸吃。可是老虎不知道，在牠去請黑獸的時候，已經有人盜走了牠掩埋的那隻死鹿。老虎滿心滿意認為能夠得到黑獸的誇讚，沒想到黑獸見不到死鹿，認為老虎在撒謊騙牠，伸出爪子就把老虎的腦袋拍碎了。

明朝人寫的《雲間雜志》記載了類似的事：「倭亂時，一公差差往廣東調兵，路忽遇虎，負往一大樹下，抓土覆之，徑去。公差候其去遠，急緣樹杪避之。少頃，引一巨獸至，背闊方平，頭似虎而巨，若以此人作供狀，不料已去。獸遽怒，搏虎食之而去。」

《聊齋誌異》中還有一篇〈大人〉，其中一段描寫與〈黑獸〉相類：「見大人又導一人俱來。客懼，伏叢莽中。見後來者更巨，至樹下，往來巡視，似有所求而不得。已乃聲啁啾，似巨鳥鳴，意甚怒，蓋怒大人之紿己也。因以掌批其頰，大人傴僂順受，無敢少爭。俄而俱去。」

在動物中，由於物種不同，為了保持平衡，大自然才使之「物各有所制」，一物降一物。在馮鎮巒看來，「物各有制，其理最精」，但為什麼蒲松齡還要說「理不可解」？實際上蒲松齡並不指純粹的自然現象，他更是指向了社會現象，他把社會中不合理的「物各有所制」指為「理不可解」。那些貪官汙吏可以比作「狨」，而聽任貪官汙吏欺淩宰割的民眾可以比作「獮」，「獮」較之於「狨」，形體、力量似乎都不落下乘，但民眾為什麼還會如此受制於貪官汙吏呢？這顯然是社會政治體制決定的：官吏是管制民眾的。

楊千總

畢民部公❶即家起備兵洮岷❷時，有千總❸楊化麟來迎。冠蓋❹在途，偶見一人遺便路側。楊關弓欲射之，公急呵止。楊曰：「此奴無禮，合小怖之。」乃遙呼曰：「遺屙者！奉贈一股會稽籐簪❺綰髻子。」即飛矢去，正中其髻。其人急奔，便液汙地。

【注釋】❶畢民部公　畢自嚴，淄川人，畢際有之父，明代戶部尚書，故稱「民部」。❷洮岷　明代在陝西的洮州和泯州設衛，負責今甘肅洮水及岷山一帶的防務。❸千總　官名。明初京軍三大營置把總，嘉靖中增置千總，皆以功臣擔任。以後職權日輕，至清為武職中的下級，位次於守備。❹冠蓋　泛指官員的冠服和車乘。❺會稽籐簪　會稽之竹是作箭桿的好材料，此處戲稱用箭桿作籐簪挽髮髻。

【語譯】戶部尚書畢公就近家鄉起用，到甘肅洮、岷二州主持防務，千總楊化麟前來迎接。官車走在路上，偶然看見有人在路邊大便。楊千總拉開弓箭要射他，畢公急忙喝止。楊千總說：「這奴才無禮，得嚇唬他一下。」於是遠遠喊道：「拉屎的傢伙！送你一支會稽竹簪插髮髻。」隨即放箭射去，正中那人的髮髻。那人急忙逃跑，屎尿撒了一地。

【研析】〈楊千總〉借一個小故事穿插一句幽默語。

魯迅曾在《華蓋集續編·馬上支日記》中說：「會稽至今多竹。竹，古人是很寶貴的，所以曾有『會稽竹箭』的話。」「會稽竹箭」語出《爾雅·釋地》：「東南之美者，有會稽之竹箭焉。」宋人黃庭堅在〈會稽竹箭為蘄春傳尉作〉詩中讚美道：「會稽竹箭天下聞，青嶺霜筍搖紫雲。金作僕姑如鳥翼，壯士持用橫三軍。」蒲松齡便借「天下聞名」的「會稽竹箭」創作了一篇頗為精彩的〈楊千總〉。

此篇中的「會稽藤簪」即是對「會稽竹箭」的精彩模仿。紀曉嵐說《聊齋誌異》為「才子之筆，非著書之筆」。蒲翁這類小故事，在整部《聊齋》中算不得上品，但如放在所謂「著書之筆」的筆記中，或單獨拿出來消炎解熱、雪夜圍爐，也頗能助人談興。

瓜異

康熙二十六年六月，邑❶西村民圃中，黃瓜上復生蔓，結西瓜一枚，大如椀。

【注釋】❶邑　城市，此指淄川縣城。

【語譯】康熙二十六年六月，縣西村民的菜園子裡，有棵黃瓜上又長出瓜蔓，結了一個西瓜，有碗那麼大。

【研析】〈瓜異〉是《聊齋誌異》中倒數第二短的文章，共二十八個字。最短的一篇是〈赤字〉，僅僅二十五個字。

傳統的誌怪小說，在內容上是記錄幽明怪異之事，「當時以為幽明雖殊途，而人鬼乃皆實有」。在目的上是通過精魅、鬼魂、神怪等的人化，來「發明神道之不誣」。在創作方法上是「粗陳梗概」的客觀記述，很少或不發表看法或感受。因此，大都篇幅短小，簡明綽約。如《搜神記》卷六〈牛生雞〉則云：「桓帝延熹五年，臨沅縣有牛生雞，兩頭四足。」僅僅十七個字，只是把事件說明白而已，並未有任何來龍去脈的介紹和細節情態的渲染。同卷〈人死復生〉則云：「漢平帝元始元年二月，朔方廣牧女子趙春病死，既棺殮，積七日，出在棺外。自言見夫死父，曰：『年二十七，汝不當死。』太守譚以聞。說曰：『至陰為陽，下人為上，厥妖人死復生。』其後王莽篡位。」全文七十一字，儘管時間、地點、人物、事件、情節、對話等一應俱全，但乾巴直白的記述，點到為止的議論，隱隱約約的預言，都簡約到不能再簡約了。

《聊齋誌異》繼承了這一傳統，有大量類似的紀實短篇。如這篇〈瓜異〉記載康熙二十六年（西元一六八七年）六月，淄川縣城之西某村民的菜園中，黃瓜上復生蔓，結西瓜一枚，大如碗。蒲松齡也沒有發表什麼議論，只是記錄下這件事。在當時人看來，這些特殊現象和社會人事有著某種幽微不顯的神祕聯繫。人們看到自然界的諸種反常現象，往往認為這是上天在向人們發出警示，有某種災禍將要來臨，人們特別是統治者要加強自身修養和自我約束，不能再幹勞民傷財之事。當然，在現代人看來，這些現象從農業科學技術方面可以得到令人信服的解釋。

產龍

壬戌❶間，邑邢村李氏婦，良人❷死，有遺腹，忽脹如甕，忽束如握。臨蓐❸，一晝夜不能產。視之，見龍首，一見輒縮去。家人大懼，不敢近。有王媼者，焚香禹步❹，且捺且咒。未幾，胞墮，不復見龍；惟數鱗，皆大如琖❺。繼下一女，肉瑩澈如晶❻，臟腑可數。

【注釋】❶壬戌　指康熙二十一年（西元一六八二年）。❷良人　丈夫。《孟子．離婁下》：「良人者，所仰望而終身也。」❸臨蓐　臨產。❹禹步　指道士在禱神儀禮中常用的一種步法動作，傳為夏禹所創，故稱禹步。因其步法依北斗七星排列的位置而行步轉折，宛如踏在罡星斗宿之上，又稱「步罡踏斗」。此指巫婆行法時所走的步法。❺琖　用玉做成的酒杯。❻晶　水晶。

【語譯】壬戌年間，本縣邢村李家的媳婦，丈夫去世了，她已經懷孕在身，肚子忽然脹得像個甕，忽然細得一手就握得住。臨產時，一晝夜都生不出來。仔細一看，見有個龍頭，出現一下就縮回去。家人非常害怕，不敢靠近。有個姓王的老太婆，焚起香，踏著禱神儀禮中的步法，一邊為產婦按摩，一邊念咒語。沒多久，胎衣下來了，沒再看見龍；只有幾片鱗甲，都有杯子大小。接著，生下一個女孩，肌肉像水晶一樣晶瑩透明，五臟六腑都歷歷可數。

【研　析】〈產龍〉是一篇純粹的記異之作。

在〈捉狐〉篇中，蒲松齡寫道：「乃執帶之兩端，笑曰：『聞汝善化，今注目在此，看作如何化法。』言次，物忽縮其腹，細如管，幾脫去。翁大愕，急力縛之；則又鼓其腹，粗於椀，堅不可下；力稍懈，又縮之。」在這篇〈產龍〉中，蒲松齡寫產婦的肚子「忽脹如甕，忽束如握」，雖然文字簡短，用的卻是同樣的描寫手法。「視之，見龍首，一見輒縮去」，這樣的筆墨太恐怖，不足取。「繼下一女，肉瑩澈如晶，臟腑可數」，這樣的嬰兒或許有之；也有可能是，因為有了這樣一個奇特的嬰兒，所以才附會出上述神奇的故事。

保住

吳藩❶未叛時，嘗諭將士：有獨力能擒一虎者，優以廩祿❷，號「打虎將」。將中一人，名保住，健捷如猱❸。邸中建高樓，梁木初架。住沿樓角而登，頃刻至顛；立脊檁❹上，疾趨而行，凡三四返；已，乃踴身躍下，直立挺然。

王有愛姬，善琵琶。所御琵琶，以煖玉為牙柱❺，抱之一室生溫。姬寶藏，非王手諭❻，不出示人。一夕宴集，客請一觀其異。王適惰，期以翼日。時住在側，曰：「不奉王命，臣能取之。」王使人馳告府中，內外戒備，然後遣之。

住踰十數重垣❼，始達姬院。見燈輝室中，而門扃錮❽，不得入。廊下有鸚鵡宿架上。住乃作貓子叫；既而學鸚鵡鳴，疾呼「貓來」。擺撲之聲且急。聞姬云：「綠奴可急視，鸚鵡被撲殺矣！」住隱身暗處。

俄一女子挑燈出，身甫❾離門，住已塞入。見姬守琵琶在几上，徑攜趨出。姬愕呼「寇至」，防者盡起。見住抱琵琶走，逐之不及，攢矢如雨。住躍登樹上。牆下故有大槐三十餘章❿，住穿行樹杪⓫，如鳥移枝；樹盡登屋，屋盡登樓；飛奔殿閣，不啻翅翎，瞥然間不知所在。客方飲，住抱琵琶飛落筵前，門扃如故，雞犬無聲。

【注釋】❶吳藩　指吳三桂。吳三桂，字長白，遼東人。明崇禎時為遼東總兵官，鎮守山海關。後聯合清軍消滅李自成，封平西王。康熙十二年，清聖祖玄燁決定撤除「三藩」的封地，吳三桂、耿精忠、尚之信不肯交權，起兵叛亂，時稱「三藩」之亂。❷廩祿　俸祿。❸猱　獮猴。❹脊檁　屋脊正中的檁條。檁，用於架跨在房樑上起托住椽子或屋面作用的小樑。❺以煖玉為牙柱　用煖玉作弦枕。煖玉，溫潤暖和的玉石。牙柱，樂器上的弦枕。❻手諭　上級或尊長親手寫的指示。❼垣　牆。❽扃錮　關閉。扃，上閂；關門。錮，禁閉。❾甫　剛剛；才。❿章　棵；大木材。⓫樹杪　樹梢。唐王維〈送梓州李使君〉：「山中一夜雨，樹杪百重泉。」

【語譯】藩王吳三桂在還沒有反叛時，曾經告訴手下將士：有靠獨自一人的力量擒獲一隻老虎的，增加俸祿，封為「打虎將」。打虎將中，有個人叫保住，矯健敏捷，如同獮猴一樣。吳王府裡建造高樓，大樑檁條剛剛架上。保住沿樓角攀爬上去，頃刻間就到了頂端；站到脊檁上，迅速地行走，來回了三四次；然後，縱身跳下來，落地時身體挺立。

吳王有個寵姬，善於彈琵琶。她所用的琵琶，用暖玉作弦枕，抱弄時整個房間都產生暖意。

王姬把它珍藏起來，沒有吳王親筆寫的指示，不會拿出來給人看。一天晚上，吳王舉行宴會，客人請求看看這件寶貝的奇異之處。吳王正好感到倦惰，約定明天再看。這時保住在旁邊，說：「不拿王爺的手令，我也能取來。」吳王於是叫人跑去告知王府，裡裡外外作好防備，然後讓保住前去。

保住越過十幾重圍牆，才到達王姬的院子。只見屋裡燈火輝煌，而房門緊閉，不能進去。走廊下有隻鸚鵡棲息在架子上。保住便學貓叫；然後學鸚鵡的鳴叫，大叫「貓來了」。搖擺、撲動的聲音很急。聽到王姬說：「綠奴快去看看，鸚鵡被貓撲殺了！」保住隱藏在暗處。一會兒一個女子挑著燈出來，身子剛離開房門，保住已經擠了進去。只見王姬把琵琶放在小桌子上守著，保住逕直拿起來就跑出門去。王姬驚愕地呼喊：「盜賊來了！」負責防衛的人都出來了。只見保住抱著琵琶飛跑，追也追不上，大家便密集地放箭，多得像雨點一樣。保住跳到樹上。宮牆下原有大槐樹三十多株，保住在樹梢間穿行，就像鳥兒穿過樹枝；到了那排樹的盡頭，就跳上房子，沒有房子的地方就跳上高樓；在殿堂樓閣上飛奔，如同長了翅膀一般，轉眼間就不知所在了。客人們正在喝酒，保住抱著琵琶，飛身落在筵席跟前，門還像原來那樣關著，雞狗也沒叫一聲。

【研析】〈保住〉描寫吳三桂手下一位武將的高超功夫。

保住的高超功夫主要表現在輕功上。保住的輕功是「健捷如猱」，矯健靈敏如同一隻獼猴。當時平西王府中正在建高樓，樑木剛剛架好。保住沿著樓角攀登到樓頂，站在脊檁上來回行走，片刻之間就是三四個來回。走完了，並不再沿著來路下樓，而是「踴身躍下，直立挺然」，大有庖丁解完牛後「提刀而立，為之四顧，為之躊躇滿志」之概。

這樣的一個人，若遇明主賢君是能夠成就一番事業的，可他遇到的偏偏是吳三桂，因此，他把大好的才能浪費在無謂的宴飲調笑、賣弄手段之中了。吳三桂的愛姬有一琵琶，「以煖玉為牙柱，抱之一室生溫」。這也算一件稀罕物品，平時看看、聽聽也是人之常情。可是為了一件樂器，就興師動眾，調兵遣將，這就有些過分了。俗話說「軍令如山」，吳三桂和保住都視軍令為兒戲，其最後之失敗，也就可想而知了。

其次，保住還是一個頗有心機的人。任你功夫再好，你畢竟還是人，你怎麼也不能像孫悟空那樣變個蠓蟲兒從門縫裡飛進去。但是，保住敢誇下海口說「不用手諭，也能拿來琵琶」，他肯定早就成竹在胸。他的做法是，先學貓叫，再學鸚鵡叫，再學鸚鵡高喊「貓來了」，然後做出貓吃鸚鵡的撲打之聲。吳三桂之愛姬不放心鸚鵡，就派奴婢出來觀看。奴婢一出門，門就開了，門只要開了，保住就能塞進身去。保住進到屋裡，見了琵琶，不用彙報詢問，抱著就走，即使萬箭攢射，也奈何不了他半根毫毛了。這樣的功夫雖然足以駭人聽聞，但比起唐傳奇中的聶隱娘、精精兒、空空兒等輩，還覺大有不足之處。

何守奇評論此篇說：「如讀《劍俠傳》。」很有道理。但明倫評論此篇說：「吳藩打虎將，亦雞鳴狗盜之徒耳，況乃逆黨，烏足貴？而又描寫其技，亦以見吳藩之所輔非正也。」這話又是「逆」又是「正」，不免酸腐。但道理還是被他說明白了。為了進一步理解此文，現把王安石〈讀孟嘗君傳〉引在這裡，供大家參考：「世皆稱孟嘗君能得士，士以故歸之，而卒賴其力以脫于虎豹之秦。嗟乎！孟嘗君特雞鳴狗盜之雄耳，豈足以言得士？不然，擅齊之強，得一士焉，宜可以南面而制秦，尚何取雞鳴狗盜之力哉？夫雞鳴狗盜之出其門，此士之所以不至也。」

水災

康熙二十一年，山東旱，自春徂❶夏，赤地無青草。六月十三日小雨，始有種粟者。十八日大雨沾足❷，乃種豆。一日，石門莊有老叟，暮見二牛鬭山上，謂村人曰：「大水將至矣！」遂攜家播遷❸。村人共笑之。無何，雨暴注，徹夜不止，平地水深數尺，居廬盡沒。一農人棄其兩兒，與妻扶老母奔避高阜❹。下視村中，已為澤國，并不復念及兒矣。水落歸家，見一村盡成墟墓。入門視之，則一屋僅存，兩兒并坐牀頭，嬉笑無恙。咸謂❺夫妻之孝報云。此六月二十二日事。

康熙三十四年，平陽❻地震，人民死者十之七八。城郭盡墟❼；僅存一屋，則孝子某家也。茫茫大劫❽中，惟孝嗣❾無恙，誰謂天公無皂白❿耶？

【注釋】❶徂 到；及。❷沾足 雨水充沛。❸播遷 遷徙；流離。❹阜 土山。❺咸謂 都說。❻平陽 明清府名，今山西臨汾。❼城郭盡墟 城內外盡成廢墟。城，城邑四周的牆垣，一般分兩重，裡面的叫城，外面的叫郭。墟，有人住過而現已荒廢的地方。❽劫 災難，佛教指註定的災難。❾孝嗣 孝子。嗣，子孫。❿無皂白 不分青紅皂白，指不辨善惡是非。

【語譯】康熙二十一年，山東大旱，從春天到夏天，光禿禿的土地上沒一根青草。六月十三日，下了場小雨，才有人種小米。十八日，大雨下得充足，人們於是種豆子。一天，石門莊有個老頭，黃昏時看見兩條牛在山上爭鬥，便對村裡人說：「大水要來了！」於是帶著家人搬遷走了。村裡人都笑話他。沒多久，暴雨傾盆，整夜沒停，平地上水深好幾尺，房屋都淹沒了。有個農夫丟下兩個孩子，和妻子攙扶著老母親跑到高坡上躲避。往下看村裡，已成了一片汪洋，便不再去考慮到孩子了。水退回家，只見整個村子都變成了廢墟。農夫走進家門一看，只剩下一間屋子，兩個孩子正坐在床頭，嬉笑玩耍，安然無恙。人們都說這是夫妻倆孝行的善報。這是六月二十二日的事。

康熙三十四年，山西平陽發生地震，居民死的占十分之七八。城市全成了廢墟，只剩下一間屋子，是某孝子的家。茫茫大劫難中，只有孝子沒事，誰說老天爺不分黑白呢？

【研析】〈水災〉通過寫水災和地震，褒揚了兩個孝子。

第一個孝子是淄川石門村的一個農人。當大水來臨之時，他拋下自己的兩個兒子，和妻子一起扶著老母親逃到高坡上。大水退去，回到村裡，驚喜地發現兩個小兒安然無恙，並坐在床頭上玩遊戲。別人都淹死了，唯獨這兩個孩子存活下來，這是老天對這對農人夫妻孝敬老母的報償啊。但明倫也附和說：「可以勸孝，並可以儆天下之薄于孝而厚于慈者。」

第二個孝子是山西平陽的一位孝子。平時孝敬老人，當別人在地震中房倒人死的時候，他家裡卻完好無損，這也是老天對孝行的褒獎。

蒲松齡在文章中所記的孝子故事，或許有想像加工的成分，其所寫康熙二十一年的水災，卻是千真萬確的。《淄川縣誌》卷三〈災祥〉記載：「康熙二十一年，春夏不雨，大無麥報旱災，六月十三日始雨，望日大雨，河水泛溢。二十一日、二十二日，連晝夜大雨，漂沒田廬，淹死人畜。西關重修石橋，垂成復圮。」由此看來，《聊齋誌異》儘管多談狐說鬼，也還是大都有寓意的。

諸城某甲

學師孫景夏先生❶言：其邑中某甲者，值流寇❷亂，被殺，首墜胸前。寇退，家人得尸，將舁瘞❸之。聞其氣縷縷然；審視之，咽不斷者盈指。遂扶其頭，荷❹之以歸。經一晝夜始呻，以匕箸稍稍哺❺飲食，半年竟愈。又十餘年，與二三人聚談，或作一解頤語❻，眾為鬨堂。甲亦鼓掌。一俯仰間，刀痕暴裂，頭墮血流。共視之，氣已絕矣。父訟❼笑者。眾斂金賂❽之，又葬甲，乃解。

異史氏曰：「一笑頭落，此千古第一大笑也。頸連一線而不死，直待十年後成一笑獄❾，豈非二三鄰人負債前生者耶！」

【注釋】❶孫景夏先生　孫瑚，字景夏，山東諸城人，曾任淄川縣儒學教諭。❷流寇　到處流竄的盜匪。❸舁瘞　抬回去埋葬。舁，抬。瘞，掩埋；埋葬。❹荷　背或扛。❺哺　餵養。❻解頤語　引人發笑的話。解頤，開顏歡笑。頤，面頰。❼訟　打官司。❽賂　用財物買通。❾獄　罪案；官司。

【語　譯】我的老師孫景夏先生說：他家鄉的某甲，碰上強盜作亂，被砍殺，腦袋垂在胸前。強盜退走後，家人找到屍體，準備抬去埋了。聽見他還有一絲氣息；仔細檢查，他的咽喉還有手指那麼寬沒有斷。於是把他的頭扶正，背回家去。過了一天一夜，某甲才發出呻吟，用湯勺筷子慢慢餵他吃喝，半年後竟痊癒了。又過了十多年，某甲和兩三個人一起聊天，有人講了個笑話，大家哄堂大笑。某甲也拍著手笑。前後俯仰之間，脖子的刀痕突然裂開，頭掉下來，血流不止。大家一看，某甲已經沒了氣息。某甲的父親到官府告那些笑的人。大家湊錢送給他，又安葬了某甲，事情才了結。

異史氏說：「一笑就掉了腦袋，這是千古第一大笑啊。脖子只有一線相連而沒有死，直等十年後導致這宗笑的官司，難道不是那兩三個鄰居前生欠下了某甲的債嗎！」

【研　析】〈諸城某甲〉寫了一個笑死人的故事。

諸城某甲，在流寇之亂中被殺，所幸喉嚨還沒有被割斷，把頭安上之後還又活了十幾年。俗話說「好了傷疤忘了疼」，這話一點也不假。在一次朋友聚談中，有人說了一個很好笑的笑話，某甲在俯仰大笑之中，傷口崩裂，氣絕而亡。這本來是一個令人傷心的故事，可是由於其極度誇張的故事情景，讀者感覺不到悲傷，直和故事中的人物一樣，笑得前仰後合。蒲松齡說這是「千古第一大笑」，誠不虛也。至於說那幾個談友是「負債前生者」，則是推測附會之語了。

庫官

鄒平張華東❶公，奉旨祭南岳❷。道出江淮間，將宿驛亭❸。前驅白：「驛中有怪異，宿之必致紛紜❹。」張弗聽。宵分，冠劍而坐。俄聞靴聲入，則一頒白叟❺，皂紗黑帶。怪而問之，叟稽首❻曰：「我庫官也。為大人典藏❼有日矣。幸節鉞❽遙臨，下官釋此重負。」問：「庫存幾何？」答言：「二萬三千五百金。」公慮多金累綴，約歸時盤驗❾。叟唯唯而退。

張至南中❿，饋遺頗豐。及還，宿驛亭，叟復出謁。及問庫物，曰：「已撥遼東兵餉矣。」深訝其前後之乖⓫。叟曰：「人世祿命，皆有額數，錙銖⓬不能增損。大人此行，應得之數已得矣，又何求？」言已，竟去。張乃計其所獲，與所言庫數適相脗合。方歎飲啄有定⓭，不可以妄求也。

【注　釋】❶鄒平張華東　鄒平，縣名，即今山東濱州鄒平。張華東，張延登，字濟美，號華東，山東鄒平人。萬曆壬辰科進士，授官河南內黃縣知縣，後擢拔為兵科給事中，累官太僕寺卿。崇禎五年入為南京都察院右都御史。卒贈太子太保，謚忠定。❷南岳　衡山，又名南嶽，是五嶽之一，位於湖南衡陽境內。❸驛亭　驛站所設的供行旅止息的處所。❹紛紜　紛爭；混亂。❺頒白叟　鬚髮參白的老翁。❻稽首　指古代跪拜禮，跪下並拱手至地，頭也至地。❼典藏　本義指將重要的文獻、典籍收存起來，後引申為對重要、珍貴事物的收藏。❽節鉞　符節與斧鉞，古代授與官員或將帥，作為加重權力的標誌。❾盤驗　盤查檢驗。❿南中　南方，泛指南部地區。⓫乖　反常；謬誤。⓬錙銖　古代的重量單位。錙為一兩的四分之一，銖為一兩的二十四分之一。比喻極其微小的數量。⓭飲啄有定　即「一飲一啄，皆有定數」，指人的一餐一飯，都是命中註定的。《景德傳燈錄・尸利禪師》：「一飲一啄，各自有分，不用疑慮。」

【語　譯】山東鄒平張華東，奉皇帝聖旨祭祀南嶽。路上經過長江、淮河地區，準備在驛站住宿。打頭站的人稟報：「驛站裡有妖怪，留宿一定會引起麻煩。」張華東不聽。夜半時分，他戴著官帽，佩帶寶劍而坐。一會兒，聽到靴聲進來，只見一個頭髮花白的老頭，戴著烏紗帽，束著黑衣帶。張華東奇怪地問他。老頭跪下磕頭答道：「我是管理庫房的官員。為大人掌管庫存財物很多日子了。幸虧大人遠道光臨，我可以放下這副重擔了。」張華東問：「我有多少庫存？」老頭答道：「兩萬三千五百兩銀子。」張華東想，這麼多銀子太累贅了，便約定回來時再查收。老頭答應著退出去。

3165　官　庫

張華東到南方，地方上給他的饋贈非常豐厚。到他回來，在那座驛站留宿，老頭又出來拜見。問起庫存的財物，老頭說：「錢已撥去作遼東的軍餉了。」張華東對他的前後不一深感驚訝。老頭說：「人生在世的金錢收入，都有一定的數目，分毫不能增減。大人這次南行，應得的數目已經得到了，還要求什麼呢？」說完，逕自離開了。張華東於是清點自己所得到的饋贈，跟老頭所說的庫存數目正相吻合。張華東這才感歎：一口水、一口飯都是命裡註定，不能妄求啊。

【研　析】〈庫官〉是寫人飲啄有定、不可以妄求的故事。

張華東在歷史上算不上赫赫有名，卻也不是默默無聞。僅從他的孫女嫁給清初赫赫有名的王漁洋這一點來看，其家世門第就非同尋常。當然，他也不是浪得虛名，他確實有自己的過人之處。他奉旨到湖南去祭祀南嶽衡山，走到江淮間，將要在驛亭止宿。前衛說此處有鬼怪作祟，恐怕不利於宿。張華東不聽，戴著官帽、手執長劍危坐以待。僅這一點，就可看出此老膽略之大。因為他有膽略，所以能做大官，所以能得到非常優厚的俸祿。冥中的庫官來告訴他，他有「二萬三千五百金」的財富，需要交接。張華東面對如此巨大的財富，竟然不動聲色，只是說帶著太麻煩，回來時再說。這也可見此公之器量之大。

祭祀完南嶽回到這個驛亭，庫官又來見張華東，說，您的庫存財物已經充了遼東軍餉了，因為您此次南行，得到的饋贈正好是這個數。人命中的收入是一定的，您既然在其他方面得到了，庫存的財物當然就不再歸您了。張華東聽後，也只是嗟歎而已，並沒有表現出過多的惋惜與失落，並且還把這件事傳揚出來，可見此公之氣度不凡。

馮鎮巒評論說：「一奉使祭南岳，饋遺便得二萬三千五百金，果皆應得耶？」這問得好。張華東算不上是個清官，就是清官，所得之財物也讓為民者羨慕煞也。《儒林外史》中說：「三年清知府，十萬雪花銀。」可見所謂清官也只是和贓官比較而言。「千里做官為求財」、「千里去當官，只為吃和穿」，古今一理，老百姓理想中的真正清官，是歷史上不曾有，現實中也不曾見的。

但明倫對此故事也有自己的見解。他說：「余觀此一則，低徊于心而不能去。嘗舉之以勸人曰：人知祿命有定數，則無妄求心，省卻多少憧擾，免卻多少愁煩，顧得多少廉恥，留得多少品行，而且行得多少陰騭。如張公不過受饋遺耳，非受賄枉法之可比也；然猶且準其應得之數而折除之，況有甚于此者乎？諺有之：『君子樂得為君子，小人枉自為小人。』清夜思之，味乎其言。」這幾句話說得有點迂腐，不過對當今的人心不足者，還是有針砭警示作用的。

龍無目

沂水❶大雨，忽墮一龍，雙睛俱無，奄❷有餘息。邑令公❸以八十蓆覆之，未能周身。又為設野祭❹，猶反復以尾擊地，其聲堛然❺。

【注　釋】❶沂水　縣名，即今山東臨沂沂水縣。❷奄　氣息微弱。❸邑令公　指沂水縣令。❹野祭　在野外祭祀。❺堛然　形容物體著地之聲。

【語　譯】山東沂水下大雨，忽然掉下一條龍來，兩隻眼睛全都沒有，只剩一絲呼吸。縣令用八十張蓆子把牠蓋住，也沒能遮住牠的整個身體。又在野外祭祀牠，龍還反覆用尾巴拍打地面，響起「劈劈啪啪」的聲音。

【研　析】〈龍無目〉寫一條無目之龍的無奈遭遇。

地上的各種動物都有患殘疾的，天上的龍也是。〈龍無目〉寫的就是一條沒有眼睛的龍。因為沒有眼睛，不知怎麼就碰暈了落到地上，摔得奄奄一息。此龍身形龐大，又不能隨意變化，所以很難起飛。儘管縣令用八十張蓆子覆蓋牠，並且為牠設祭，牠還是只能啪啪啪地以尾擊地，不能騰飛。在此篇之後，清人馮喜賡附記了一篇相似的故事，今抄錄下來，供大家欣賞參考：「乾隆五十八年，光州大旱。忽大雷震，墮一龍于東鄉，去城十餘里某村，村屋崩塌。蛇蝕然而臥，腥穢薰人。時正六月，蠅繞之。遠近人共為篷以蔽日。久不得水，鱗皆翹起。蠅入而呫嘬之，則驟然一合，蠅盡死。州尊親祭。數日，大雷雨騰空而去，又壞房舍以千百計。聞篷席有飛至西鄉，去城數十里外者。」

龍取水

俗傳龍取江河之水以為雨，此疑似之說❶耳。徐東癡❷南遊，泊舟江岸，見一蒼龍自雲中垂下，以尾攪江水，波浪湧起，隨龍身而上。遙望水光睒爛❸，闊於三疋練❹。移時，龍尾收去，水亦頓息；俄而大雨傾注❺，渠道皆平。

【注　釋】❶疑似之說　令人疑惑不解的說法。❷徐東癡　徐夜，字東癡，山東新城（今山東桓臺）人。初名云善，明末諸生，入清不求仕進，慕嵇康之為人，改名夜，隱居終老。為著名遺民詩人，有《隱君詩集》。❸睒爛　晶瑩閃亮，常用來形容鬼怪、精靈的目光。❹疋練　成匹的白絹。疋，同「匹」。量詞，指整卷的綢或布。練，白絹。❺傾注　傾瀉。

【語　譯】民間傳說，龍汲取江河的水變成雨，這只是不知真假的說法。徐東癡到南方遊覽，把船停泊在江岸邊，看見一條青色的龍從雲中垂下，用尾巴攪動江水，波浪湧起，順著牠的身體流上去。遠遠望去，水光閃爍，有三匹白絹那樣寬。過了片刻，龍尾巴收起來，水波也頓時平息；不久，大雨傾盆而下，把渠道都淹平了。

【研　析】〈龍取水〉記述的是徐夜向人講述的他南遊時親眼見過的水上龍捲風（俗稱「龍吸水」）的景象。

天上的雨是怎麼來的呢？古人認為是江河的水變成的。江河的水怎麼到了天上呢？古人認為是龍把江河水取到天上變成雨的。蒲松齡沒見過這種現象，所以稱其為「疑似之說」。《聊齋誌異》的評點者虞堂評論此文說：「夭矯簡捷。」這說得非常準確。〈龍取水〉這篇小說雖然短小，筆法卻相當精彩。他先提出人們對「龍取江河之水以為雨」之說的懷疑，接著再說徐夜見到的龍取水的情況，以證明「龍取江河之水」是真的；最後說大雨傾盆，渠道皆平，以證明「以為雨」是真的。在描寫過程中調動了多種形象：龍是「蒼龍」，用尾巴「攪」動江水，波浪是「湧」起，水光是「睒烱」，水的形色是「疋練」，龍尾是「收去」，水是「頓息」，大雨是「傾注」，渠道是「皆平」。在尺幅之中，盡情揮灑點染，做到了「以己之少少，勝人之多多」，取得了非同尋常的藝術成就。

小獵犬

山右衛中堂❶為諸生時，厭冗擾，徙齋僧院。苦室中蜚蟲❷蚊蚤甚多，竟夜不成寢。

食後，偃息❸在牀。忽一小武士，首插雉尾，身高兩寸許；騎馬大如蜡❹；臂上青韝❺，有鷹如蠅；自外而入，盤旋室中，行且駛。公方凝注，忽又一人入，裝亦如前，腰束小弓矢，牽獵犬如巨蟻。又俄頃，步者、騎者，紛紛來以數百輩，鷹亦數百臂❻，犬亦數百頭。有蚊蠅飛起，縱鷹騰擊，盡撲殺之。獵犬登牀緣壁，搜噬蝨蚤，凡罅隙之所伏藏，嗅之無不出者。頃刻之間，決殺殆盡。公偽睡睨❼之。鷹集犬竄於其身。既而一黃衣人，着平天冠❽，如王者，登別榻，繫駟葦篾❾間。從騎皆下，獻飛獻走，紛集盈側，亦不知作何語。無何，王者登小輦，衛士倉皇，各命鞍馬；萬蹄攢奔，紛如撒菽⑩，煙飛霧騰，斯須散盡。

公歷歷在目，駭詫不知所由。躡履⑪外窺，渺無蹟響。返身周視，都無所見；惟壁磚上遺一細犬。公急捉之，且馴。置硯匣⑫中，反覆瞻玩。毛極細茸，項上有小環。飼以飯顆，一嗅輒棄去。躍登牀榻，尋衣縫，齧殺蟣蝨。旋復來伏臥。逾宿，公疑其已往；視之，則盤伏如故。公臥，則登牀簀⑬，遇蟲輒噉斃，蚊蠅無敢落者。公愛之，甚於拱璧⑭。一日，晝寢⑮，犬潛伏身畔。公醒轉側，壓於腰底。公覺有物，固疑是犬，急起視之，已匾⑯而死，如紙翦成者然。然自是壁蟲無噍類⑰矣。

【注釋】❶山右衛中堂　衛周祚，山西曲沃人，明崇禎進士，清順治時授文淵閣大學士，兼刑部尚書，康熙時授保和殿大學士，兼戶部尚書。山右，太行山之右，指山西。中堂，明清內閣大學士的尊稱。❷蜰蟲　臭蟲。❸偃息　躺臥休息。偃，仰臥。❹蜡　借作「蚱」，即蚱蜢；螞蚱。❺鞲　獵具，狩獵時繫在臂上用以護臂架鷹。❻數百臂　數百隻。❼睨　斜著眼睛看。❽平天冠　古代帝王百官祭祀時都戴冠冕，以冠冕的樑數和旒（禮帽前後的玉串）的多少作為識別。皇帝戴平冕，也叫「平天冠」，垂白玉珠十旒。又叫通天冠、平頂冠。❾葦篋　劈成條的蘆葦，用以編席。❿菽　豆類。⓫躡履　穿鞋，亦指趿拉著鞋。⓬硯匣　硯盒，安置硯臺之用。⓭牀

簣　床和墊在床上的竹席，泛指床鋪。簣，竹編床席。⑭拱璧　古代一種大型玉璧，用於祭祀，因其須雙手拱執，故名。⑮晝寢　白天睡覺，一般指午睡。⑯匾　通「扁」。⑰噍類　指活著的或活下來的人，有時也指活著的或活下來的生物。

【語　譯】山西衛中堂做秀才的時候，討厭家裡的雜事多，便把書齋搬到寺院去。但房間裡臭蟲蚊子和跳蚤很多，整夜睡不著覺。

他吃完飯後，躺在床上休息。忽然有個小武士，頭上插著野雞翎，身高兩寸左右；騎的馬像螞蚱那麼大；臂膀上戴著青色臂套，有隻鷹像蒼蠅一樣大；從外面進來，在屋子裡繞著圈子，走一陣又跑一陣。衛公正在聚精會神地看著，忽然又一個小人兒進來，裝束也和前面那個一樣。他腰挎小弓箭，牽著的獵犬像隻大螞蟻。又過了一會兒，步行的、騎馬的，紛紛來到，大約幾百個，小獵鷹有幾百隻，小獵犬也有幾百頭。屋裡有蚊子、蒼蠅飛起來，小武士們就放出獵鷹，騰空搏擊，把蚊蠅都撲殺了。獵犬登上床鋪，爬上牆壁，搜索、撲咬蝨子和跳蚤，凡是縫隙裡隱藏的蟲子，小獵犬嗅一嗅，沒有不被抓出來的。頃刻之間，那些害蟲幾乎全被殺死了。衛公假裝睡著，瞇著眼睛看。小鷹小犬在他身上飛落、奔竄。接著一個穿黃袍的人，頭戴平天冠，像個國王，登上另一張床，把馬車拴在席子的葦篾上。隨從的騎士們都下了馬，獻上捕獲的蚊蠅蝨蚤，紛紛聚集在國王周圍，也不知在說些什麼話。沒多久，國王登上小車，衛士們匆忙地各自上馬；馬蹄攢動飛奔，紛紛揚揚如撒豆一般，煙飛霧騰，很快就散盡了。

衛公看得清清楚楚，非常驚詫，不知他們是從哪裡來的。他穿上鞋子向外窺看，早已沒有蹤跡。他回身四處察看，沒有發現什麼；只在牆壁的磚上，遺留下一隻小獵犬。衛公急忙捉住牠，小獵犬還很馴服。把牠放在硯盒裡，反覆觀賞。牠的毛極其纖細柔軟，脖子上有個小環。餵牠飯粒，聞一聞就丟開了。牠跳上床去，到衣縫裡搜尋，咬殺蝨子和蝨卵。再回來趴著睡下。過了一夜，衛公猜小獵犬已經走了；一看，見牠和原來一樣蜷曲著身子臥在那兒。衛公睡覺，小獵犬就登上床席，遇到害蟲就咬死，蚊子、蒼蠅沒有敢落在床上的。衛公喜愛牠，勝過大玉璧。一天，衛公白天睡覺，小獵犬悄悄臥在他身旁。他睡醒翻身，把小獵犬壓在腰下。他覺得身子下面有東西，就猜是小獵犬，急忙起來一看，小獵犬已經被壓扁死掉了，像用紙剪成的一樣。不過從此牆上的害蟲就沒有了。

【研析】〈小獵犬〉寫一群小武士牽犬臂鷹，獵殺蚊蠅蚤蝨的奇妙故事。

山西的衛周祚還是秀才的時候，厭煩家裡的俗事繁多，就搬到寺院裡邊去讀書進修。可是，寺院裡邊雜務是少了，卻並不能得到安寧，因為睡覺讀書的房子裡，到處都是臭蟲蚊子蒼蠅跳蚤，使他徹夜不寐。

飯後，衛周祚仰躺在床上休息。雖然躺著，可是不容易睡著，因為蚊蠅太多，叮咬得他渾身難受。於是他就想，若是能有人把這些害蟲殺死就好了。果不其然，他立即看到一個小武士進來，頭插雉尾，像舞臺上的演員，可是身高只有兩寸左右。人小，馬更小，他騎著一匹馬，像螞蚱一樣大。人小、馬小，臂上的蒼鷹更小：僅僅和蒼蠅一般大小。衛周祚還沒看完這個小武士，接著又進來一個一模一樣的小武士，只是沒有臂鷹，而是牽著一隻小獵犬，大小和鷹差不多，就像一隻大螞蟻。衛周祚還沒緩過神來，小武士就湧進來幾百個，有步兵，有騎兵；蒼鷹有幾百隻，獵犬也有幾百頭。這種場面，真可用蘇東坡〈江城子．密州出獵〉中的詞句來形容：「左牽黃，右擎蒼，錦帽貂裘，千騎卷平岡。」

這是一個聲勢浩大的打獵場面，但是他們的獵物在哪裡呢？這就是上文提及的「蜸蟲蚊蚤」四個字。獵人們既然有的牽狗，有的臂鷹，狗和鷹就應該有不同的任務。蒼鷹在空中撲殺蚊子蒼蠅，獵犬在牆壁上搜食蝨子跳蚤。蒲松齡寫的時候是「花開兩枝，各表一朵」，先寫鷹後寫犬，其實鷹和犬是同時發起攻擊的。所以鷹的「盡撲殺之」和犬的「決殺殆盡」是同時開始和結束的。

這樣亂紛紛的獵殺場面，叫蒲松齡給寫了個花團錦簇。但是就如同電影鏡頭，只有大的集體場面還不行，還得有精細的個人場面才覺過癮。接下來，戰爭結束了，接受勝利成果的大人物來了。這是一位身著黃袍、頭戴皇冠的王者，剛才那幫耀武揚威、不可一世的小武士，現在都畢恭畢敬、戰戰兢兢地獻上自己獵獲的飛禽走獸，還是剛才提到的「蜸蟲蚊蚤」四個字。不一會兒，煙消雲散，人去馬空，只留下一片寥落的戰場。

如果是俗手，文章寫到這樣也夠精彩了，文章寫到這裡也該結束了。但作為文章大家的蒲松齡，並未就此收手，而把後來的事講得更為精彩動人。

衛周祚目送大部隊離去，回到屋裡，意外發現牆壁上還有一隻小獵犬，他立即捉住牠。別看獵犬搜食害蟲兇猛異常，現在卻變得非常溫馴。衛周祚把牠珍藏在硯匣裡，並且餵牠飯吃。豈不知這隻小獵犬是食肉動物，對糧食不感興趣。牠一旦飢餓，就到處尋找蟣子蝨子。自此，衛周祚可以放心安然睡覺了。因為有了這隻小獵犬，「蜸蟲蚊蚤」再也不會叮咬騷擾他了。

可是，環境好了，睡覺安穩了，卻出現了一件意想不到的事情：竟在不小心翻身的時候，把小獵犬壓死了。

世間有沒有這樣的小人、小鷹、小獵犬呢？大概沒有。在古代，人們沒有有效的驅蟲劑，人們是非常希望有一種東西能替他們殺蟲除害。衛周祚的這個故事，大概就是這種心理在夢境中的表現吧。

雙燈

魏運旺，益都❶之盆泉人，故世族大家也。後式微❷，不能供讀。年二十餘，廢學，就岳業酤❸。

一夕，魏獨臥酒樓上，忽聞樓下踏蹴聲❹。魏驚起，悚聽。聲漸近，尋梯而上，步步繁響。無何，雙婢挑燈，已至榻下。後一年少書生，導一女郎，近榻微笑。魏大愕怪。轉知為狐，髮毛森豎❺，俯首不敢睨。書生笑曰：「君勿見猜。舍妹與有前因，便合奉事。」魏視書生，錦貂❻炫目，自慚形穢，靦顏❼不知所對。書生率婢子，遺燈竟去。

魏細瞻女郎，楚楚若仙，心甚悅之。然慚怍不能作游語❽。女郎顧笑曰：「君非抱本頭者❾，何作措大❿氣？」遽近枕席，煖手於懷。魏始為之破顏，捋袴相嘲，遂與狎昵。曉鐘未發，雙鬟即來引去。復訂夜約。至晚，女果至，笑曰：「癡郎何福，不費一錢，得如此佳婦，夜夜自投到也。」魏喜無人，置酒與飲，賭藏枚⑪。女子什有九贏，乃笑曰：「不如妾約⑫枚子，君自猜之，中則勝，否則負。若使妾猜，君當無贏時。」遂如其言，通夕為樂。既而將寢，曰：「昨宵衾褥澀冷，令人不可耐。」遂喚婢襆被來，展布榻間，綺縠⑬香耎。頃之，緩帶交偎，口脂濃射，真不數漢家溫柔鄉⑭也。自此，遂以為常。

後半年，魏歸家。適月夜與妻話窗間，忽見女郎華妝坐牆頭，以手相招。魏近就之。女援之，踰垣而出，把手而告曰：「今與君別矣。請送我數武，以表半載綢繆⑮之義。」魏驚叩其故，女曰：「姻緣自有定數，何待說也。」語次，至村外，前婢挑雙燈以待，竟赴南山，登高處，乃辭魏言別。魏留之不得，遂去。魏佇立徬徨，遙見雙燈明滅，漸遠不可覩，怏鬱⑯而反。是夜山頭燈火，村人悉望見之。

【注釋】❶益都 縣名，即今山東濰坊青州。❷式微 事物由興盛而衰落。《詩·邶風·式微》：「式微式微，胡不歸。」❸業酤 以賣酒為業。酤，賣酒。❹踏蹴聲 走路的聲音。踏蹴，踩踏；踢踏。❺森豎 聳立；豎立。❻錦貂 錦衣、貂裘。❼靦顏 厚著臉皮。❽游語 戲謔、挑逗的言辭。❾抱本頭者 抱卷讀死書的人。❿措大 貧寒失意的讀書人。⓫藏枚 一種遊戲，又稱「猜枚」，多用為酒令。其法是把瓜子、蓮子或黑白棋子等握在手心裡，讓別人猜單雙、數目或顏色，猜中者為勝，不中者罰飲。枚，相當於「個」，多用於形體小的東西。⓬約 用手握持。⓭綺縠 綾綢縐紗之類。⓮漢家溫柔鄉 漢成帝得趙飛燕之妹趙合德，與之交歡之夜，「帝大悅，以輔屬體，無所不靡，謂為溫柔鄉。」見《飛燕外傳》。溫柔鄉，喻美色迷人之境。⓯綢繆 纏綿，指男女戀情。⓰怏鬱 鬱鬱不樂貌。

【語譯】魏運旺，山東益都盆泉人，他家以前是世家大族。後來衰落了，不能供他讀書。二十多歲時，他不再讀書求學，跟著岳父賣酒。

一天晚上，魏運旺獨自睡在酒樓上，忽然聽到樓下有腳步聲。他吃驚地坐起來，驚恐地聽著。聲音漸漸逼近，沿著樓梯上來，一步步聲音越來越大。一會兒，兩個丫環挑著燈籠，已經到了床邊。後面一位年輕書生，領著一位女郎，走近床邊向他微笑。魏運旺非常驚奇。轉念一想，知道他們是狐狸精，頭髮汗毛都豎起來，低著頭不敢偷看。書生笑著說：「你不要猜疑。我妹妹與你有前世姻緣，應該來侍奉你。」魏運旺看那書生，錦衣貂裘，奪人眼目，覺得自己形象猥瑣，感到十分慚愧，紅著臉不知如何應對。書生帶著丫環，留下燈籠逕自走了。

魏運旺細看那女郎，楚楚動人，美若天仙，心裡很喜歡她。但他感到慚愧，說不出挑逗的言辭。女郎看著他笑道：「你不是啃書卷的文人，怎麼有窮酸書生氣呢？」一下子挨上床鋪，把手伸進魏運旺的懷裡取暖。魏運旺才有了笑容，脫下衣褲，同她互相調笑，於是親熱起來。晨鐘還沒敲響，丫環就來領著女郎走了。又約好晚上再會。到了晚上，女郎果然來了，笑著說：「傻小子是什麼福分，不費一文錢，得到這樣好的媳婦，天天晚上自己送上門來。」酒樓晚上沒人，魏運旺很高興，擺上酒菜跟女郎喝酒，玩猜藏枚遊戲。女郎十次有九次贏，於是笑著說：「不如我來握枚子，你來猜，猜中就贏，猜不中就輸。要是讓我猜，你就會沒有贏的時候了。」於是照她說的，玩了個通宵。後來準備睡覺了，女郎說：「昨天晚上被褥又澀又冷，叫人不能忍受。」便叫丫環去抱了被褥來，鋪在床上，綢緞被面，又香又軟。一會兒，他們寬衣解帶，依偎在一起，女郎嘴上的唇膏濃香四散，真不亞於漢家天子的溫柔鄉。此後，這樣的歡會就習以為常了。

半年後，魏運旺回了家。他正在月夜與妻子在窗前說話，忽然看見那女郎妝扮華麗，坐在牆頭上向他招手。魏運旺走近去。女郎伸手拉他，翻牆而出，握著手告訴他說：「今天就要跟你告別了。請送我幾步，以表示半年恩愛之情。」魏運旺吃驚地問其中的緣故，女郎說：「姻緣自有前定的運數，哪裡用說呢。」說話間，來到村外，先前那兩個丫環挑著燈籠等著，他們逕直往南山走，登上高處，女郎才跟魏運旺道別。魏運旺留不住她，女郎就走了。魏運旺佇立在那裡，徘徊彷徨，遠遠望著兩點燈火隱隱現現，漸漸遠得看不到了，才悶悶不樂地回來。那天晚上山頭上的燈火，村裡人都看見了。

【研析】〈雙燈〉寫一個破落子弟豔遇美女狐狸精的故事。

益都縣盆泉村的魏運旺，雖然名叫運旺，其實運氣卻是越來越不旺。本來還是世族大家，可是後來卻式微衰落了。到二十來歲的時候，竟然讀不起書，只好輟學到岳父家幫著賣酒。《孟子·

離妻下》云：「良人者，所仰望而終身也。」一個男子漢大丈夫，不能科舉及第夫貴妻榮，而是淪落到寄人籬下賣酒為業，其所受揶揄嘲諷可想而知。

一天晚上，魏運旺獨宿酒樓上，兩位丫環挑著燈籠，一位公子跟在後邊，把一位美貌女郎送到了他的身邊。剛開始，他知道是狐狸精，嚇得汗毛倒豎，不敢正眼相向。看著那位少年公子的錦帽貂裘，再看看自己的破衣爛衫，也不禁自慚形穢，因此，囁嚅著不知說什麼好。可是，魏運旺見了這般美貌伶俐的女子，還是不免喜歡愛戀起來。那女子先在他的懷裡暖手，他接著就脫下她的褲子調笑，於是在嘻嘻哈哈之間，兩人就成就了恩愛情緣。第二天，那女子還來，先是自我解嘲，打消魏運旺的顧慮，接著就和他做民間遊戲「猜枚」。做完了遊戲，二人鋪蓋好丫環帶來的錦繡被褥，同床共枕，如膠似漆。魏運旺幸福異常，感到傳說中最為舒適銷魂的漢家溫柔鄉也不過如此。也就像〈青鳳〉中的耿去病所說，「得婦如此，南面王不易也」。

就這樣，魏運旺和那狐女在一起，過了半年不是夫妻勝似夫妻的恩愛生活。魏運旺畢竟忘不了自己的結髮妻子，半年後回家，與妻子月夜閒話窗下。這也是非常動人的人間景象，很是溫馨和幸福。這時，他看到那位狐女穿著鮮麗的衣服，坐在牆頭上招呼他。他拉著女郎的手爬上牆頭，跟她到了村外，然後依依告別。這位女郎來找魏運旺，本意可能是與之重溫舊夢的。可是她看到魏運旺與妻子在窗間的幸福剪影，就打消了性愛的念頭而主動隱退了。因此可以說，這是一位可人的狐女，是值得魏運旺為之付出感情的。但明倫對〈雙燈〉這篇小說進行了發揮，可稱得上別有見地，他說：「來也突焉，去也忽焉。漢家溫柔鄉不敵邯鄲黃粱一夢也。雙燈導來，雙燈引去，直是雙眸之恍惚耳。有緣魔不去，無緣留不住，一部《聊齋》，作如是觀；上下古今，俱作如是觀。」

捉鬼射狐

李公著明，睢寧令襟卓先生❶公子也。為人豪爽無餒怯。為新城王季良先生❷內弟。先生家多樓閣，往往覩怪異。公常暑月寄宿，愛閣上晚涼。或告之異，公笑不聽，固命設榻。主人如請。囑僕輩伴公寢，公辭，言：「喜獨宿，生平不解怖。」主人乃使炷息香❸於爐，請衽何趾❹，始息燭覆扉而去。公即枕移時，於月色中，見几上茗甌❺，傾側旋轉，不墮亦不休。公咄之，鏗然立止。即若有人拔香炷，炫搖空際，縱橫作花纓。公起叱曰：「何物鬼魅敢爾！」裸裼❻下榻，欲就捉之。以足覓牀下，僅得一履；不暇冥搜，赤足撾❼搖處，炷頓插爐，竟寂無兆。公俯身遍摸暗陬❽，忽一物騰擊頰上，覺似履；伏索之，亦殊不得。乃啟覆下樓，呼從人，爇火以燭，空無一物，乃復就寢。既明，使數人搜屨，翻席倒榻，不知所在。主人為公易屨❾。越日，偶一仰首，見一屨夾塞椽間❿；挑撥而下，則公屨也。

公益都人，僑居於淄⓫之孫氏第。第綦闊，皆置閒曠，公僅居其半。南院臨高閣，止隔一堵。時見閣扉自啟閉，公亦不置念。偶與家人話於庭，閣門開，忽有一小人，面北而坐，身不盈三尺，綠袍白襪。眾指顧之，亦不動。公曰：「此狐也。」急取弓矢，對閣⓬欲射。小人見之，啞啞作揶揄聲，遂不復見。公捉刀登閣，且罵且搜，竟無所覩，乃返。異遂絕。公居數年，安妥無恙。公長公⓭友三，為余姻家⓮，其所目觸。

異史氏曰：「予生也晚，未得奉公杖屨⓯，然聞之父老，大約慷慨剛毅丈夫也。觀此二事，大概可覩。浩然中存⓰，鬼狐何為乎哉！」

【注釋】❶睢寧令襟卓先生　李襟卓，名毓奇，山東益都人，曾任江蘇睢寧縣知縣。❷王季良先生　新城人，王漁洋之祖輩。❸息香　即安息香，燃之有香氣，亦可作藥用。❹請衽何趾　為長者、尊者鋪臥席的時候要詢問腳朝哪個方向。衽，臥席。趾，腳指頭。《禮記・曲禮》：「請席何鄉，請衽何趾。」❺茗甌　茶杯。❻裸裼赤身露體。❼撾　擊打。❽暗陬　黑暗的角落。陬，角落。❾屨　鞋子。❿椽間　椽子之間。椽，裝於屋頂以支持屋頂蓋材料的木桿。⓫淄　淄川縣。⓬闍　闍門。⓭長公　大兒子。⓮姻家　聯姻的家族或其成員。⓯奉公杖屨　侍奉、追隨在尊長左右。杖屨，手杖與鞋子。古禮，五十歲老人可扶杖；又古人入室鞋必脫於戶外，為尊敬長輩，長者可先入室，後脫鞋。⓰浩然中存　浩然正氣貯滿心中。《孟子‧公孫丑》：「我善養吾浩然之氣。」

【語　譯】李著明，江蘇睢寧縣令李襟卓先生的公子。為人豪爽，什麼也不怕。他是新城王季良先生的內弟。王先生家有很多樓閣，常常見到一些怪異現象。李著明常在熱天寄宿王家，喜歡樓閣晚上涼爽。有人告訴他閣上有妖異，他笑著不聽，再三叫人給他擺床。主人聽從他的請求。吩咐僕人陪他睡，他推辭說：「我喜歡獨自睡覺，平生不知道什麼是害怕。」主人於是叫人在香爐點了安息香，鋪好被子，才滅燈關門離開。李著明躺下不久，在月色中看見桌上的茶葉罐傾斜旋轉，不掉下來也不停住。李著明對它吆喝，杯子「當」地一聲立刻停住。接著好像有人把香爐裡的香炷拔了出來，在空中搖晃，橫著豎著劃出花紋。李著明起來喝斥道：「什麼鬼怪敢這樣！」他赤身露體下床來，想上前捉住它。用腳在床下找鞋子，只找到一隻；顧不上到處找，赤著腳去打那香火搖動的地方，香炷頓時插回香爐裡，靜悄悄地沒有怪異現象。李著明彎腰摸遍了黑暗角落，忽然有個東西飛過來打在臉上，覺得像是鞋子；再找，又找不到。於是開門下樓，喊叫僕人，點燈來照，樓上空空的，什麼也沒有，於是重新上床睡覺。天亮後，叫幾個人找那鞋子，翻席移床，不知在哪裡。主人替他換了一雙鞋。過了一天，偶然一抬頭，看見有隻鞋子塞在椽子的夾縫裡；挑下來一看，原來就是他的鞋子。

李著明是山東益都人，在淄川孫家的宅子寄居。宅子很大，都空著沒人住，李著明只住著一半。南院靠著一座高樓，只隔一堵牆。經常見那樓上的門自己開關，李著明也不在意。偶然跟家人在院子裡聊天，那樓上的門開了，忽然有一個小人，面朝北坐著，身高不滿三尺，穿著綠袍白襪。大家邊指邊看，小人也不動。李著明說：「這是狐狸精。」急忙取來弓箭，對著那樓上準備射過去。小人見了，吃吃地發出嘲弄的聲音，於是不見了。李著明提刀上樓，邊罵邊搜，始終沒看到什麼，這才回來。妖異於是絕跡。李著明住了幾年，平安無事。李著明的大兒子李友三，跟我是姻親，這些事是他親眼看到的。

異史氏說：「我出生得晚，沒能見到李著明先生，但聽父輩人說起，大約是個慷慨剛毅的大丈夫。從這兩件事上，能看出大概來。胸存浩然之氣，鬼怪狐妖能怎麼樣呢！」

【研析】〈捉鬼射狐〉寫李著明捉鬼射狐的故事。

益都的李著明是新城王季良的內弟，李著明夏天就到姐夫家住在其閣樓上。可是這些樓中經常出現詭異情況，所以王季良不讓他住。可是李著明不但堅持要住，還不讓任何人陪伴。按照《聊齋》慣例，下面肯定要有情況發生了。果不其然，李著明首先看到的是一種怪異現象。首先，月色朦朧，几案上的茶杯傾斜著旋轉，不停止也不墜落。接著，好像有人手執點燃的香燭在空中炫搖，變化出各種花樣。李著明果然大膽，光著屁股前去捉拿，可是什麼也沒捉到，倒是臉頰上挨了一鞋底。第二天早晨，翻箱倒櫃找不到鞋子，第三天，偶一抬頭，才看見鞋子夾在屋面上的椽子間。

又一年，李著明到淄川的孫家，居住在閣樓上。因為有了在新城的經驗，所以這次他對待「閣扉自啟閉」的小小手法並不感到驚奇。看到「閣扉自啟閉」不能聳其聽聞，狐狸精就玩起了「大變活人」的戲法。李著明取弓欲射，小人看到後，「啞啞作揶揄聲」。和上次在新城一樣，李著明到處搜索，結果還是一無所獲。不過，這裡的怪異現象就徹底消失了。

不管是新城的鬼怪也罷，還是淄川的狐狸也好，似乎都沒有惡意。李著明畢竟是大膽的，儘管沒有捉鬼射狐成功，可也沒有表現出餒怯。蒲松齡很佩服這位李著明，他後悔自己年齡小沒有見到並侍奉這位「慷慨剛毅丈夫」。《聊齋誌異》還有一篇〈蹇償債〉，也是寫李著明的故事，可以參閱。

頭滾

蘇孝廉貞下封公❶晝臥，見一人頭從地中出，其大如斛❷，在牀下旋轉不已。驚而中疾❸，遂以不起。後其次公❹就蕩婦宿，罹殺身之禍，其兆❺於此耶？

【注釋】❶蘇孝廉貞下封公　蘇貞下，淄川人，康熙十七年舉人，故稱「孝廉」。封公，即封翁，古時指因子孫顯貴而能夠受封典的人。❷斛　舊量器名，亦是容量單位，一斛本為十斗，後來改為五斗。❸中疾　生病。❹次公　二公子，指蘇貞下的弟弟。❺兆　事物發生前的徵候或跡象。

【語譯】舉人蘇貞下是受過封的，他白天睡覺，見一個人頭從地裡冒出來，大得像斛那樣，在床下旋轉不停。他因受驚而染病，臥床不起。後來他的二弟與一個淫蕩的女人姦宿，遭遇殺身之禍，那先兆就是這個嗎？

【研析】〈頭滾〉寫蘇貞下白天睡覺見到死人頭的奇聞異事。

我們還記得〈捉鬼射狐〉中的那位李著明，他是名不虛傳的大膽人物，所以儘管鬼怪狐精施展各種伎倆，他都不為所惑，並且勇於追逐搜打。正所謂「鬼神怕惡人」，儘管李著明對鬼狐有種種不敬之處，鬼狐最終也奈何不了他。而這篇〈頭滾〉中的蘇貞下，在膽略上比起李著明來就大有不及，他看到一個死人頭在床下旋轉不已，就被嚇壞了，最終病而不起。當然，對於一般人來說，僅僅見到一個死人頭就夠恐怖的了，更何況還是一個滾動不已的死人頭？可是，如果蘇貞下像李著明那樣意識到這是鬼狐在作怪，大膽地起而追打之，情況可能就會有所不同。

後來，蘇貞下的弟弟因為嫖娼而招致殺身之禍，和這個死人頭有關係嗎？應該沒有，這只是一種牽強附會的生拉硬扯。遭遇殺身之禍的人多得是，可並不是個個都有見到旋轉的死人頭的先兆的，那些什麼先兆也沒有就死掉的人，又怎麼解釋呢？

這篇文章在內容上無甚可取之處，在寫法上倒大有可說。評點家馮鎮巒說：「短篇文字不似大篇出色，然其敘事簡淨，用筆明雅。譬諸遊山者，才過一山，又開一山，當此之時，不無借徑於小橋曲岸、淺水平沙。然而前山未遠，魂魄方收，後山又來，耳目又費。雖不大為著意，然政不致遂敗人意。況又其一橋一岸、一水一沙，並未一望荒屯絕徼之比。晚涼新浴，豆花棚下，搖蕉尾，說曲折，興復不淺也。」是的，蒲松齡此類文章，正是值得後人談論學習的做文章的榜樣。

鬼作筵

杜秀才九畹，內人病。會重陽❶，為友人招作茱萸會❷。早興，盥已，告妻所往。冠服欲出，忽見妻昏憒❸，絮絮若與人言。杜異之，就問臥榻。妻輒「兒」呼之。家人心知其異。時杜有母柩未殯，疑其靈爽❹所憑。杜祝曰：「得勿吾母耶？」妻罵曰：「畜產，何不識爾父？」杜曰：「既為吾父，何乃歸家祟兒婦？」妻呼小字❺曰：「我耑為兒婦來，何反怨恨？兒婦應即死；有四人來勾致❻，首者張懷玉。我萬端哀乞，甫能得允遂。我許小餽送，便宜付之。」杜如言，於門外焚錢紙。妻又言曰：「四人去矣。彼不忍違吾面目，三日後，當治具❼酬之。爾母老，龍鍾不能料理中饋❽。及期，尚煩兒婦一往。」杜曰：「幽明殊途，安能代庖❾？望父恕宥。」妻曰：「兒勿懼，去去即復返。此為渠事，當毋憚勞。」言已，即冥然，良久乃甦。杜問所言，茫不記憶。但曰：「適見四人來，欲捉我去。幸阿翁⑩哀請，且解囊賂之，始去。我見阿翁鏹袱⑪尚餘二鋌，欲竊取一鋌來，作餬口計。翁窺見，叱曰：『爾欲何為！此物豈爾所可用耶！』我乃斂手未敢動。」杜以妻病革⑫，疑信相半。

越三日，方笑語間，忽瞪目久之，語曰：「爾婦綦貪，曩見我白金，便生覬覦。然大要以貧故，亦不足怪。將以婦去，為我敦庖務⑬，勿慮也。」言甫畢，奄然竟斃。約半日許，始醒，告杜曰：「適阿翁呼我去，謂曰：『不用爾操作，我亨調自有人，祇須堅坐指揮足矣。我冥中喜豐滿，諸物饌都覆器外⑭，切宜記之。』我諾。至廚下，見二婦操刀砧於中，俱紺帔而綠緣之⑮，呼我以嫂。每盛炙於簋⑯，必請覘視。曩四人都在筵中。進饌既畢，酒具已列器中，翁乃命我還。」杜大愕異，每語同人。

【注釋】❶重陽　農曆九月初九，俗稱「重陽節」。❷茱萸會　古俗重陽節佩茱萸，相約登山宴飲，稱茱萸會。晉周處《風土記》：「以重陽相會，登山飲菊花酒，謂之登高會，又云茱萸會。」❸昏憒　頭腦昏亂，神志不清。❹靈爽　指神靈；神明。此指魂魄。❺小字　乳名；小名。❻勾致　猶拘捕。❼治具　置辦酒席。❽中饋　指家中供膳諸事。❾代庖　代廚師下廚。《莊子．逍遙遊》：「庖人雖不治庖，尸祝不越樽俎而代之矣。」❿阿翁　稱丈夫的父親。⓫鏹袱　包裹銀子的包袱。鏹，銀錠。袱，包袱。⓬病革　病勢危急。⓭敦庖務　料理膳飲之事。敦，治理。⓮諸物饌都覆器外　各種飯菜肴饌都要漫出器皿。⓯紺帔而綠緣之　紅青色的帔肩鑲著綠邊。紺，微帶紅的黑色。帔，古代披在肩背上的服飾。⓰簋　古代盛食物器具，圓口，雙耳。

【語譯】杜九畹是位秀才，他的妻子病了。正值重陽節，杜九畹被朋友邀去登高聚會。早上起床，洗漱完畢，告訴妻子要到哪裡去。穿戴衣帽想要出門，忽然看見妻子昏昏沉沉，絮絮叨叨地好像跟人說話。杜九畹很驚異，走到床前問她。妻子總是稱他為「兒子」。家裡人心裡知道這事非同尋常。當時杜九畹母親的靈柩還沒下葬，大家懷疑他母親的鬼魂附身了。杜九畹祝禱說：「難道是我母親嗎？」妻子罵道：「畜生，怎麼不認識你父親了？」杜九畹說：「既然是我父親，怎麼回家在兒媳婦身上作祟呢？」妻子喊著他的小名說：「我是專為兒媳婦來的，怎麼反而怨恨我？兒媳婦應該馬上就死；有四個人來勾魂，為首的是張懷玉。我百般哀求，剛得到允許。我答應送他們一點錢財，你就便付了吧。」杜九畹按照這些話，到門外燒了紙錢。妻子又說：「那四個人走了。他們不忍違背我的情面，三天後，我得設宴招待他們。你母親年紀大了，行動不方便，沒法料理炊事。到時候還要勞煩兒媳婦過去一趟。」杜九畹說：「陰間與陽間之間沒有道路可以通達，如何能去幫助備辦宴席呢？請父親諒解。」妻子說：「孩子不必害怕，兒媳去去就回來。這是為了她的事，應該不怕勞累。」說完，便昏迷過去，很久才蘇醒過來。杜九畹問她說了什麼，她茫茫然記不起來。只是說：「剛才看見四個人來，想把我抓走。幸好公公哀求，並且打開口袋拿錢賄賂他們，他們才離開。我見公公的錢袋裡還剩兩錠銀子，想偷回一錠來，用以糊口。公公看見，罵道：『你想幹什麼！這東西難道是你所能用的！』我就縮回手，沒敢動。」杜九畹因為妻子病重，對這件事半信半疑。

過了三天，杜妻正在說笑，忽然瞪起眼睛，很久才說：「你媳婦很貪心，那天看見我的銀子，就動了偷的念頭。但大約是因為窮的緣故，也沒什麼可責怪的。我將要帶她去，替我料理炊事，你不要擔心。」話剛說完，竟突然死去。大約過了半天時間，才醒過來，告訴杜九畹說：「剛才公公叫我去，對我說：『不用你動手了，我自有人烹調，只要穩坐著指揮就夠了。我們陰間喜歡豐滿，各種菜肴都要蓋過盤子外沿，要切切記住。』我答應了。來到廚房，見兩個婦人在裡面剁肉切菜，都穿著紅青色的披肩，繡著綠色花邊，稱呼我是『嫂子』。每把一樣菜盛到盤子裡，一定請我過目。那天來的四個人都在宴席上。菜上完了，酒具已經擺放在溫酒器裡，公公就叫我回來了。」杜九畹非常驚異，常常對朋友們說起這事。

【研　析】〈鬼作筵〉寫請鬼赴宴以免死的故事。

有一個秀才叫杜九畹。九月九日重陽節到了，朋友招呼他去赴茱萸會。但就在出門的時候，杜妻卻被靈魂附體。原來，杜九畹的父親早死了，母親也死了，但靈柩還沒有埋葬。一開始，杜九畹懷疑妻子神神道道，是被母親的靈魂附了體，可是通過問答，才知道不是母親而是父親。要知道，在宗法時代，社會上皇權高於一切，家庭中父權高於一切，正所謂「君叫臣死，臣不得不死；父叫子亡，子不得不亡」。可是我們看這篇作品，作為秀才的杜九畹，理應懂得孝敬父親之道，可是，他竟接連兩次頂撞了自己的父親。第一次是：「既為吾父，何乃歸家祟兒婦？」第二次是：「幽明殊途，安能代庖？望父恕宥。」他的父親道出原委，「兒婦應即死；有四人來勾致」，杜父萬端哀乞這四人，才沒有把杜妻勾走，所以杜父要饋送禮物，還要擺酒請客，而杜母又年老，「龍鍾不能料理中饋」，所以讓杜妻到陰間幫忙準備筵席。杜妻完成任務後，返回人世。但明倫對此充滿疑問，認為頗不能解，「既曰『兒婦應即死』矣，何以來勾致者以哀乞饋送而遂允之？果爾，則四人得財賣放，罪無可逃；而司事者於人生死之大，而夢夢乃爾，亦惡得無罪」。或許只能說，鬼神世界裡有的事與人世間相同，有的就無法以人世間的道理來推論了。

這篇作品有著嚴格的視角限定。陽間的事我們能夠看到，而冥間的事都是由公公或兒媳轉述。限定視角，這是現代小說才有的藝術技巧，在蒲松齡這篇談鬼的小說中，竟然也得到了比較嚴格的體現，也是讓人驚訝之處。

蛙曲

王子巽❶言：「在都❷時，曾見一人作劇❸於市。攜木盒作格，凡❹十有二孔；每孔伏蛙。以細杖敲其首，輒哇然作鳴。或與金錢，則亂擊蛙頂，如拊雲鑼❺，宮商詞曲❻，了了❼可辨。」

【注釋】❶王子巽　王敏入，字子遜（通「巽」），號梓巖，淄川人。❷都　都城，此指北京。❸作劇　表演戲法。❹凡　總共。❺拊雲鑼　拊，敲擊。雲鑼，由大小相同，而厚度、音高存在區別的若干銅製小鑼組成。❻宮商詞曲　各種音調的詞曲。宮商，古代音律中的宮音與商音，後人用其泛指音樂。❼了了　清晰。

【語譯】王子巽說：「我在京都時，曾看見一個人在街上表演戲法。他帶著個木盒，有格子分開，共有十二個孔，每個孔裡趴著一隻青蛙。那人用小細棍敲青蛙的頭，青蛙就『哇哇』地叫。有人給錢，那人就朝蛙頭亂敲，好像敲雲鑼一樣，樂調詞曲，都清晰可辨。」

【研析】〈蛙曲〉寫一種精緻誘人而久已失傳的民間戲法。

青蛙最大的特色就是其聲音響亮，表演戲法的人也正是在這一點上下功夫訓練自己的青蛙。如果是一隻兩隻的青蛙還好說，難能可貴的是這人訓練了十二隻青蛙。訓練了十二隻青蛙，如果一隻一隻獨唱還好說，難能可貴的是十二隻青蛙能夠一起演唱。在這裡，蒲松齡打了一個非常形象的比喻，說是表演戲法的人像是在敲擊雲鑼。就好比現在舞臺上表演的打架子鼓，在一個人的敲打下，大鼓、軍鼓、中鼓、落地鼓、腳踏鈸、銅鈸……等輪番響起，此起彼落，相互唱和，那也是非常動聽的音樂了。

《聊齋誌異》中寫了很多民間技藝，現在都已失傳了，獨賴蒲松齡的文學之筆，還能想像其大概，這就是古人留給現代讀書人的福分了。

除了「蛙曲」，古人還有各種訓練禽獸進行娛樂的絕技。元人陶宗儀《南村輟耕錄》中有一段「禽戲」，也頗堪欣賞：「余在杭州日，嘗見一弄百禽者，蓄龜七枚，大小凡七等。置龜几上，擊鼓以使之。則第一等大者先至几心伏定，第二等者從而登其背，直至第七等小者，登第六等之背，乃豎身直伸其尾向上，宛如小塔狀，謂之烏龜疊塔。又見蓄蝦蟆九枚，先置一小墩于席中。其最大者，乃踞坐之。餘八小者，左右對列。大者作一聲，眾亦作一聲。大者作數聲，眾亦作數聲。既而小者一一至大者前，點首作聲，如作禮狀，而退，謂之蝦蟆說法。至松江，見一全真道士，寓太古庵。一日，取二鰍魚，一黃色，一黑色，大小相侔者，用藥塗利刃，各斷其腰，互換接續，首尾異色，投放水內，浮游如故。郡人衛立中，以盆池養之，經半月方死。疊塔、說法，固教習之功。但其質性蠢蠢，非他禽鳥可比，誠難矣哉。若夫斷而復續，死而復生，藥歟，法歟，是未可知也。但劇戲中似此者，果亦罕見哉。」

泥書生

羅村❶有陳代者，少蠢陋❷。娶妻某氏，頗麗。自以婿不如人，鬱鬱不得志。然貞潔自持，婆媳亦相安。一夕獨宿，忽聞風動扉開，一書生入，脫衣巾，就婦共寢。婦駭懼，苦相拒；而肌骨頓耎，聽其狎褻❸而去。自是恆無虛夕。月餘，形容枯瘁。母怪問之。初慚怍❹不欲言；固問，始以情告。母駭曰：「此妖也！」百術為之禁咒❺，終亦不能絕。乃使代伏匿室中，操杖以伺。夜分，書生果復來，置冠几上；又脫袍服，搭椸架❻間。纔欲登榻，忽驚曰：「咄咄！有生人氣！」急復披衣。代暗中暴起，擊中腰脅，塔然作聲。四壁張顧，書生已渺。束薪爇照❼，泥衣一片墮地上，案頭泥巾猶存。

【注釋】❶羅村　村名，在舊淄川縣東北鄉。今羅村鎮。❷蠢陋　粗笨醜陋。❸狎褻　褻瀆；輕慢。❹慚怍　慚愧。❺禁咒　通過咒語而禁止。❻椸架　衣架。❼爇照　點火照耀。

【語　譯】淄川羅村有個叫陳代的，自幼愚蠢醜陋。娶了個妻子，非常漂亮。她自以為丈夫不如別人，心情鬱悶，很不得志。但她很貞潔，自我克制，婆媳之間也相安無事。一天晚上，陳妻獨自睡覺，忽然聽見風把門吹開，一個書生進來，脫下衣服頭巾，挨近陳妻一起睡。陳妻驚惶恐懼，極力抗拒，但肌肉骨骼頓時疲軟，任他淫亂一番後離去。從此那個書生每天夜裡都來。過了一個多月，陳妻形體和容貌枯瘦憔悴。婆婆奇怪地問她。開始，陳妻覺得慚愧，不想說；婆婆再三追問，才講出實情。婆婆驚慌地說：「這是妖怪啊！」用盡各種法術禁制驅除，始終沒能使妖怪絕跡。婆婆於是叫陳代隱藏在房間裡，手持棍子等候。晚上，書生果然又來了，把帽子放在桌子上，又脫下外衣，搭在衣架上。剛要上床，忽然吃驚地說：「哎呀！有生人的氣味！」急忙重新穿上衣服。陳代暗中突然衝出，打中書生腰部，發出「噠」的聲音。陳代四面張望，書生已經無影無蹤。點起火把來照，有一片泥衣服掉在地上，桌上的泥頭巾還在。

【研　析】〈泥書生〉寫羅村陳代的妻子被泥書生姦汙又被陳代打走的怪異故事。

《聊齋誌異》的故事開頭，大都會有一個具體的地名。〈泥書生〉開頭，不提某府某縣，直接就說「羅村」，是因為羅村就在淄川縣。蒲松齡的妻子劉氏娘家的道口村，就屬於今天的淄川區羅村鎮，離此文提到的羅村僅有數里之遙。

陳代雖然年輕，卻性格蠢笨、相貌醜陋。這樣一個極不成器的人，卻找了一個相當漂亮的妻子。如此一來，就有故事可看了。妻子感到丈夫不如意，就鬱鬱寡歡。雖然肉體上貞潔自持，沒有做出出格丟人的事，可是內心裡卻不知想了些什麼。照理說，內心不管怎麼想，只要不付諸行動帶來後果，是誰也管不著的。可是，到了藝術家手下，卻偏要把人的這點內心隱私挖掘出來。蒲松齡是怎樣挖掘這位美貌少婦的心理的呢？他讓一位泥書生夜夜來與她交媾。少婦不滿意自己丈夫的愚蠢和醜陋，理想中的意中人當然是有才華、有容貌的年輕書生了。她心裡想著這樣的書生，即使日思夜想都不要緊，可是如果這樣的書生真的來了，甚至只是進入了她的夢中，她也會感到「駭懼」。表面上看，她是為與泥書生交接而感到害怕，而這又是她潛意識中盼望的幸福愛情，夢中之事是不被現實倫理觀念所允許的。在這兩方面觀念意識的擠壓下，她「形容枯瘁」。蒲松齡對此表現得很真切。陳代雖然才疏貌醜，卻頗有點膽氣。他能一棍子把泥書生打走，也算頗有丈夫氣了。

土地夫人

窵橋❶王炳者，出村，見土地神祠❷中出一美人，顧盼甚殷。挑以褻語❸，懽然樂受。狎昵無所，遂期夜奔。炳因告以居止。至夜，果至，極相悅愛。問其姓名，固不以告。由此往來不絕。時炳與妻共榻，美人亦必來與交❹，妻竟不覺其有人。炳訝問之。美人曰：「我土地夫人也。」炳大駭，亟❺欲絕之，而百計不能阻。因循半載，病憊不起。美人來更頻，家人都能見之。未幾，炳果卒。美人猶日一至。炳妻叱之曰：「淫鬼不自羞！人已死矣，復來何為？」美人遂去，不返。

土地雖小，亦神也，豈有任婦自奔者？憒憒❻應不至此。不知何物淫昏，遂使千古下謂此村有汙賤不謹之神。冤矣哉！

【注　釋】❶窵橋　淄川村名，在今羅村鎮。❷土地神祠　即土地廟。土地神，源於古代的「社神」，是管理一小塊地面的神。❸褻語　淫蕩猥褻的言詞。❹交　交媾。❺亟　急切；迫切。❻憒憒　昏庸；糊塗。

【語　譯】寫橋村的王炳，有一次出村，看見土地神祠裡走出一位美人，向他看來看去，非常殷勤。王炳用淫蕩猥褻的話挑逗她，她高興地聽著。兩人沒有可親熱的地方，便約定晚上幽會。於是王炳把住址告訴她。到了夜裡，美人果然來了，兩人極盡歡愛。王炳問她姓名，她就是不肯講。從此往來不絕。有時王炳和妻子同床，美人也一定來和他交歡，王妻竟然察覺不到還有別人。王炳驚訝地問她。美人說：「我是土地夫人。」王炳大驚，急著想和她斷絕關係，但想盡辦法也攔不住。這樣過了半年，王炳病倒了。美人來得更加頻繁，家人都能看見她。不久，王炳終於死了。美人還是每天來一次。王妻罵道：「淫鬼不知道羞恥！人已經死了，還來幹什麼？」美人就走了，再也沒來。

土地雖然是小神，也還是神，哪有聽憑妻子自己淫奔的？應該不會糊塗到這種地步。不知是什麼東西淫邪昏暗，以致千百年後，人們還說這村子有汙穢卑賤、行為不檢的神。冤枉啊！

【研　析】〈土地夫人〉寫寫橋王炳與土地夫人私通並致死的故事。

此篇所提到的寫橋村，也在今天的淄川區羅村鎮，距當時的淄川縣城也就二三十里路。寫橋王家，在明清之際科甲相繼，是淄川縣赫赫有名的大家族，和桓臺縣的王家，同為魯中地區之名門望族。此篇中所提到的王炳，不知是否為王家族人。蒲松齡在王家坐過館，這件事情從他嘴裡傳出來，可能有一定的可信度。當然，與上一篇〈泥書生〉一樣，這篇故事，也是借王炳與土地夫人相通的情節，來暗示王炳或有思念外遇之心，或有結交外遇之實，同時對結交外遇也存有深深的自責驚懼之心。

〈泥書生〉寫陳代的妻子漂亮而陳代醜陋愚蠢，此篇〈土地夫人〉沒有寫王炳妻子相貌如何，想來不會太讓王炳滿足，否則他也不會隨便調戲漂亮女人了。最初，王炳與那美麗婦女交接甚歡，往來不絕。可是後來，王炳知道她是土地夫人之後，就開始害怕起來了。想想看，神界的土地爺雖然位階不高，卻也是不折不扣的神仙，相當於人間的縣太爺。世間有千萬種得罪人的途徑，最讓人不能忍受的只有兩種：殺父之仇和奪妻之恨。王炳勾引並姦汙了土地爺爺的老婆，不知就裡的時候還心滿意足。知道實情後，就像對待骨頭上的毒瘡，想扔也扔不掉了。於是，半年之後，病憊而死。

王家是侯門大族，比不得平頭百姓。所以家裡出了這樣的醜事，是需要粉飾遮掩一番的。因此，蒲松齡說，土地爺雖然是小神，也不會如此昏聵胡塗，讓自己的老婆淫奔偷人。不知是個什麼淫昏之怪物，冒名頂替，敗壞了此地土地爺爺的名聲。

螳蜋捕蛇

張姓者，偶行谿谷，聞崖上有聲甚厲。尋途登覘❶，見巨蛇圍如碗，擺撲❷叢樹中，以尾擊柳，柳枝崩折。反側傾跌之狀，似有物捉制之。然審視殊無所見，大疑。漸近臨之，則一螳蜋據頂上，以刺刀攫❸其首，攧❹不可去。久之，蛇竟死。視頞❺上革肉，已破裂云。

【注釋】❶覘　偷偷地察看。❷擺撲　搖擺撲打。❸攫　用爪子狠狠抓住。❹攧　摔。❺頞　鼻樑。

【語譯】有個姓張的人，偶然走進山谷，聽到山崖上有淒厲的聲音。於是找路爬上去看看究竟，看見一條碗口粗的大蛇，正在樹叢中扭動，用巨大的尾巴打在柳樹上，柳枝都折斷了。大蛇翻滾扭曲的樣子，好像被什麼東西制服了。可是仔細觀察，什麼也沒發現，張某非常疑惑。慢慢走近大蛇，原來一隻螳螂蹲在蛇的頭頂，用牠如鐮刀的利爪緊緊抓住蛇頭，大蛇怎樣擺動也擺脫不了。過了很久，大蛇竟然死了。看看大蛇鼻樑上的皮肉，都已破裂了。

【研析】〈螳蜋捕蛇〉寫一隻小螳螂殺死一條大蛇的故事。

漢人劉向在《說苑．正諫》中講過一個故事：「園中有樹，其上有蟬，蟬高居悲鳴飲露，不知螳螂在其後也。螳螂委身曲附欲取蟬，而不知黃雀在其傍也。黃雀延頸欲啄螳螂，而不知彈丸在其下也。此三者皆務欲得其前利，而不顧其後之有患也。」這就是「螳螂捕蟬，黃雀在後」這一著名典故的出處。凡是讀過幾天書的人，沒有不知道這一典故的，儘管大多數人在行事處世上還是管頭不顧尾，忘了這一典故提供的戒鑑意義。

在這篇〈螳螂捕蛇〉中，蒲松齡講述了另外一個和螳螂有關的故事：一隻小螳螂，竟然殺死了一條大蛇。一個姓張的人在山谷中行走，聽到山崖上有非常尖利的聲音，循聲找去，看到一條大蛇在地上翻滾擺撲，彷彿很痛苦的樣子，可是又看不出有什麼東西在捉制牠。走近一看，才知道是一隻螳螂趴在蛇頭上，用自己如鐮刀的利爪深深割入蛇頭深處。最終，大蛇竟被割破腦袋，死在了螳螂的利刃下。

蛇在一般情況下，當然比螳螂厲害。人們都知道怕蛇，沒聽說有誰怕螳螂。但是，在某些特殊的情況下，螳螂一旦抓住了蛇的要害，也能把蛇殺死。讀此篇故事，人們很容易想起〈促織〉裡邊那隻蟋蟀，牠不但逃脫了大公雞的利爪，還飛到雞冠上把雞咬了個痛快。世界上沒有絕對的強者，只要發揮自己的特長，並抓住對方的弱點，就能取得最後的勝利。

小人

康熙❶間，有術人攜一榼❷，榼中藏小人，長尺許。投以錢，則啟榼令出，唱曲而退。至掖❸，掖宰❹索榼入署，細審小人出處。初不敢言。固詰之，始自述其鄉族。蓋讀書童子，自塾中歸，為術人所迷，復投以藥，四體暴縮；彼遂攜之，以為戲具。宰怒，殺術人。留童子，欲醫之，尚未得其方❺也。

【注釋】❶康熙　清聖祖愛新覺羅玄燁年號。❷榼　盒一類的器物。❸掖　掖縣，山東煙臺萊州的舊時稱謂。❹宰　官名，此指縣令。❺方　藥方。

【語譯】康熙年間，有個江湖藝人帶著一個盒子，盒子裡藏著個小人，一尺多高。觀眾給他錢，藝人便打開盒子讓小人出來，唱完戲後再回去。藝人到了山東掖縣，掖縣縣令把盒子帶回官署，仔細盤問小人的來歷。小人開始不敢說。再三盤問，才講出自己的姓名、籍貫。原來，小人是個讀書的學童，從學校回家的路上，被藝人迷倒了，藝人又用藥物使學童的四肢縮小，然後帶著他作為演戲的工具。縣令大怒，殺了江湖藝人。把小人留下，想治好他，卻沒有找到醫治的方法。

【研　析】〈小人〉寫民間一種妖邪之術，能把正常兒童變成尺許小人。

前邊有一篇〈造畜〉，講的是江湖上有一種「魘魅之術」，能把人變成驢、羊等各種牲畜，最後那個「造畜」之人被衙門差役打死了，大快人心。還有一篇〈蛙曲〉，有一江湖藝人攜帶著一個木盒子，裡邊有十二隻青蛙，到處表演節目，贏得陣陣喝彩。記得〈造畜〉的讀者，看著這些青蛙表演，也覺陣陣心寒，很擔心這些青蛙又是哪些兒童被術士變成的。

現在讀到的這篇〈小人〉，與〈造畜〉有著相似之處，它寫的也是一種「魘魅之術」，即把大孩子變成「小人」，走江湖表演節目，牟利賺錢。這個江湖術士，最後也被縣令給打死了。可惜的是縣令得不到救治兒童、使其恢復正常身高的方子。評點家馮鎮巒給那位縣令出了一個方子，「殺術人，烹其肉，以餉童子，當得暴長，見《龍宮外方》。」馮先生幽默得很。評點家但明倫說：「為鬼為蜮，如此類者不少。保赤之道，官宰耳目難周。為父兄者，自保護其子弟已而。」特地提醒為父為兄者要提高警惕。

秦生

萊州❶秦生，製藥酒，悞投毒味，未忍傾棄，封而置之。積年餘，夜適思飲，而無所得酒。忽憶所藏，啟封嗅之，芳烈噴溢，腸痒涎流，不可制止。取琖將嘗，妻苦勸諫。生笑曰：「快飲而死，勝於饞渴而死多矣。」一琖既盡，倒瓶再斟。妻覆其瓶，滿屋流溢。生伏地而牛飲❷之。少時，腹痛口噤，中夜而卒。妻號泣，為備棺木，行入殮矣。次夜，忽有美人入，身長不滿三尺，逕就靈寢，以甌❸水灌之，豁然頓甦。叩而詰之，曰：「我狐仙也。適丈夫入陳家，竊酒醉死，往救而歸。偶過君家，彼憐君子與己同病，故使妾以餘藥活之也。」言訖，不見。

余友人丘行素❹貢士，嗜飲。一夜思酒，而無可行沽，輾轉不可復忍，因思代以醋。謀諸婦，婦嗤之。丘固強之，乃煨醯❺以進。壺既盡，始解衣甘寢。次日，夫人竭壺酒之資，遣僕代沽。道遇伯弟❻襄宸，詰知其故，固疑嫂不肯為兄謀酒。僕言：「夫人云：『家中蓄醋無多，昨夜已盡其半；恐再一壺，則醋根❼斷矣。』」聞者皆笑之。不知酒興初濃，即毒藥猶甘之，況醋乎？亦可以傳矣。

【注　釋】❶萊州　府名，治所在今山東煙臺萊州。❷牛飲　俯身而飲，形態如牛。❸甌　小盆子。❹丘行素　丘希潛，字行素，淄川人，康熙間貢生，授黃縣訓導。❺醯　醋。❻伯弟　叔伯兄弟；堂弟。❼醋根　做醋的引子。

【語　譯】山東萊州有個姓秦的書生，在製作藥酒的時候，誤把有毒的藥材放進酒裡，不捨得把酒倒掉，便封存起來。過了一年多，有天夜裡想要喝酒，但沒有地方能找到酒。忽然想到收藏起來的那瓶酒，於是取了出來，打開瓶子聞了聞，酒香濃烈馥郁，秦生口水直流，腸子都癢了起來，不可遏止。他取出酒杯要嘗一嘗，妻子苦苦相勸。秦生笑著說：「開懷暢飲而死，也比饞死痛快多了。」秦生乾了一杯，然後拿起瓶子又斟了一杯。妻子把酒瓶打翻在地，酒在屋子裡流淌。秦生趴在地上像牛一樣喝起來。一會兒，秦生肚子疼痛，說不出話來，到了半夜就死了。妻子嚎啕大哭，備好棺材，準備埋葬丈夫。第二天夜裡，忽然有位美人進來，身高不足三尺，逕直走向停放著屍體的靈床，用甌給秦生灌水，秦生馬上蘇醒了。他磕頭答謝，並詢問美人原因。美人說：

「我是狐仙。剛才我的丈夫到陳家偷酒喝，醉酒而死，我去救了他回來。經過您家門口，我丈夫憐惜您和他同病相憐，所以叫我用剩下的藥救活您。」說完，就不見了。

我的朋友丘行素貢士，喝酒成癮。一天夜裡想要喝酒，但沒地方可以買到酒，輾轉反側，不能忍受，想用醋來代替。和妻子商量，妻子不禁笑起來。丘行素堅持要喝，妻子只好溫了醋給他。喝完一壺醋，才脫了衣服睡下了。第二天，妻子湊足買一壺酒的錢，派僕人替她去買酒。僕人在路上遇見丘行素的堂弟襄宸，襄宸問明原因，懷疑堂嫂不肯給堂兄買酒。僕人說：「夫人說：『家裡儲存的醋本來不多，昨天夜裡已經喝了一半；如再喝一壺，醋就沒了。』」聽了這話的人都笑了。人們不知道酒癮發作的時候，即使是毒藥也喝得津津有味，何況是醋呢？這些值得寫上一筆了。

【研　析】〈秦生〉寫秦生嗜酒如命的故事。

《周易・中孚・九二》云：「鳴鶴在陰，其子和之。我有好爵，吾與爾靡之。」這是較早把酒和友情聯繫在一起的詩句。後來王維的「渭城朝雨浥輕塵，客舍青青柳色新。勸君更進一杯酒，西出陽關無故人」，白居易的「綠蟻新醅酒，紅泥小火爐。晚來天欲雪，能飲一杯無」，杜牧的「清明時節雨紛紛，路上行人欲斷魂。借問酒家何處有？牧童遙指杏花村」，陸游的「衣上征塵雜酒痕，遠遊無處不消魂。此身合是詩人未？細雨騎驢入劍門」和「紅酥手，黃藤酒，滿城春色宮牆柳」等等，都盛傳至今。酒是友情的紐帶，酒是詩歌的酵母，酒也是使人洋相百出的催化劑。〈秦生〉篇所寫的秦生，和附則中的丘行素都是因嗜酒而出盡了洋相，甚至不惜搭上了寶貴的生命。

萊州的秦生大概是喜歡自己長命百歲的，所以他親自調製藥酒以保健身體。所謂藥酒，就是將藥物置於酒中浸泡，所泡之酒具有治病療傷、袪病延年的功效。可是，由於不小心，誤把毒性藥物投進了酒罈子。因為酒是好酒，所以即使投進了毒藥，也不捨得丟棄。一年多後，秦生酒渴思飲，正好家中沒有可飲之酒，就想起了那瓶毒酒。啟封後，這毒酒「芳烈噴溢」，使得秦生「腸痒涎流，不可制止」，於是「取琖將嘗」。如果家裡只有他自己，喝了也就喝了，可是偏偏他的老婆不讓他喝。於是他發出了千古酒人之第一豪言壯語：「快飲而死，勝於饞渴而死多矣。」馮鎮巒評價道：「拼將一死消饞渴，歿去猶堪作酒仙。」妻子只讓他喝了一杯，過過癮，就把酒罈子打翻，不讓他再喝了。沒想到秦生酒癮發作，竟然不顧形象，趴到地上像牛一樣痛喝起來。毒酒畢竟是毒酒，不一會，秦生就腹痛難忍，口不能言，半夜裡就死去了。蒲松齡雖然酒量不大，但卻經常飲酒，所以對有酒癮的酒徒抱有相當程度的同情理解心理。秦生喝毒酒死了，是不會再活過來的，可是蒲松齡卻讓同病相憐的狐仙派自己的漂亮老婆來救活他。

丘行素是蒲松齡的朋友，也喜歡喝酒。有一天夜裡突然思酒，卻無處買酒來喝，就把家裡的醋溫熱喝掉了。開始他老婆還對他嗤之以鼻，以為醋怎能當酒喝？沒想到醋同樣讓他過足了癮，酣然睡去。

但明倫有一個有關醋酒的小故事：「往在京華，與同年友宴于某氏。主人不善飲，酒甚不佳。主人勸客良勤，友人連浮數大觥。既退，余問之曰：『此等酒不啻酸醋，君何能下咽也？』答曰：『當彼之時，喉乾腸痒，即醋亦將飲之，況其猶有酒之名乎！』余聞而笑之。不謂果有以醋代酒者。」我想，「喉乾腸痒」這四個字，是對酒癮發作狀態的最佳概括，沒有犯過酒癮的外行，是絕對想不出這一妙語的。

木雕美人

商人白有功言：「在濼口❶河上，見一人荷竹簏❷，牽巨犬二。於簏中出木雕美人，高尺餘，手目轉動，豔妝如生。又以小錦韉❸被犬身，便令跨坐。安置已，叱犬疾奔。美人自起，學解馬❹作諸劇，鐙而腹藏，腰而尾贅，跪拜起立，靈變不訛。又作昭君出塞❺：別取一木雕兒，插雉尾❻，披羊裘❼，跨犬從之。昭君頻頻回顧，羊裘兒揚鞭追逐，真如生者。」

【注釋】❶濼口　地名，在濟南北郊，古濼水至此而入濟水。古濟水河道今已為黃河河道所侵。❷竹簏　竹筐。簏，竹篾編的盛物器。❸錦韉　錦製的襯托馬鞍的坐墊。韉，墊馬鞍的東西。❹解馬　古代馬術表演。❺昭君出塞　王嬙，字昭君，西漢南郡秭歸人，元帝時入宮為妃，後嫁於匈奴呼韓邪單于和親，稱「寧胡閼氏」。❻雉尾　野雞尾羽，可作帽飾。雉，一種野雞。❼羊裘　羊皮做的衣服。

【語譯】商人白有功說：「在濼口河上，看到一個人挑著竹箱子，手裡牽著兩條大狗。這人從箱子裡拿出個木雕美人，一尺多高，手和眼都能活動，濃妝豔抹，栩栩如生。他又把一小張錦繡鞍墊披在狗身上，然後讓木雕美人騎在上面。安排好後，他便喝令狗快速跑起來。木雕美人開始表演了，先表演縱馬奔馳等節目，一會兒腳踩鐙子蹲藏在狗的腹部，一會兒把腰擰到狗的尾部，一會兒在狗背上跪拜起立，靈巧多變，沒有差錯。木雕美人又表演了昭君出塞，這人另外取出一個木雕人，給它插上雉尾，披上羊裘，騎著狗跟在木雕美人的後面。木雕美人飾演的昭君頻頻回首，披著羊裘的木雕人揚鞭追趕，好像是真人演出一樣。」

【研　析】〈木雕美人〉描寫了栩栩如生的民間傀儡戲表演。

《聊齋誌異》是一部百科社會式的短篇小說集，它的產生有著廣泛的民俗文化基礎。

縱橫遼闊的地域差別使《聊齋誌異》的民俗文化具有無限的廣闊性。如〈吳令〉寫吳地的城隍文化，〈促織〉寫北方的促織文化，〈白秋練〉寫洞庭湖的魚類文化，〈酆都御史〉寫酆都的鬼城文化，〈巧娘〉寫廣東的猴戲文化，〈蛇人〉寫濮陽的養蛇文化……。《聊齋誌異》寫得最多最細的，還是齊魯民間文化，如濟南的跳神（〈跳神〉）、濱州的變錢（〈雨錢〉）、青城的煙花爆竹（〈放蝶〉）、利津的搬遷魔術（〈戲術〉）、章丘的扶乩問卜（〈乩仙〉）……，真是東西南北，應有盡有。

色彩斑斕的種類差別使《聊齋誌異》的民俗文化具有飽滿的豐富性。民俗服飾文化，如〈辛十四娘〉中的「高履」；民俗飲食文化，如〈狐妾〉中的「甕頭春酒」；民俗節日文化，如〈阿寶〉中的「清明節」；民俗戲曲文化，如〈鼠戲〉中的「唱古雜劇」；民俗歌舞文化，如〈白于玉〉中的「自歌且舞」；民俗繪畫文化，如〈吳門畫工〉中的「喜繪呂祖」；民俗音樂文化，如〈彭海秋〉中的「薄幸郎曲」……，可說千門萬戶，汪洋浩瀚。

當然，這篇〈木雕美人〉中的「木雕美人」，也讓人歎為觀止了：美人的外貌栩栩如生，「手目轉動，豔妝如生」；美人的表演藝術精美絕倫，能以狗為馬，表演各種馬戲；美人的文化含量不同尋常，能表演歷史故事昭君出塞。這樣的故事與這樣的表演才是真正的藝術。製作這個木雕美人的江湖藝人才是真正的藝術家，與那些傷害婦女兒童的江湖術士不可同日而語。

餺飥媼

韓生居別墅半載，臘盡❶始返。一夜，妻方臥，聞人行聲。視之，爐中煤火，熾耀甚明。見一媼，可八九十。雞皮橐背❷，衰髮可數。向女曰：「食餺飥❸否？」女懼，不敢應。媼遂以鐵箸撥火，加釜❹其上；又注以水。俄聞湯沸。媼撩襟啟腰橐，出餺飥數十枚，投湯中，歷歷有聲。自言曰：「待尋箸❺來。」遂出門去。女乘媼去，急起捉釜傾簀❻後，蒙被而臥。少刻，媼至，逼問釜湯所在。女大懼而號。家人盡醒，媼始去。啟簀照視，則土鱉蟲❼數十，堆累其中。

【注釋】❶臘盡　年底。臘，臘月，舊曆十二月。❷雞皮橐背　皮膚皺摺，脊背彎曲。橐，橐駝，即駱駝。❸餺飥　湯餅的別名，古代一種水煮的麵食，類似於現代的煮麵片。❹釜　鐵鍋。❺箸　筷子。❻簀　竹席。❼土鱉蟲　一種昆蟲，又叫「土元」等，可入藥。

【語譯】韓生在別墅住了半年，直到年底才回家。一天夜裡，妻子剛睡下，聽見有人走路的聲音。

起來一看，發現煤爐裡的火燒得很旺，照亮了臥室。只見一個老太婆，大概有八九十歲了，滿臉皺紋，駝背，頭髮稀疏。她問韓妻：「吃湯餅嗎？」韓妻很害怕，不敢回答。老太婆用鐵筷子撥弄爐火，在上面架起鍋；並在鍋裡加上水。不久，聽到水開了。老太婆撩開衣襟，打開腰間的袋子，取出幾十個麵餅，放進湯裡，便聽見「撲通、撲通」的聲音。老太婆自言自語地說：「等一下，我去找筷子來。」說完出門去了。韓妻趁老太婆離開，急忙起來把鍋裡的東西倒在竹席下面，然後蒙上被子躺著。一會兒，老太婆回來了，追問鍋裡的東西到哪裡去了。韓妻極度恐懼，號哭起來。家裡人都醒了，老太婆才離開。大家翻開竹席，點起燈一看，原來幾十個土鱉蟲堆在裡邊。

【研析】〈餺飥媪〉寫一個「雞皮稾背」的老太婆和一種稀奇古怪的食物「餺飥」的故事。

這篇故事雖然短小，卻不好理解。「韓生居別墅半載，臘盡始返」，這是文章的第一句。韓生為何到別墅去居住半載？我們不知道。「臘盡始返」倒是可以理解，因為要回家過年。可是，「臘盡」的第二天就是大年，為何不能早點回去幫著妻子準備過年事宜？這也不好理解。文章只提了韓生這樣一句話，然後就把他放在一邊不再提及。直到最後，都是韓生老婆的奇特經歷。韓生的老婆剛剛躺下，就聽到有人行走的聲音。她偷偷一看，爐火正旺。在中國北方生活過的人都知道，冬天家家戶戶都要生炭火取暖。可是到了晚上睡覺前，都要把炭火封好，僅使其不滅而已，要到明天早上，才捅開爐子，把火弄旺，燒水做飯。可是，夜間爐火就旺了，也不符合常理。這位「雞皮稾背」的老太太來到屋裡，問韓生的妻子：「食餺飥否？」韓生的妻子嚇得不敢答應。「媪遂以鐵箸撥火，加釜其上；又注以水。……」看著這些熟練的動作，這位老太婆一定是常到韓家來生火做飯的，否則不會如此有條不紊。最後，實在不行了，韓生的妻子才大叫起來，驚醒了家人，老太婆才走了，似乎走得也很從容，沒有驚慌失措。家人都醒了，韓生在幹什麼呢？鍋裡的餺飥到了席後頭為何又變成了土鱉蟲呢？這些東西本來是想給誰吃的呢？這篇文章雖然短小，卻寫得閃爍其詞，值得讀者欣賞體會。

孝子

青州❶東香山之前，有周順亭者，事母至孝。母股生巨疽❷，痛不可忍，晝夜嚬呻❸。周撫肌進藥，至忘寢食。數月不痊，周憂煎無以為計。夢父告曰：「母疾賴汝孝。然此創非人膏❹塗之不能愈，徒勞焦惻❺也。」醒而異之。乃起，以利刃割脅肉；肉脫落，覺不甚苦。急以布纏腰際，血亦不注。於是亨肉持膏，敷母患處，痛截然頓止。母喜問：「何藥而靈效如此？」周詭對❻之。母創尋愈。周每掩護割處，即妻子亦不知也。既痊，有巨痕如掌。妻詰之，始得其情。

異史氏曰：「刲股❼為傷生之事，君子不貴。然愚夫婦何知傷生之為不孝哉？亦行其心之所不自已者而已。有斯人而知孝子之真，猶在天壤❽。司風教者❾，重務良多，無暇彰表，則闡幽明微，賴茲芻蕘❿。」

【注釋】❶青州　州名，治所在今山東濰坊青州。❷疽　局部皮膚下發生的瘡腫。❸嚬呻　蹙眉呻吟。❹人膏　人的脂膏。膏，脂肪。❺焦惻　焦愁；憂傷。❻詭對　用假話對答。❼刲股　割大腿肉。❽天壤　天地之間。❾司風教者　掌管風俗教化的人，指各級官員。❿芻蕘　樵夫，指普遍百姓。《詩經・大雅・板》：「先民有言，詢于芻蕘。」

【語譯】山東青州東香山前，有個叫周順亭的，極其孝順母親。母親的大腿上長了個大毒瘡，疼痛難忍，晝夜呻吟。周順亭又是按摩，又是敷藥，以至廢寢忘食。幾個月過去了，母親的病仍不見好轉，周順亭憂愁煎迫，無計可施。有天夜裡，夢見父親告訴他說：「要治好母親的病，全憑你一片孝心。但這個毒瘡不用人油敷治是治不好的，否則只是白費心思。」周順亭醒後，覺得很奇怪。於是起來，用刀割自己肋上的肉；肉脫落下來，也不覺得很疼。急忙用布纏在腰間，傷口也不怎麼流血。於是把肉熬成油，敷在母親的患處，母親的疼痛馬上止住了。母親高興地問：「是什麼藥這樣靈驗？」周順亭編造些話瞞過母親。不久，母親的病就好了。周順亭總是掩藏著自己的傷口，就連妻兒也不知道。傷口癒合後，留下巴掌大的瘢痕。妻子追問，才瞭解事情的真相。

異史氏說：「割股療親是自殘的行為，聖人也不讚賞。但是愚昧的夫婦又怎麼知道自殘本身就是不孝的行為呢？他們不過是順著自己不能控制的感情行事罷了。從這種人身上，可以知道孝子的真誠還是有天壤之別的。管理民風教化的官員，事務繁多，沒時間表彰這樣的孝子，那麼，使幽深隱微的事物或道理顯露出來，就要靠民間的牧童、樵夫了。」

【研析】〈孝子〉寫青州孝子周順亭割脅肉為母親治病的故事。

割肉治病的現象古已有之。《莊子・盜跖》載，「介子推至忠也，自割其股以食文公。」明代吳昆在《醫方考》卷三〈虛損勞瘵門第十八〉中說：「割股之事，古昔有之。蓋賢婦急於舅姑夫子之疾，而祈一念以格天耳。至唐開元間，陳藏器撰《本草拾遺》云：『人肉治瘵疾。』自是閭閻益多割股，至有假名干譽而為之者。嗚呼，同類固不可食，虧體豈曰事親？且俞、扁、淳、華，上世神良之醫也，未聞用人肉以治疾，而閔損、曾參之孝，亦未嘗割股，所以來要名之行者，藏器其作之矣」。在吳昆看來，陳藏器所記的這個荒唐的藥方給後人帶來無窮的後患，不但致人傷殘，還敗壞人的心靈，所以是不應該提倡的。

〈孝子〉中的周順亭，雖然「事母至孝」，卻讀書頗少，不知道古人還有以人肉治病之說。以他的性情，如果知道，絕不會等到現在讓母親受如此痛苦。周順亭的父親雖然早就死了，卻頗有些見聞，他知道人肉膏能夠治癒妻子的瘡痛，所以就託夢給兒子，讓兒子割下身上的肉來，熬出人油，塗在母親患處。不久，母親的病也真就好了。周順亭的父親既然知道人肉治病這一藥方，為何不早說呢？他大概知道割肉是傷生之事，歷代聖賢是不提倡的，所以不到萬不得已他也不告訴兒子。現在好了，妻子的病好了，兒子的身體只留下了一個巨大的傷疤，也沒有影響生命安全。這可以說是兩全其美了，作為父親，也可以瞑目九泉了。吳昆批評有些人，為了獲得「孝」之美名，故意割股事親。周順亭不是這樣的人，他做的好事，當時連他的妻兒他都沒講，這才是真正的孝子。所以，但明倫也替周順亭辯護說：「只求母疾之愈耳，不知割肉作膏之類孝，又何知割股傷生之為不孝？」

獅子

暹邏❶貢獅，每止處，觀者如堵❷。其形狀與世傳繡畫❸者迥異，毛黑黃色，長數寸。或投以雞，先以爪搏❹而吹之；一吹，則毛盡落如掃，亦理之奇也。

【注釋】❶暹邏　東南亞國家泰國的古稱。❷堵　牆。❸繡畫　刺繡和繪畫。❹搏　把東西揉弄成球形。

【語譯】暹邏國進獻獅子，每當運送獅子的隊伍停下來休息，就有很多圍觀者，觀看的人像一堵牆一樣。獅子的形狀和世人所傳畫的有很大差異，牠的毛黑中帶黃，有好幾寸長。有人把雞扔向獅子，獅子先用爪子抓揉，然後用嘴一吹，雞毛便全部脫落，就像拔掉一樣。這也是自然界的奇聞啊。

【研析】〈獅子〉描寫暹邏國進貢的一隻奇異的獅子。

中國人歷來把獅子視為吉祥之物，在中國眾多的園林名勝中，各種造型的石獅子隨處可見。古代的官衙廟堂、豪門巨宅大門前，都擺放一對石獅子用以鎮宅護衛。直到現代，許多建築物大門前，還有這種安放石獅子鎮宅護院的遺風。可是，我們仔細觀察中國古代的獅子形象，發現牠們並非是我們現在所看見的獅子。可能是因為在很長的時間裡，中土人士大多沒有真正看到過非洲草原上的真正的獅子，一直到了清朝，到了蒲松齡筆下，人們還對獅子存在著很多匪夷所思的看法。

這頭獅子是暹邏國進貢給清朝皇帝的。暹邏國就是現在的泰國。這頭獅子每到一處，觀者都是人山人海，擁擠不堪。人們雖然沒有見過真正的獅子，但大多都見過繡畫的獅子。人們一看眼前的獅子，發現與繡畫上的獅子迥然不同。最為有特色的是牠的毛髮，黑黃色，有好幾寸長。我們知道，獅子的毛髮較短，體色有淺灰、黃色或茶色。但是雄獅卻長有很長的鬃毛，鬃毛有淡棕色、深棕色、黑色等等，長長的鬃毛一直延伸到肩部和胸部。不用說，這隻獅子極有可能是一隻雄獅。除了毛髮之外，人們感到更為神奇的，還是獅子的捕獵本領。這頭獅子肯定是鎖在籠子裡，但是有人投給牠一隻雞，牠並不是立即吃掉，而是先用爪子團團玩弄，然後一吹，雞毛就剝落殆盡了。蒲松齡認為這也是神奇而不可思議的。當然，我們知道，任何神奇的獅子，都沒有吹落雞毛的本領，這只是觀者以訛傳訛的粉飾增誇而已。可是，這一粉飾增誇，就更加把這隻獅子的吃雞本領表現得神乎其神了。

除了這篇《獅子》，古人還有對獅子這種異獸做過精彩描寫。如元人陶宗儀在《南村輟耕錄》中記載：「國朝每宴諸王大臣，謂之大聚會。是日，盡出諸獸于萬歲山。若虎豹熊象之屬，一一列置訖，然後獅子至。身材短小，絕類人家所蓄金毛猱狗。諸獸見之，畏懼俯伏，不敢仰視。氣之相壓也如此。及各飼以雞鴨野味之類，諸獸不免以爪按定，用舌去其毛羽。惟獅子則以掌擎而吹之，毛羽紛然脫落，有若燖洗者：此其所以異于諸獸也。古云獅子吼，蓋不易于吼，一吼則百獸為之辟易也。」

清人陸次雲《八紘譯史》中也記載：「博爾都阿拉國，亦處西隅，前此未通中國。至本朝康熙十七年來進獅，並調御獅蠻留于上苑。獅形稍類于虎，毫含金色，淺淡如灰。其尾像拂，熟睡時每搖動，示人不寐。頸項相擊，則烟焰飛出，食禽獸則用口一吹，羽毛皆落。宿必曠野，不處山隅，以彰無懼……。」

陶宗儀所寫的獅子，與我們見到的獅子大異；陸次雲所寫的獅子，就有些和我們在電視上看到的獅子相似了。陶宗儀說：「及各飼以雞鴨野味之類，諸獸不免以爪按定，用舌去其毛羽。惟獅子則以掌擎而吹之，毛羽紛然脫落，有若燖洗者：此其所以異於諸獸也。」陸次雲說：「食禽獸則用口一吹，羽毛皆落。」這都和蒲松齡所記「或投以雞，先以爪摶而吹之；一吹，則毛盡落如掃」相同。

鄱陽神

翟湛持❶，司理饒州❷，道經鄱陽湖❸。湖上有神祠，停蓋❹游瞻。內雕丁普郎❺死節臣像，翟姓一神，最居末座。翟曰：「吾家宗人，何得在下！」遂於上易一座。既而登舟，大風斷帆，桅檣❻傾側，一家哀號。俄一小舟，破浪而來；既近官舟，急挽翟登小舟，於是家人盡登。審視其人，與翟姓神無少異。無何，浪息，尋之已杳❼。

【注　釋】❶翟湛持　名世琪，山東益都人，順治間進士，曾任陝西省韓城縣知縣等。❷饒州　府名，治所在今江西鄱陽。❸鄱陽湖　中國第一大淡水湖，也是中國第二大湖，位於江西省北部、長江南岸。❹蓋　車蓋，泛指官員的車乘。❺丁普郎　明代開國將領，元末黃陂（今屬湖北）人。初為陳友諒部將，後降朱元璋，與陳友諒戰於鄱陽湖中之康郎山，身被十餘創，頭斷，仍屹立不倒。後人於此建廟祀之。❻桅檣　桅杆，或借指船隻。❼杳　遙遠而不可見。

【語　譯】翟湛持，出任饒州司理，上任途中經過鄱陽湖。湖上有座神祠，他們便停下來遊覽。祠裡塑造了丁普郎等以死報君的忠臣像，一個姓翟的神像排在最後。翟湛持說：「我們翟家人，哪能在眾人之下！」於是，上前把翟氏神像挪了個位置。然後登上船出發，一陣巨風把帆吹斷了，桅杆傾倒，一家老小驚恐地哭起來。一會兒，一條小船破浪而來，靠近官船後，划船的急忙拉翟湛持登上小船，家裡人也都登了上去。仔細看那划船的，模樣與翟姓神像沒有差別。沒多久，風浪平息，再找那划船的，已經無影無蹤了。

【研 析】〈鄱陽神〉寫翟湛持在鄱陽湖的一段奇特經歷。

翟湛持是山東益都人。明清時期，益都和淄川雖然分屬青州府和濟南府，但在地理位置上，益都和淄川緊相連屬，實為鄰縣。翟湛持到饒州去做司理，道經鄱陽湖。鄱陽湖自古就是中國有名的遊覽勝地，廟宇道觀甚多，既祭祀古代的神祇，也祭祀近世的名人。到此遊覽一番，既可飽覽湖山之勝，又可增加歷史見聞，所以翟湛持有了到此一遊的想法和行動。

鄱陽湖內的康郎山上，建有一座神祠，裡邊祭祀著明初名人丁普郎的神像。碰巧的是，有一個姓翟的神像，排在神像序列的最後一位上。照理說，天下姓翟的人甚多，翟湛持到這裡也不是專為祭祀祖先而來的，所以大可不必和這位翟姓神像硬拉血緣關係。可是，大概中國歷史上翟姓名人不多，好歹碰上這一位，豈能輕易放過獻殷勤的機會？於是，翟湛持就代為抱不平，親手把這位「宗人」的神位往上移了一個位次，即排到了倒數第二位。翟湛持本來心虛，沒敢把這位神像往前挪移太多。可就是這小小的一個位次的變動，卻幾乎釀成大禍。翟湛持遊覽完畢，回到船上，忽然大風起兮，檣傾楫摧，眼看就要有滅頂之災，一家人哀告無門，只有等死。突然，有一隻小船載著一人駛來，先把翟湛持拉上小船，再把大家拉上去。接著，風平浪靜，大家平安。慌忙之中，大家還記得那位救助者的模樣，彷彿就是廟裡的那位翟姓神像。

讀者不要理解錯了這個故事，以為翟湛持是行好事得好報。這是不對的。翟湛持所行並非好事，因此他得到的不是好報而是惡報。翟姓之神雖然救了他，恐怕也做了很大努力，先要取得眾神的同意，才敢如此行事。否則，以他最為微末的小神身分，是不敢逆眾神之意，私自救護自己這位「宗人」的。所以何守奇說：「乃徒以宗人之故，輒思易位，其險可知。」

梁彥

徐州❶梁彥，患鼽嚏❷，久而不已。一日，方臥，覺鼻奇癢，遽起大嚏。有物突出落地，狀類屋上瓦狗❸，約指頂大。又嚏，又一枚落。四嚏，凡落四枚。蠢然而動，相聚互嗅。俄而強者齧弱者以食；食一枚，則身頓長。瞬息吞併，止存其一，大於鼫鼠❹矣。伸舌周匝，自舐其吻。梁大愕，踏之。物緣襪而上，漸至股際。捉衣而撼擺之，黏據不可下。頃入衿底，爬抓腰脅。大懼，急解衣擲地。捫❺之，物已貼伏腰間。推之不動，掐❻之則痛，竟成贅疣❼；口眼已合，如伏鼠然。

【注　釋】❶徐州　地名，即今之江蘇徐州。❷鼽嚏　以突然和反覆發作的鼻癢、噴嚏、流清涕、鼻塞等為特徵的一種常見、多發性鼻病。❸瓦狗　陶製的小犬。❹鼫鼠　一種危害農作物的鼠。《大戴禮記・勸學》：「騰蛇無足而騰，鼫鼠五伎而窮。」❺捫　按；摸。❻掐　用指甲按。❼贅疣　皮膚上長的肉瘤。《楚辭・九章・惜誦》：「反離群而贅疣。」

【語 譯】江蘇徐州有個名叫梁彥的人，得了感冒，打噴嚏，很久沒治好。有一天，正在躺著，覺得鼻子很癢，急忙起來打了個大噴嚏。有個東西從鼻腔出來掉在地上，形象像屋頂上的瓦狗，只有手指尖大小。又打個噴嚏，又一個這樣的東西落下來。一連打了四個噴嚏，地面上就落下四個。這四個小東西蠢蠢而動，聚在一塊互相嗅著。一會兒，強壯的把弱小的吃了；吃下一個，強壯者的身體馬上長大了。轉眼之間，互相吞食，只剩下一個，比鼫鼠還大。它伸長舌頭，舔著嘴脣。梁彥大吃一驚，用腳踩去。那東西順著襪子往上爬，慢慢爬上大腿。梁彥扯住衣服用力地抖動，那東西粘得很緊，抖不下來。一會兒，那東西鑽到衣衿下，在梁彥的腰間又爬又抓。梁彥十分恐懼，急忙脫下衣服，扔在地上。他用手一摸，那東西已經貼伏在腰間。推也推不動，捏一捏就痛，竟成了贅疣，嘴和眼睛都閉上了，像個趴著的老鼠。

【研 析】〈梁彥〉寫徐州人梁彥打噴嚏噴出四隻小動物，最後小動物爬到他的腰上形成贅疣的故事。

「鼽嚏」這種奇怪的病症雖然不是什麼致命的病，但卻非常不易醫治。梁彥患有「鼽嚏」病，很長時間治不好，但也只是打噴嚏、流清涕，使他不能爽爽利利地生活而已，並沒有什麼值得大驚小怪的地方。可是有一天，梁彥打了四個噴嚏，打出來四隻小動物，這本身令人稱奇了。更奇怪的是，這四隻小動物互相吞食，最後合成了一隻，可謂奇上加奇。最奇怪的還在於，這隻小動物鑽到梁彥的衣服裡，粘在他的腰上，形成了贅疣。蒲松齡用層層遞進的手法，寫成了這篇奇之又奇、怪之又怪、玄之又玄的故事。

其實，蒲松齡所寫的事情根本就不可能發生，它只存在於紙面上，而絕不會出現在現實中。施蟄存在《唐詩百話・黃鶴樓與鳳皇臺》中列舉了種種關於黃鶴樓起源的記載後說：「總之，都是道家的仙話。有仙人騎黃鶴，在此山上出現，然後把山名叫做黃鶴山。有了黃鶴山，然後有黃鶴樓。或者是先有山名，然後有傳說。為了附會傳說，才造起一座黃鶴樓。中國的名勝古蹟，大多如此。」梁彥身上有一個「口眼已合，如伏鼠然」的贅疣，這也算得上是他的一個典型特徵了。為了解釋這個特徵的由來，人們就附會出〈梁彥〉這則故事中的情節，或許就是如此吧。

龍肉

姜太史玉璇❶言：「龍堆❷之下，掘地數尺，有龍肉充牣❸其中。任人割取，但勿言『龍』字。或言『此龍肉也』，則霹靂震作，擊人而死。」太史曾食其肉，實不謬❹也。

【注釋】❶姜太史玉璇　姜元衡，字玉璇，山東即墨人，順治間進士，曾任內翰林宏文院侍講、江南主考等職。太史，明清兩代對翰林的尊稱。❷龍堆　白龍堆的略稱，古西域沙丘名。❸充牣　充滿。❹謬　錯誤的；不合情理的。

【語譯】太史姜玉璇說：「在白龍堆沙漠下面，挖地幾尺，就可發現裡面堆滿龍肉。人們可以隨意割取，但千萬別說『龍』字。如果說『這是龍肉』，炸雷就響起，把人擊死。」太史曾吃過龍肉，這些不會是假的。

【研析】〈龍肉〉寫姜玉璇曾經吃過龍肉的事。

人們常說「天上龍肉，地上驢肉」，驢肉我們每個人都吃過，即使沒有吃過人們也都見過，即使沒有見過人們也都相信會有。可是龍肉，還沒聽說過哪位現代人真的吃過，因為我們相信只有天上才有。那麼，姜玉璇是怎樣吃到的呢？他吃到的龍肉不在天上，而是在龍堆之下。龍堆，大概就是人們所說的白龍堆了，遠在西域，不是親自到過的人，也無緣品嘗。以現在的眼光看來，龍堆下的物體不管是什麼，絕對不是龍肉是肯定無疑的。只是一般人不易見到，並且具有某種神祕色彩，人們才稱其為龍肉。不過，這也很好，能夠滿足當時人的口腹之欲，又能滿足作家的藝術想像，還能讓我們現代人大飽眼福，這都是很好的事。

魁星

鄆城❶張濟宇，臥而未寐，忽見光明滿室。驚視之，一鬼執筆立，若魁星❷狀。急起拜叩。光亦尋滅。由此自負，以為元魁❸之先兆也。後竟落拓❹無成；家亦彫落❺，骨肉相繼死，惟生一人存焉。彼魁星者，何以不為福而為禍也？

【注釋】❶鄆城　縣名，即今山東菏澤鄆城。❷魁星　「奎星」是中國古代天文學中二十八宿之一，東漢緯書《孝經援神契》中有「奎主文章」之說，後世附會為神，建奎星閣並塑神像以崇祀之，視為主文章興衰之神，科舉考試則奉為主中式之神，並改「奎星」為「魁星」。❸元魁　殿試第一名，即狀元。❹落拓　窮困潦倒，寂寞冷落。❺彫落　衰敗；敗落。

【語譯】山東鄆城的張濟宇，躺下而沒有入睡，忽然看見房間裡一片光明。驚訝地一看，一個鬼拿著筆站著，像魁星的樣子。急忙爬起來跪拜。光芒也很快消失了。從此張濟宇很自負，以為這是科考奪魁的先兆。後來張濟宇竟然窮困潦倒，一事無成；家境也衰落了，家裡人相繼死去，只剩他一個人。那個魁星，為什麼不帶來福氣而帶來災禍呢？

【研　析】〈魁星〉寫張濟宇望見魁星不得福卻得禍的故事。

在〈諭鬼〉那篇故事中，青州的石茂華還是秀才的時候，有一窩鬼魂見到他來，就驚呼「石尚書至矣」！果然，後來石茂華做了兵部尚書。這是實現了的預言。在〈五羖大夫〉那篇故事中，河津的暢體元做秀才的時候，夢中有人喊他為「五羖大夫」。他以為將來要做秦國大夫百里奚那樣的大官，沒想到卻是在戰亂中被流寇擄去，剝光衣服關在一間空房子裡，僅僅用五張黑羊皮裹身，才免於凍死。這是沒有實現的預言。

這篇〈魁星〉中的鄆城張濟宇，雖然躺下了，可是還沒有入睡。大概他對科舉功名有些想入非非了，所以他看見了「一鬼執筆立，若魁星狀」。魁星是什麼樣子的呢？中國很多地方都建有「魁星樓」或「魁星閣」，其正殿塑著魁星造像，實際就是鍾馗。沒見過魁星像的人也許會想，既然魁星是主管功名科舉的，一定是一位文質彬彬的白面書生吧？其實恰恰相反，魁星面目猙獰，金身青面，赤髮環眼，頭上還有兩隻角，整個彷彿是鬼的造型。這魁星右手握一管大毛筆，稱朱筆，意為用筆點定中式人的姓名，左手持一只墨斗，右腳金雞獨立，腳下踩著海中的一條大鰲魚（一種大龜）的頭部，意為「獨占鰲頭」，左腳擺出揚起後踢的樣子以求在造型上呼應「魁」字右下的一筆大彎勾，腳上是北斗七星，見圖如見字。張濟宇所看到的，大概就是這樣一幅圖畫。

張濟宇見有了這樣的預兆，就開始自命不凡起來，以為不久的將來自己就是一位狀元郎了。沒想到，後來他家連遭禍患，家破人亡，只剩下他一個人孤零零地活著。蒲松齡問：「彼魁星者，何以不為福而為禍也？」這或許有以下兩種解釋。一種是，張濟宇根本沒有見到什麼魁星。他自己認為沒有睡著，其實是在半睡半醒之間，他所見到的只是一種朦朧的假象，如同〈王子安〉中王子安的幻覺一樣；還有一種解釋，張濟宇確實見到了魁星，他將來的確有可能成為狀元郎。但是，後來他不知幹了什麼影響他命運的事，他的功名才被剝奪了。如同〈阿霞〉的景星因為拋棄妻子被冥中剝奪了官階俸祿。所以說，功名利祿雖由天定，但也不是絕對不會改變的。張濟宇的命運發生了根本性變化，可能和其所作所為有關。

河間生

河間❶某生，場中積麥穰如丘，家人日取為薪，洞之。有狐居其中，常與主人相見，老翁也。一日，屈❷主人飲，拱生入洞。生難之，強而後入。入則廊舍華好。即坐，茶酒香烈。但日色蒼黃❸，不辨中夕。筵罷既出，景物俱杳。翁每夜往夙歸，人莫能迹。問之，則言友朋招飲。生請與俱，翁不可；固請之，翁始諾。挽生臂，疾如乘風，可炊黍時❹，至一城市。入酒肆，見坐客良多，聚飲頗嘩，乃引生登樓上。下視飲者，几案柈❺飧，可以指數。翁自下樓，任意取案上酒果，抔❻來供生。筵中人曾莫之禁。移時，生視一朱衣人前列金橘，命翁取之。翁曰：「此正人，不可近。」生默念：諱狐與我游，必我邪也。自今以往，我必正！方一注想❼，覺身不自主，眩墮樓下。飲者大駭，相譁以妖。生仰視，竟非樓上，乃梁間耳。以實告眾。眾審其情確，贈而遣之。問其處，乃魚臺❽，去河間千里云。

【注釋】❶河間　府名，治所在今河北滄州河間。❷屈　屈駕，請別人赴宴的敬辭。❸蒼黃　昏暗不清。❹炊黍時　煮熟一頓飯的工夫。❺柈　同「盤」。❻抔　用手捧東西。❼注想　注望思念。❽魚臺　縣名，即今山東濟寧魚臺。

【語譯】河北河間有位書生，家中曬穀場上堆著小山一樣的麥稈堆，家人每天取麥稈作柴火，把麥稈堆挖出了一個洞。有隻狐狸精住在裡面，常常和主人見面，牠看起來是個老頭。一天，這老頭請主人喝酒，拱著手讓書生進洞。書生覺得為難，老頭再三往裡讓，他才進去。進去後，發現走廊房舍十分華麗。坐下後，茶香酒烈。只是天色昏黃，分辨不出是中午還是傍晚。散席出來後，一切景物就都消失了。老頭總是晚上去早晨回，沒有人能察覺他的蹤跡。書生問起來，老頭就說被朋友叫去喝酒。書生請求老頭帶他一塊去，老頭說不行。書生再三懇求，老頭才答應。老頭挽住書生的臂膀，疾馳如風般地走了，煮熟飯的工夫，來到一座城市。兩人走進酒樓，看見客人很多，聚在一起喝酒，非常嘈雜。老頭於是領著書生登上樓。往下看喝酒的客人，桌子、盤子、菜肴都歷歷在目。老頭自己下樓，隨意取走桌子上的酒菜、果品，捧來給書生食用，宴席裡沒有人制止。一會兒，書生看見一個穿紅衣服的人面前擺著金橘，便叫老頭取來。老頭說：「這是正派人，不能接近。」書生心想：狐狸和我交遊，我肯定是不正派的人。從今以後，我一定要端正自己！他剛剛專心思考，覺得身子不能自主，暈頭轉向地墮到樓下。正在喝酒的顧客大驚，喧譁起來，以為書生是妖怪。書生抬頭往上看，上面竟然不是樓上，而是房樑。他把實情告訴眾人。大家細辨他的情況屬實，於是送給他路費，讓他回去。書生問這是什麼地方，原來是山東魚臺，離河間有千里之遠。

【研析】〈河間生〉寫河間某生隨狐仙到魚臺赴宴，墮樓出醜的故事。

河間某生，肯定是一大戶人家，看看他家麥場上堆積如山的麥稈就知道。這些麥稈堆在那裡，沒什麼用，只是供家人取來燒火做飯。時間長了，就在麥稈堆上掏出一個洞。這樣，就有一隻老狐狸住了進去，成了溫暖避風的好住所。讀過《聊齋誌異》的讀者都記得，狐狸有住在山洞裡的，有住在墳墓裡的，也有住在人家閒置廢棄的樓舍中的。像這隻老狐狸，選擇住在人家的麥稈堆裡，也算別出心裁了。

這隻老狐狸在麥稈堆裡住久了，不免心有歉意，就找機會宴請河間生。河間生看著低矮狹窄的洞口，表現出為難的樣子。誰知進去一看，裡面竟然是「廊舍華好」，居然是個桃源勝地。可是，這位河間生偏偏像李白〈古風〉詩中所說：「物苦不知足，得隴又望蜀。」吃著碗裡的，看著鍋裡的。看到人家那位老狐狸天天出去赴宴，也就動了隨喜之意，硬請求跟人家一起赴宴。於是，老狐狸施展法術，如乘風御奔，領他來到一處大城市的大酒店的樓上。老狐狸儘管是住在河間生家的麥稈堆，河間生在一定意義上也是老狐狸的房東。所以，老狐狸對河間生尊敬有加，屢屢下樓為河間生取來各種酒食肴果，供他享用。

河間生看到金橘，饞得口水直流。他頤指氣使，讓老狐狸去取來供他食用。下文的幾句最為精彩：「翁曰：『此正人，不可近。』生默念：譁狐與我游，必我邪也。自今以往，我必正！方一注想，覺身不自主，眩墮樓下。」正人君子，就是有道的狐狸也不敢欺侮。河間生其實並沒有什麼大惡，但是聽了老狐狸的話，他反躬自問，感覺到了其諷刺意味：狐狸說正人不可接近，狐狸整天和我在一起，那我一定不是正人。這是非常規範的三段論推理。於是，河間生決定從此以後要改邪歸正。剛想到這裡，就撲通一聲掉到樓下，出了個大洋相。多虧他誠實本分如實道來，樓下的那些人又忠厚老實、與人為善，他才從魚臺回到了千里之外的河間，否則將死無葬身之地。河間生跟著狐狸騙吃騙喝時暢行無阻，可是一旦想著正經行事，就不免出醜露乖。這是什麼道理？這與美國小說家歐・亨利的《警察與讚美詩》中那個流浪漢差不多，當流浪漢屢屢以身試法想進監獄過冬時，警察都寬容了他；當流浪漢想正當地在世界上混出個人樣時，卻被警察投入了監獄。這篇〈河間生〉，正與此相類似。

鐵布衫法

沙回子❶，得鐵布衫❷大力法。駢其指，力斫之，可斷牛項；橫搠❸之，可洞牛腹。曾在仇公子彭三家，懸木於空，遣兩健僕極力撐去，猛反之；沙裸腹受木，砰然❹一聲，木去遠矣。又出其勢❺即石上，以木椎❻力擊之，無少損。但畏刀耳。

【注　釋】❶沙回子　姓沙的回族人。❷鐵布衫　傳統武術功法，修煉成功者可以身如穿鐵製之衣衫，能抵抗外力之巨大攻擊。❸搠　戳；刺。❹砰然　象聲詞，用力擊打聲。❺勢　男子生殖器。❻木椎　木槌，用木材製成的敲打用具。

【語　譯】有個沙姓的回民，學成鐵布衫大力法。併起手指，用力砍下，可砍斷牛脖子；橫著戳，可以刺穿牛肚子。他曾在仇彭三公子家裡，在空中懸掛木頭，讓兩個健壯的僕人使勁撐去，然後猛返回來；沙某用赤裸的腹部承受木頭的撞擊，「砰」的一聲，木頭被撞出去很遠。又露出陽具，放在石頭上，用木棒使勁捶打，沒有絲毫受損。但是怕刀。

【研　析】〈鐵布衫法〉寫沙回子驚人的鐵布衫功夫。

蒲松齡主要從四方面來寫沙回子的鐵布衫大力法。第一，併起手指來用力砍下去，可以砍斷牛脖子。第二，併起手指來橫著插出去，可以洞穿牛的肚子。在這裡，為什麼老是說牛呢？他們和牛有什麼過節嗎？沒有。這裡之所以說牛，是因為兩點：一，牛個頭大，脖子粗；二，牛個頭大，牛皮厚。連牛都能徒手殺死，其他的動物（包括人）當然更不在話下，這就展現了沙回子鐵布衫大力法的巨大威力。第三，用大木樁撞擊他的肚子，他能把木樁反擊出很遠而自己並不受傷。第四，最為神奇，別的不說，人身上的外生殖器，大概是最為薄弱而需要精心保護的部位了，可是沙回子能毫不畏懼地把自己的陽物伸出來放在石頭上，用木槌敲打，一點也不受損失，但是不能用刀砍，一刀下去，可能就大勢已去。

中華武功源遠流長、博大精深，主要是用來強身健體和搏擊防身。當然也有些人學成高深武功之後，不去打仗報國，卻在江湖賣藝。由於是在江湖賣藝，目的是吸引觀眾的目光，賺取他們錢袋裡的銀錢，所以不免過分誇張中華武功的某些奇異荒誕成分。試想，一個人能把自己的陽物練得像鐵棍一般，除了表演賺錢，好像也沒有其他作用。諸如此類譁眾取寵的事情，在古代也並不少見。

大力將軍

查伊璜❶，浙人。清明飲野寺中，見殿前有古鐘，大於兩石甕；而上下土痕手迹，滑然如新。疑之，俯窺其下，有竹筐受八升❷許，不知所貯何物。使數人摳耳，力掀舉之，無少動。益駭。乃坐飲以伺其人。居無何，有乞兒入，攜所得糗糒❸，堆纍鐘下。乃以一手起鐘，一手掬餌置筐內；往返數四，始盡。已，復合之，乃去。移時復來，探取食之。食已復探，輕若啟櫝❹。一座盡駭。查問：「若男兒胡行乞？」答以：「啗啖多，無傭者。」查以其健，勸投行伍❺。乞人愀然慮無階。查遂攜歸餌之；計其食，略倍五六人。為易衣履，又以五十金贈之行。

後十餘年，查猶子❻令於閩，有吳將軍六一者，忽來通謁。款談間，問：「伊璜是君何人？」答言：「為諸父行❼。與將軍何處有素？」曰：

「是我師也，十年之別，頗復憶念，煩致先生一賜臨也。」漫應之。自念：叔名賢，何得武弟子？

會伊璜至，因告之。伊璜茫不記憶。因其問訊之殷，即命僕馬，投刺❽於門。將軍趨出，逆諸大門之外。視之，殊昧生平。竊疑將軍悞，而將軍傴僂❾益恭。肅客入，深啟三四關，忽見女子往來，知為私廨，屏足立。將軍又揖之，少間登堂，則捲簾者、移座者，並皆少姬。既坐，方擬展問，將軍頤少動，一姬捧朝服至，將軍遽起❿更衣。查不知其何為。眾姬捉袖整衿訖，先命數人捺查座上，不使動，而後朝拜，如覲⓫君父。查大愕，莫解所以。拜已，以便服侍坐。笑曰：「先生不憶舉鐘之乞人耶？」查乃悟。既而華筵高列，家樂作於下。酒闌，羣姬列侍。將軍入室，請衽何趾⓬，乃去。查醉起遲，將軍已於寢門外三問矣。

查不自安，辭欲返。將軍投轄下鑰⓭，錮閉之。見將軍日無他作，惟點數姬婢、養廝卒，及騾馬服用器具，督造記籍，戒無虧漏。查以將軍家政，故未深叩。一日，執籍⑭謂查曰：「不才得有今日，悉出高厚之賜。一婢一物，所不敢私，敢以半奉先生。」查愕然不受。將軍不聽。出藏鏹數萬，亦兩置之。按籍點照，古玩牀几，堂內外羅列幾滿。查固止之，將軍不顧。稽婢僕姓名已，即命男為治裝，女為斂器，且囑敬事先生。百聲悚應⑮。又親視姬婢登輿，廄卒捉馬騾，闐咽⑯並發，乃返別查。後查以修史一案⑰，株連被收，卒得免，皆將軍力也。

異史氏曰：「厚施而不問其名，真俠烈古丈夫哉！而將軍之報，其慷慨豪爽，尤千古所僅見。如此胸襟，自不應老於溝瀆⑱。以是知兩賢之相遇，非偶然也。」

【注釋】❶查伊璜　名繼佐，浙江海寧人，為舉人，有文名。❷升　量糧食的器具，十升為一斗。❸糗糧　乾糧。❹櫝　木櫃；匣子。❺行伍　古代軍隊編制，二十五人為行，五人為伍，後用「行伍」泛指軍隊。❻猶子　指侄子。《禮記．檀弓上》：「喪服，兄弟之子，猶子也。」❼諸父行　指伯父、叔父輩。行，兄弟姐妹的次第，排行。❽刺　名帖。❾傴僂　腰背彎曲，表示尊敬。❿遽起　迅速站起。⓫覲　朝見君主或拜謁聖地。⓬請衽何趾　為長者、尊者鋪臥席的時候要詢問腳朝哪個方向。《禮記．曲禮上》：「請席何鄉，請衽何趾。」

衽，臥席。⑬投轄下鑰 表示堅決留客。轄，車軸的鍵。鑰，鎖鑰。《漢書．陳遵傳》：「遵耆酒，每大飲，賓客滿堂，輒關門，取客車轄投井中，雖有急，終不得去。」⑭籍 登記冊。⑮悚應 誠惶誠恐地應答。⑯闐咽 喧鬧的樣子。⑰修史一案 莊廷龍修《明史》被查一案，即著名的「明史案」。⑱溝瀆 田間水道。

【語譯】查伊璜，是浙江人。在清明節到郊外的一座寺廟裡喝酒，看見大殿前有口古鐘，比能裝兩石的瓦甕還要大，而上下的土痕和手跡，非常光滑，像是新留下的。他覺得奇怪，低頭看看鐘底下，有個竹筐，大約能裝八升左右，不知道裝的是什麼東西。查伊璜叫幾個人提著鐘耳，用力往上舉，那古鐘一動不動。他更加驚奇了。於是坐下來喝酒，等著用鐘扣住竹筐的人。不一會兒，進來一個乞丐，拿著要來的乾糧，堆在古鐘腳下。乞丐用一隻手掀起古鐘，一隻手抓乾糧放進竹筐裡；來回三四次，才放完。然後，再把古鐘扣上，才離開。過了一會兒他又回來，伸手進去拿東西出來吃。吃完了又再伸手拿，像開箱子一樣輕鬆。滿座的人都很吃驚。查伊璜問他：「你這樣一個男子漢，怎麼能當乞丐呢？」那人回答說：「我吃得太多，沒人雇我的。」查伊璜見他很健壯，勸他去從軍。那乞丐擔憂找不到門路。查伊璜就把他帶回家，給他飯吃；算算他的飯量，大約是普通人的五六倍。查伊璜給他換了衣服鞋子，又送給他五十兩銀子作為路費。

十多年後，查伊璜的侄子在福建當縣令，有個名叫吳六一的將軍，忽然前來通名拜見。談話之間，將軍問：「伊璜先生是您的什麼人？」縣令回答說：「是我的叔父。和將軍在什麼地方有過交往？」將軍說：「他是我的老師。分別十年，十分想念他，麻煩您告訴先生，請他光臨一趟。」縣令隨口答應了。心想：叔父是個知名文人，怎麼會有當武將的弟子呢？

正好查伊璜來了，侄子就跟他說了。查伊璜茫然想不起來。因為將軍很殷勤地詢問自己，便帶上僕人騎上馬，到將軍府門前投遞了名片。將軍快步跑出來，到大門之外迎接他。查伊璜一看，從來不認識。心裡懷疑將軍弄錯人了，但將軍彎腰曲背，更加恭敬。鄭重地把客人請進門，先後往裡走了三四道門。忽然看見女子來來往往，查伊璜知道這是將軍家眷的住處，就停住腳步，站在那裡。將軍又拱手往裡讓，沒多久上了大堂，只見捲簾子的、搬椅子的，都是年輕女子。坐下後，查伊璜正要詢問，將軍動了動臉頰，一個女子捧來朝服，將軍忽然站起來換衣服。查伊璜不知道將軍要幹什麼。侍女們給將軍扯袖子、整衣襟，穿戴好了，將軍先叫幾個人把查伊璜按在座位上，不讓他活動，然後向他朝拜，就像朝見君王或父親那樣。查伊璜十分驚愕，不知道這是為什麼。將軍拜完，換上便服陪查伊璜坐下。他笑著說：「先生忘了那個掀古鐘的乞丐了嗎？」查伊璜這才醒悟過來。接著，大堂上擺出豐盛酒宴，將軍家裡的樂隊在堂下奏樂。宴會結束後，成群的美女排列著侍奉查伊璜。將軍來到查伊璜的臥室，安排他睡下才離開。查伊璜因為喝醉酒，很晚才起床，將軍已經在臥室門外問候過三次了。

查伊璜心中很不安，想要告辭回侄子那裡去。將軍關門落鎖，把他禁閉起來了。他看見將軍每天不幹別的事，只是清點姬妾、丫環、僕人、家丁以及騾馬牲口、服裝器具，督促登記造冊，告誡不要有所遺漏。因為這是將軍的家事，查伊璜沒有多問。一天，將軍拿著冊子對查伊璜說：「我能有今天，都是因為您的恩賜。一個丫環、一件物品，我都不敢私藏，我願把一半財產送給先生。」查伊璜大吃一驚，不肯接受。將軍不聽。拿出收藏的幾萬兩銀子，也分成兩份。按照冊子清點，古董玩物、床几桌椅，幾乎把大堂內外擺滿了。查伊璜堅決制止他，將軍不理會。點完了丫環僕人的姓名，當即命令男僕整理行裝，女僕收拾器具，並且囑咐他們恭敬地侍奉查先生。

眾人都誠惶誠恐地答應了。將軍又親自看著侍女丫環們上了車子，馬夫牽著騾馬，喧喧嚷嚷地都出發了，這才回來給查伊璜告別。後來查伊璜因為修史案受到株連，被逮捕入獄，最後得以幸免，也全靠吳將軍出力。

異史氏說：「施捨豐厚卻不問對方姓名，真是俠義剛烈、古道熱腸的大丈夫啊！而將軍的回報，那種慷慨豪爽，更是千古少見。有這樣的胸懷，自然不應該老死在山溝裡。所以這兩位賢士的相遇，並不是偶然的。」

【研　析】〈大力將軍〉寫大力將軍吳六一的故事。

蒲松齡所說的吳六一，實際叫吳六奇，廣東豐順人。幼讀詩書，廣涉經史。嗜酒好賭，蕩盡家產而充為郵卒。後浪跡粵閩江浙。在浙江海寧，遇名士、孝廉查伊璜贈資遣歸，並薦入伍。糾集鄉勇，稱雄鄉里，為明廷賞識。永曆帝封他為總兵。後率部降清，得到順治皇帝的破格賞賜，授掛印總兵官左都督、太子少保、晉少傅兼太子太傅。歿後贈少師兼太子太師，賜謚順恪。

吳六奇在明末清初崇尚義勇的年代裡，的確稱得上是個奇人，所以蒲松齡雖然記錯了他的名字，卻把他的事蹟描寫得栩栩如生，像是親眼見過一般。吳六奇一生事蹟很多，蒲松齡緊扣題目重點寫了兩件事。一件是查伊璜對吳六奇力大無比的賞識；一件是吳六奇當上將軍以後報答查伊璜。

先看查伊璜對吳六奇的賞識。浙江查伊璜，清明節在郊外的寺廟裡喝酒，看到大殿前頭有一口古鐘，不是掛在空中，而是扣在地上，鐘身上土痕手跡，像經常有人摩挲一般。這口鐘很大，比盛兩石糧食的甕還要大。鐘下邊有一個盛八升東西的大竹筐，裡邊裝滿了東西。眾人一起掀動大鐘，大鐘紋絲不動。一會兒來了一個乞丐，一手掀起鐘來，一手把要來的乾糧放到大竹筐裡。隨吃隨拿，輕鬆異常。查伊璜問他有如此力氣何以不去做工而卻沿門乞討。他說自己飯量太大，沒有人敢雇用他。查伊璜勸他去投軍效力，並把他帶到家裡給他飯吃，給他衣穿，厚贈錢財把他送走。

再看吳六奇的知恩圖報。十餘年過去了，查伊璜已經忘了當年的野寺奇遇。他的侄子到福建去做官，卻碰上了一件奇事。一個名叫吳六一的將軍，請求和查伊璜先生相見，查伊璜來到將軍府，看到深深的院落、繁多的僕婢、盛大的宴飲、豐厚的饋贈，才明白這就是當年自己在野寺見到的那個力能掀鐘之人。

王豈孫在評點吳六奇和查伊璜的故事時說：「厚施而不望其報，先生之度量超越也；報之而百倍其物，將軍之襟懷更豪爽也。」力大無窮的人，往往具有傳奇性，這樣的故事非常吸引讀者。知恩圖報的人，具有很好的道德品質，人們也樂於傳誦其故事。因此，吳六奇的故事在當時曾經廣為流傳。〈大力將軍〉所寫，只是吳六奇事蹟的一鱗半爪，除此之外，清人王漁洋在《香祖筆記》、鈕琇在《觚賸》中也有精彩描寫。另外，吳六奇還是金庸小說《鹿鼎記》中大力將軍吳六奇的原型。只不過，那幾乎純為小說家言了。

白蓮教

白蓮盜首徐鴻儒❶，得左道之書，能役鬼神。小試之，觀者盡駭，走門下者如鶩❷。於是陰懷不軌。因出一鏡，言能鑑人終身。懸於庭，令人自照，或幞頭，或紗帽，繡衣貂蟬，現形不一。人益怪愕。由是道路搖播❸，踵門求鑑者，揮汗相屬。徐乃宣言：「凡鏡中文武貴官，皆如來佛註定龍華會❹中人。各宜努力，勿得退縮。」因亦對眾自照，則冕旒龍袞❺，儼然王者。眾相視而驚，大眾齊伏。徐乃建旂秉鉞❻，罔不歡躍相從，冀符所照。不數月，聚黨以萬計，滕、嶧❼一帶，望風而靡。後大兵進剿，有彭都司者，長山❽人，藝勇絕倫。寇出二垂髫女與戰。女俱雙刃，利如霜；騎大馬，噴嘶甚怒。飄忽盤旋，自晨達暮，彼不能傷彭，彭亦不能捷也。如此三日，彭覺筋力俱竭，哮喘而卒。迨鴻儒既誅，捉賊黨械問❾之，始知刃乃木刀，騎乃木櫈也。假兵馬死真將軍，亦奇矣！

【注　釋】❶白蓮盜首徐鴻儒　白蓮，即白蓮教，古之神祕宗教，源於南宋佛教的一個支系，崇奉彌勒佛，元明清三代在民間流行。徐鴻儒，明末山東巨野縣人，利用白蓮教組織農民，祕密活動二十餘年，後被剿滅。❷如鶩　即趨之若鶩，本義是像鴨子一樣成群跑過去，比喻許多人爭著去追逐某些事物。❸搖播　迅速傳播。❹如來佛註定龍華會　如來佛，即佛祖釋迦牟尼。龍華會，即佛教的「龍華三會」，白蓮教對其多有吸收。❺冕旒龍袞　古代帝王的服飾。冕旒，帝王戴的冕冠，其頂端有一塊長形冕板，垂有若干串珠玉。龍袞，繡有龍紋的天子禮服。❻建旂秉鉞　即自稱王侯。建旂，樹立旗幟。《周禮・春官・司常》：「諸侯建旂。」秉鉞，手持黃鉞。《尚書・牧誓》：「王左杖黃鉞。」❼滕嶧　滕縣、嶧縣，今山東棗莊之滕州、嶧城一帶。❽長山　舊縣名，約當今山東濱州鄒平。❾械問　拷打逼供。

【語　譯】白蓮教頭子徐鴻儒，得到邪門旁道的書籍，能夠驅使鬼神。小試身手，觀看的人都很吃驚。人們爭相追逐投奔到他的門下。這時他就暗暗圖謀不軌。於是拿出一面鏡子，說能照出人一生的命運。把鏡子掛在院子裡，讓人自己照，有的戴幞頭官帽，有的戴烏紗官帽，繡衣官袍，貂蟬官帽，出現各種不同的形象。人們更加奇怪而驚愕了。因此這件事廣泛傳播，上門請求照鏡子的人大汗淋漓地趕來，接連不斷。徐鴻儒便宣稱：「凡鏡子裡出現的文武貴官，都是如來佛列入龍華會裡的人。各位應當努力，不要退縮。」於是他也當著大家的面照照自己，則頭戴皇冠，身穿龍袍，儼然是個皇帝。人們互相看著，非常吃驚，一齊跪拜。徐鴻儒便立起龍旗，手持皇族儀仗，人們無不歡呼雀躍地跟從他，希望符合鏡子所照出的形象。不出幾個月，聚集起數以萬計的黨徒，滕縣、嶧縣一帶，望風披靡。後來朝廷軍隊來圍剿，有個姓彭的都指揮使，是山東長山人，武藝和勇氣無人能比。賊寇派出兩個小姑娘跟他對打。小姑娘都拿著雙刀，鋒利如霜；騎著高頭大馬，噓氣嘶叫，非常健壯。她們輕快迅疾，繞圈盤旋，從早晨到黃昏，她們傷不著彭將軍，彭將軍也無法戰勝她們。這樣打了三天，彭將軍覺得筋疲力盡，氣短而死。等到徐鴻儒被誅殺後，抓到賊寇的同黨拷問，才知道那刀原來是木刀，馬原來是木凳。假兵器假馬使真將軍喪命，也太奇怪了！

【研　析】〈白蓮教〉寫白蓮教首領徐鴻儒奇異法術及假兵馬戰死真將軍的故事。

以前在〈小二〉篇中，我們已經見識過蒲松齡對白蓮教神祕法術的精彩描寫：青年女子小二剪兩隻紙鷂鷹，就能同情人逍遙自在地騎著翻山越嶺，日行千里；小二剪一個紙判官放在地上，蓋上雞籠，就能從鄰家弄來千金之資……。《聊齋誌異》中有兩篇〈白蓮教〉。在另一篇中，蒲松齡描寫了「白蓮教某者」的法術。他能夠夜間航行海上，就是因為他航海之前在家裡弄了盆清水，再在水中弄一隻帆檣具備的草船就成了。他能夠在夜間行走而周圍明如白晝，是因為他臨走之前在家裡點上一枝大蠟燭，在路上他是借的蠟燭之光明。〈小二〉中的小二這位女徒弟和〈白蓮教〉中的「某者」，都是白蓮教首領徐鴻儒的徒弟。徐鴻儒的法術怎麼樣呢？

徐鴻儒不知從哪裡得到一本旁門左道的書籍，學會了各種役鬼驅神的法術，因此吸引了很多人追隨在他的門下。最神奇的是他有一面自稱能「鑒人終身」的鏡子，「懸於庭，令人自照，或幞頭，或紗帽，繡衣貂蟬，現形不一」。不能說徐鴻儒的鏡子裡都是達官貴人，但肯定絕大多數都是位高官顯的樣子，所以才會有那麼多人跟隨他，以為富貴榮華即將到來。再加上徐鴻儒的善於蠱惑，借助宗教的力量更有感召力：「凡鏡中文武貴官，皆如來佛註定龍華會中人。各宜努力，勿得退縮。」而徐鴻儒在鏡子中「則冕旒龍袞，儼然王者」。於是「眾相視而驚，大眾齊伏」，於是起兵造反之事就水到渠成了。

這篇〈白蓮教〉的後半部分，寫了一個「假兵馬死真將軍」的情節，非常具有喜劇效果。《聊齋誌異》虞堂評論說：「事固詼詭，文亦奇幻。中間寫刀寫馬，特為後木刀木凳蓄勢耳。解此用筆，那得不一氣呼應，出色絢爛？」其實，「假兵馬死真將軍」這句話，模仿的是《三國演義》第一百〇四回〈隕大星漢丞相歸天，見木像魏都督喪膽〉，其中有「死諸葛能走生仲達」的諺語。在〈白蓮教〉文後，段雪亭附記說：「嘉慶十八年，白蓮教據滑縣，楊將軍遇春破之。曾出一少年與楊將軍戰，美若冠玉，十五六歲姣丈夫也。楊將軍負兼人之勇，其雙樸刀雙世無敵，而竟難遽獲。揮之以刃，忽前忽後。亦垂髫女子之類與？」

段雪亭真是位不折不扣的好讀者。他讀《聊齋誌異》，看到與白蓮教有關的文字，竟想起了當年白蓮教的歷史事實。還把白蓮教中的「姣丈夫」與〈白蓮教〉中的「垂髫女子」相聯繫。讀書讀到這個份上，那才叫讀出門道來了，讀得妙趣橫生，讀得心領神會。

杜翁

杜翁，沂水❶人。偶自市中出，坐牆下，以候同遊。覺少倦，忽若夢，見一人持牒❷攝去。至一府署，從來所未經。一人戴瓦壠冠❸，自內出，則青州❹張某，其故人也。見杜驚曰：「杜大哥何至此？」杜言：「不知何事，但有勾牒。」張疑其悞，將為查驗。乃囑曰：「謹立此，勿他適。恐一迷失，將難救挽。」遂去，久之不出。惟持牒人來，自認其悞，釋❺令歸。

杜別而行。途中遇六七女郎，容色媚好，悅而尾之。下道，趨小徑，行十數步，聞張在後大呼曰：「杜大哥，汝將何往？」杜迷戀不已。俄見諸女入一圭竇❻，心識為王氏賣酒者之家。不覺探身門內，略一窺瞻，即見身在苙❼中，與諸小豭❽同伏。豁然自悟，已化豕矣，而耳中猶聞張呼。大懼，急以首觸壁。聞人言曰：「小豕顛癇❾矣。」還顧，已復為人。速出門，則張候於途，責曰：「固囑勿他往，何不聽信？幾至壞事！」遂把手送至市門，乃去。杜忽醒，則身猶倚壁間。詣❿王氏問之，果有一豕自觸死云。

【注釋】❶沂水 縣名，即今山東臨沂沂水縣。❷牒 公文，即下文之「勾牒」，指拘票，逮捕犯人的憑證。❸瓦壠冠 一種平民所戴的帽子，前部稍凹，後部隆起，形似瓦壠，故名瓦壠冠。❹青州 州名，府治在今山東濰坊青州。❺釋 釋放；赦免。❻圭竇 鑿壁而成的圭形小門，指窮苦人家的門戶。❼苙 豬圈。❽豭 豬。

❾顛癇 即「癲癇」，一種由腦疾患、腦部外傷等引起的病，發作時突然昏倒，口吐泡沫，全身痙攣，意識喪失。

❿詣 前往；去到。

【語譯】杜翁，是山東沂水人。偶然從市鎮走出，坐在牆下，等候一起出遊的朋友。忽然覺得有些困倦，恍恍惚惚好像進入了夢鄉，看見一個手持拘票的人把他捉去。到了一處官署，是他從來沒有到過的。一個人頭戴瓦楞帽，從裡面走出來，原來是青州的老朋友張某。張某見了杜翁，吃驚地說：「杜大哥怎麼到了這裡？」杜翁說：「不知道什麼事，只見有拘票。」張某懷疑弄錯了，要給他查驗一下。於是囑咐他：「好好站在這裡，不要到別的地方去。恐怕一旦迷失，就難以挽救了。」說完就離開了，很久沒出來。只有那拿拘票的人來了，承認自己弄錯了，把杜翁放了，讓他回去。

杜翁告辭走了。路上遇到六七個女郎，容貌豔麗，杜翁很喜歡，就尾隨著她們。離開大道，拐進小路，走了十來步，聽到張某在後面大聲喊：「杜大哥，你要往哪兒去？」杜翁迷戀那些女郎，沒有停下。一會兒看見諸位女郎走進一個小門，杜翁心裡認得是賣酒老闆王氏的家。不由地探身到門裡，剛一看，就發現自己身在豬圈裡，和一群小豬趴在一起。杜翁豁然醒悟，自己已變成一頭豬了，而耳朵裡還聽得到張某在呼喚。他非常害怕，急忙用頭朝牆撞去。聽到有人說：「小豬發羊癲瘋了。」回頭再看，自己已經重新變成人了。馬上走出門去，張某正在路上等候。張某責怪說：「一再囑咐你不要到別處去，為什麼不聽？差點壞事！」於是拉著他的手送到市鎮門口，才離開了。杜翁忽然醒來，身體還靠在牆壁上。到王氏家打聽，果真有一頭小豬自己撞死了。

【研　析】〈杜翁〉寫沂水杜翁夢寐之中被錯誤逮捕，放歸後尾隨女色而差點變成一隻小豬的故事。

此文的主要內容可以分為兩部分。第一部分是杜翁被誤逮。杜翁從集市上出來，坐在牆邊曬太陽，一邊等著自己的同伴。等著等著，就打起盹來。迷迷糊糊之間，被一個拿著拘票的人逮捕進了衙門。在衙門裡，他碰到了老朋友張某。張某認為杜翁是被誤抓的，囑咐他稍安勿躁，將要為他查驗事實。這時，逮捕他的那個人來到跟前，承認了自己的錯誤，就把杜翁釋放了。第二部分寫杜翁獲得自由之後，尾隨一夥女郎，鑽進王家的豬圈裡，變成了一隻小豬。好在自己靈性還在，急忙撞壁而死，才重新回歸人身。寫得緊張曲折，真讓人驚出一身冷汗。

如果說第一部分重在寫衙門的荒唐，無緣無故就把人抓捕，突出事件的神奇性，第二部分則突出戒淫戒色的目的。照理說，一個人被抓進衙門，即使是被誤抓而後釋放，也應該是驚魂未定，不再做非分之想。可是看看這位杜翁。既然稱他為杜翁，年齡應該不會太年輕了。就是這麼一個一大把年紀的人，怎麼剛從衙門裡放出來就對一群美女迷戀不已、緊追不捨，置張某的呼喊於不顧呢？法律不會管人如何去想，但道德可以有約束的作用。於是，就讓杜翁變成一隻小豬，接受肉體和靈魂的懲罰。好在他人性尚未完全泯滅，苦海無邊回頭是岸，及時觸壁而死，恢復了人身。否則一念之差，就可能萬劫不復了。但明倫評價道：「好尾女郎者，已有豕心，有豕行，身入苙中固宜。」

《聊齋誌異》的語言是典雅的文言，但其中也穿插了不少富有生活氣息的白話口語。如「小鬼頭」、「快活死」、「西南風緊」、「吹送來也」、「抱」、「瓦窯」、「將」（〈翩翩〉），如「醋娘子要食楊梅也」（〈蓮香〉）、「痴老翁，欲我剜心頭肉也」（〈連城〉）、「此汝家賠錢貨，生之殺之，俱由爾。我何故代人作乳媪乎」（〈青梅〉）、「腐秀才，要如何，便如何耳，狂探何為」（〈荷花三娘子〉）、「誰家郎罷被汝呼」（〈邵女〉）、「儂也涼涼去」（〈鏡聽〉）、「自小姑入人家，何曾交換出一杯溫涼水？吾家物，料姥姥亦無顏啖噉得」（〈陳錫九〉）在〈杜翁〉中，這一語言特色的魅力也十分明顯。「杜大哥何至此」、「杜大哥，汝將何往」、「小豕顛癇矣」，都給我們留下了深刻的印象。前兩句一口一個「杜大哥」，聲口畢肖，寫出了張某的殷切之情；後一句，繪聲繪色，寫出了王家人的慌亂和吃驚。這些語言，既讓人動情，又使人發笑，具有高超的藝術感染力。這些都為小說增添了生活氣息，提升了美學品格。

縊鬼

范生者，宿於逆旅❶。食後，燭而假寐❷。忽一婢來，襆衣❸置椅上；又有鏡匳揥篋❹，一一列案頭，乃去。俄一少婦自房中出，發篋開匳，對鏡櫛掠❺；已而髻，已而簪，顧影徘徊甚久。前婢來，進匜沃盥❻。盥已捧帨❼，既，持沐湯去。婦解襆出裙帔❽，炫然新製，就着之。掩衿提領，結束❾周至。范不語，中心疑怪，謂必奔婦❿，將嚴裝以就客也。婦妝訖，出長帶，垂諸梁而結焉。訝之。婦從容跂雙彎⓫，引頸受縊。才一着帶，目即合，眉即豎，舌出吻兩寸許，顏色慘變如鬼。大駭奔出，呼告主人，驗之已渺⓬。主人曰：「曩⓭子婦經於是，毋乃此乎？」吁，異哉！既死猶作其狀，此何說也？

異史氏曰：「冤之極而至於自盡⓮，苦矣！然前為人而不知，後為鬼而不覺，所最難堪者，束裝結帶時耳。故死後頓忘其他，而獨於此際此境，猶歷歷⓯一作，是其所極不忘者也。」

【注釋】❶逆旅　客舍；旅店。❷假寐　打盹兒；打瞌睡。❸襆衣　衣裳包裹。❹鏡奩揥篋　婦女盛放梳妝用品的器具。鏡奩，鏡箱；鏡匣。揥篋，盛放梳子、篦子的箱籠。揥，古代的一種首飾，可用來搔頭。❺櫛掠　梳妝。❻進匜沃盥　端來臉盆讓其洗手。匜，中國先秦禮器之一，用於沃盥之禮，為客人洗手所用。沃盥，澆水洗手。《左傳・僖公二十三年》有「奉匜沃盥」的記載，這裡是作者模仿古人的說法。❼帨　擦手之佩巾。❽裙帔　布裙和披肩。❾結束　裝束；打扮。❿奔婦　淫奔之婦。奔，私奔，中國古代女子沒有通過正當禮節而私去與男子結合。⓫跂雙彎　踮起雙腳。跂，通「企」。踮起。雙彎，指女子的一雙小腳。⓬渺　茫茫然；看不清楚。⓭曩　以往；從前。⓮自盡　自殺。⓯歷歷　清晰分明。

【語譯】范生住在旅館裡。吃過晚飯後，他掌起燈，在床上打盹兒。忽然，一個婢女進來，把一包衣服放在椅子上；又有鏡匣、梳妝盒，一一擺在桌子上，就離開了。一會兒，有個少婦從房子裡出來，打開鏡匣和梳妝盒，對著鏡子梳頭；然後盤髻子，插簪子，對著鏡子中的自己徘徊很久。先前那個婢女又來了，端水盆給少婦洗手。洗完後遞上手巾，然後端著用過的熱水離開了。少婦解開包袱，取出裙子和披肩，光彩耀眼，是新做的，穿戴起來。她掩好衣襟，提直衫領，收拾得非常整齊。范生不說話，心中感到懷疑，想這一定是私奔的婦女，打扮好後和住客廝混。少婦妝束完畢，取出一條長帶子，懸掛在房樑上打了個結。范生很驚訝。少婦從容地踮起一雙小腳，伸長脖子上吊。脖子剛接觸到帶子，眼睛馬上閉上，眉毛馬上豎起，舌頭伸出嘴脣外兩寸多長，臉色慘變，像鬼一樣。范生大驚，跑出房間，喊著告訴店主人。他們去檢查，已經不見了。店主人說：「以前我兒媳在這兒吊死了，難道是她嗎？」唉，太奇怪了！已經死了，還作出上吊的樣子，這該怎麼解釋呢？

異史氏說：「蒙受極大的冤屈以致於自盡，太痛苦了！然而此前作為人而不自知，後來做了鬼也不覺得，最難受的，只是梳妝打扮和掛帶打結的時候。所以死後馬上忘掉其他的事，而惟獨對此情此景，還要一一重複一遍，因為這是她最難忘的啊。」

【研　析】〈縊鬼〉寫范生在旅店見到一個冤死之吊死鬼的恐怖故事。

范生住在旅店裡，晚飯後無所事事。睡覺吧，時間尚早；不睡吧，又有些打盹。於是就點著蠟燭在那裡迷糊起來。朦朦朧朧之中，他目睹了一個少婦上吊死亡的全過程。這一過程可以分為三個階段。

第一階段，梳妝洗沐。先是一個丫環出來，把包裹著衣服的包袱放在椅子上，把一應洗沐用具擺放在桌子上，然後就離開了。接著，一個少婦從裡屋出來，打開梳妝盒，對鏡梳妝起來，「已而髻，已而簪，顧影徘徊甚久」。梳妝完了，那位丫環又端著臉盆讓她洗手，遞上手巾讓她擦手，然後，端著臉盆出去了。第二階段，著衣打扮。丫環走後，少婦打開一開始丫環放在椅子上的包袱，拿出新做的裙服和披肩，打扮起來，「掩衿提領，結束周至」。第三階段，自縊變鬼。梳妝好了，打扮完了，少婦就拿出一條帶子來拴到樑上，踮腳伸頸而死，「才一着帶，目即含，眉即豎，舌出吻兩寸許，顏色慘變如鬼」。

不到萬不得已，人是下不了自殺的決心的。而一旦下定了自殺的決心，人也就顯得從容淡定了。我們看這位少婦，她梳洗打扮得從容不迫，並且「顧影徘徊甚久」，對自己的容貌頗為欣賞，對世間的生活也頗為留戀。但是，小說寫得太惝恍迷離了。最後只是旅店的主人告訴我們這可能是他過去吊死的兒媳婦：「曩子婦經於是，毋乃此乎？」到底是不是他的兒媳婦呢？他沒有親眼看見，不敢肯定；范生雖然親眼看見了，但以前沒有見過他的兒媳婦，所以也不敢肯定；就連作者蒲松齡，也不置可否。這樣的小說，雖然產生在三百多年之前，實際上已經具備了現代小說的水準。

在「異史氏曰」中，蒲松齡發表了一番自己的看法。不管這位自縊的少婦是誰，毫無疑問，她是因為「冤之極」才最終選擇「自盡」的。自盡之前她為人多年，自盡之後她又為鬼多年，可是她對這為人為鬼都不掛在心上，獨獨放不下的唯有這臨死前的一段梳洗打扮時光。她為什麼忘不了這段時光呢？蒲松齡的結論是：「所最難堪者，束裝結帶時耳。」她之所以銘記不忘，是因為這是她最為痛苦的階段。這也隱約透出了蒲松齡對這位少婦的同情，以及他尊重生命的主張。

美人首

諸商寓居京舍❶。舍與鄰屋相連，中隔板壁；板有松節脫處，穴如琖❷。忽女子探首入，挽鳳髻❸，絕美；旋伸一臂，潔白如玉。眾駭其妖，欲捉之，已縮去。少頃，又至，但隔壁不見其身。奔之，則又去之。一商操刀伏壁下。俄首出，暴決❹之，應手而落，血濺塵土。眾驚告主人。主人懼，以其首首❺焉。逮諸商鞫❻之，殊荒唐。淹繫❼半年，迄無情詞❽，亦未有以人命訟者，乃釋商，瘞❾女首。

【注釋】❶京舍　京城的旅社。❷琖　用玉做成的酒杯。❸鳳髻　古代的一種髮型，即將頭髮挽結梳成鳳形，或在髻上飾以金鳳。❹決　斷裂；砍斷。❺以其首首　拿她的頭自首。第二個首字，自首。❻鞫　審問犯人。❼淹繫　羈留。❽迄無情詞　一直得不到真實的供詞。迄，始終。情，實情。❾瘞　掩埋；埋葬。

【語譯】幾個商人寄居在京城一家旅館裡。旅館和鄰家的房屋相連，中間隔著木板牆；木板有銜接鬆動脫落的地方，形成杯子大小的洞。忽然一個女子探頭進來，挽著鳳形髮髻，非常漂亮；接著伸進來一條胳膊，潔白如玉。大家驚呆了，認為是妖怪，想捉住她，已經縮了回去。不一會，又出來了，但在隔壁房屋看不到她的身體。向她撲去，就又消失了。一個商人拿著刀蹲在木板壁下。一會兒那頭伸出來，他猛地砍去，女人頭隨手而落，鮮血濺在塵土上。大家吃驚地告訴店主人。店主人很害怕，拿那女人頭去告官。官府抓住商人們審問，所說的情節非常荒唐。人犯在獄中關了半年，始終沒有符合正常情理的供詞，也沒有人因人命來打官司，官府於是放了商人，把女人頭埋了。

【研　析】〈美人首〉寫京城客舍裡發生的一起莫名其妙的砍落美人腦袋的案件。

一夥商人住在京城的客舍裡，突然看到板壁的孔穴中伸出一個美麗的女人頭來，「挽鳳髻，絕美」。接著又伸出一隻漂亮的胳膊來，「旋伸一臂，潔白如玉」。若是在平時，他們看到這樣的景象，或許會駐足欣賞，大飽眼福的。但現在他們不但沒有感到審美的愉悅，反而感到毛骨悚然，大驚失色。為什麼會這樣呢？

第一，板壁上的孔穴才只有酒杯那麼大，人頭是根本伸不過來的，而她卻把頭伸過來了，還戴著高高的鳳髻。僅僅伸過頭來還算是為了好奇而窺探，可是接著又伸過一隻玉臂來，這明顯已是浮花浪蕊似的挑逗與勾引了。除了妖怪，誰還能有如此神術和這般淫蕩？第二，眾人驚恐之中認為這是妖怪，想要捉住她，卻偏偏捉不住。一般的風塵女子，就算是水性楊花，可也沒有如此功力啊！第三，不管她是人還是妖怪，若能見到她的全貌，也算心中有數，可是卻偏偏隔著一塊板壁，看不見她的廬山真面目。有了這三條，一般人大概都會驚恐萬分的。

好在他們人多，其中也不乏膽大者。有一位商人靈機一動，藏在板壁底下，待那女子剛伸出頭來還來不及縮回，就立即揮手斬去，美人頭「應手而落，血濺塵土」。這個妖怪真被殺死了嗎？現代讀者無法也不必要去做深入研究，僅僅把這篇故事當作一篇恐怖小說看也很好。這類小說，沒有什麼實質性的諷喻或揭露意義，但是卻非常關注人類的恐怖心理，設計了讓人心驚肉跳的懸念和危機，充分展示事件的不可預知性，意向的不充分性，引導人類的懷疑和好奇心，讓人在恐怖的世界的旅行中，逼人繃緊神經，體驗到緊張恐懼的審美愉悅。

劉亮采

聞濟南❶懷利仁言：劉公亮采❷，狐之後身也。初，太翁❸居南山，有叟造其廬，自言胡姓。問所居，曰：「只在此山中。閒處人少，惟我兩人，可與數晨夕❹，故來相拜識。」因與接談，詞旨便利，悅之。治酒相歡，醺❺而去。越日復來，愈益款厚。劉云：「自蒙下交，分❻即最深。但不識家何里，焉所問興居❼？」胡曰：「不敢諱，實山中之老狐也。與若有夙因❽，故敢內交門下。固不能為翁福，亦不敢為翁禍，幸相信勿駭。」劉亦不疑，更相契重❾。即敘年齒❿，胡作兄，往來如昆季⓫。有小休咎⓬，亦以告。時劉乏嗣⓭，叟忽云：「公勿憂，我當為君後。」劉訝其言怪。胡曰：「僕算數⓮已盡，投生有期矣。與其他適，何如生故人家？」劉曰：「仙壽萬年，何遂及此？」叟搖首云：「非汝所知。」遂去。夜果夢叟來，曰：「我今至矣。」既醒，夫人生男，是為劉公。公既長，身短，言詞敏諧⑮，絕類胡。少有才名，壬辰⑯成進士。為人任俠，急人之急，以故秦、楚、燕、趙之客，趾錯⑰於門；貨酒賣餅者，門前成市⑱焉。

【注釋】❶濟南　府名，治所在今山東濟南。❷劉公亮采　劉亮采，字公嚴，歷城（今濟南）人。萬曆壬辰進士。侏儒滑稽，長於詩詞，嘻笑怒罵皆成文章，能作大書，兼善繪事。❸太翁　稱人之父，此指劉亮采之父。❹數晨夕　朝夕相處。陶淵明〈移居二首〉：「聞多素心人，樂與數晨夕。」❺醺　醉。❻分　緣分；情分。❼問興居　請安問好。興居，起居，指日常生活。❽夙因　前世的因緣。❾契重　友情深厚。❿年齒　年齡。⓫昆季　兄弟，長為昆，幼為季。⓬休咎　吉凶；善惡。⓭嗣　子孫。⓮數　定數；命運。⓯敏諧　機靈詼諧。⓰壬辰　明神宗萬曆二十年（西元一五九二年）。⓱趾錯　履跡交錯，比喻人來人往，人跡很多。⓲市　做買賣的地方；市井。

【語譯】聽山東濟南的懷利仁說：劉亮采，是狐狸的後身。一開始，劉亮采的父親居住在南山，有個老翁到他家拜訪，自稱姓胡。劉父問他住在何處，胡翁說：「就在這座山裡。清閒之處人少，只有我們兩人，可以天天相處在一起，所以前來拜見認識您。」劉父便和他攀談起來，胡翁談吐敏捷，劉父很喜歡他。擺酒歡飲，胡翁喝醉了才離開。第二天又來了，劉父更加殷勤地招待他。劉父說：「自從您賞臉相交，情分已經很深了。但還不知道您家住哪裡，我上哪裡問候您的起居呢？」胡翁說：「不敢相瞞，我其實是山裡的老狐狸。和您有前世的因緣，所以敢來結交。固然不能給您帶來福氣，也不敢加害於你，希望能相信我，不要害怕。」劉父也不懷疑，兩人友情更加深厚。當即敘明年齡大小，胡翁是哥哥，往來像兄弟一般。有小小的快樂與憂愁，也互相告知。當時，劉父沒有孩子，胡翁忽然說：「您不要擔憂，我會做您的後代。」劉父對他奇怪的言論感到很驚訝。胡翁說：「我算過自己命數已盡，轉世投生的日子近了。與其到別處去，不如生在老朋友家？」劉父說：「神仙的壽命有萬年長，怎麼到這個地步呢？」胡翁搖頭說：「這不是您所知道的。」說完就離開了。到了夜裡，劉父果然夢見胡翁來，說：「我現在來了。」醒來後，夫人生了個男孩，這就是劉亮采。劉亮采長大後，身材矮小，言談敏捷有趣，極其像胡翁。他少年時期就有才名，壬辰年考取進士。為人俠義，經常到處幫忙他人，所以陝西、湖北、湖南、河北、山西的來客，紛紛登門拜訪；賣酒的、賣餅的，在他門前形成了個集市。

【研　析】〈劉亮采〉寫歷城劉亮采的前身是一隻狐狸的故事。

《聊齋誌異》中有不少人物沒有真實姓名，只以「張某」、「某甲」等稱之。但也有很多人物是有名有姓的，比如〈嬰寧〉中的王子服、〈聶小倩〉中的甯采臣、〈嬌娜〉中的孔雪笠、〈青鳳〉中的耿去病等等。這些姓名籍里俱在的人，是蒲松齡杜撰的，還是真有其人呢？我看不能遽下結論。就以此篇〈劉亮采〉而言，開篇即道：「聞濟南懷利仁言：劉公亮采，狐之後身也。」一句話提到了兩個人物：懷利仁和劉亮采。懷利仁的生平暫不可考，但通過注釋家的考稽，我們知道了劉亮采不但實有其人，還是當時的名人，《歷城縣志》和《濟南府志》都對其事蹟有所記載。蒲松齡在〈聊齋自志〉裡就說自己是一位病瘦的和尚投胎而成的，有右胸前的黑記為證。劉亮采是狐仙轉世投胎而來，有什麼證據呢？蒲松齡說：「公既長，身短，言詞敏諧，絕類胡。」這不是蒲松齡編造的小說家言，而是有歷史記錄為證的。呂湛恩引《濟南府志》說：「公侏儒，滑稽調笑，怒罵皆成文章，誠有如《聊齋》所云者。」身材矮小，極富語言天分，善於笑談，這都是人們想像中的狐仙的特點。因此，蒲松齡認為人們的傳說是言之不誣的。

其實，遠在唐代，就有著名的人物被人說成是動物轉世的。唐代有一篇著名的傳奇小說《補江總白猿傳》，其中寫到歐陽紇的妻子被一隻白猿掠去並與之交接，後來產下一子。「後紇為陳武帝所誅，素與江總善，愛其子聰悟絕人，常留養之，故免於難。及長果文學善書，知名於時」。明人胡應麟說：「《白猿傳》，唐人以謗歐陽詢者。詢狀頗瘦，類猿猱，故當時無名子造言以謗之。」歐陽詢，就是史上著名楷書四大家之一的唐代著名書法家，代表作楷書有《九成宮醴泉銘》等。不過，由於他名高望重，就有人根據他的生理特點用小說《補江總白猿傳》取笑誹謗他，而這篇〈劉亮采〉只是一篇「俳諧之作」，就是劉亮采看了，也會會心一笑，不以為忤的。

山神

益都❶李會斗，偶山行，值數人籍地❷飲。見李至，讙然並起，曳入坐，競觴❸之。視其柈饌❹，雜陳珍錯❺。移時，飲甚懽；但酒味薄濇。忽遙有一人來，面狹長，可二三尺許；冠之高細稱是❻。眾驚曰：「山神至矣！」即都紛紛四去。李亦伏匿坎窞❼中。既而起視，則肴酒❽一無所有，惟有破陶器貯溲涬❾，瓦片上盛蜥蜴❿數枚而已。

【注　釋】❶益都　縣名，即今之山東濰坊青州。❷籍地　席地而坐。籍，通「藉」。墊在下面的東西。❸觴　向人敬酒。❹柈饌　盤中的食物。柈，通「盤」。饌，飲食。❺珍錯　「山珍海錯」的省稱，泛指珍異食品。唐韋應物〈長安道〉：「山珍海錯棄藩籬，烹犢羊羔如折葵。」❻稱是　與此相稱，此指帽子和臉相稱。❼坎窞　坑穴。❽肴酒　酒肴和酒。肴，下酒菜。❾溲涬　尿；小便。❿蜥蜴　爬行動物，俗稱「四腳蛇」，此指壁虎，俗稱「蠍虎子」。

【語　譯】山東益都李會斗，偶然在山裡走，遇見幾個人坐在地上喝酒。那些人見李會斗來了，都高興地站起來，拉他入座，爭著向他敬酒。李會斗看看盤子裡的食物，錯雜陳列著山珍海味。一會兒，大家喝得很高興；只是酒味淡薄而且苦澀。忽然，遠處有一個人過來，面孔狹長，約有兩三尺；高而細的帽子戴著很合適。那幾個人吃驚地說：「山神來了！」便都紛紛四散而去。李會斗也躲藏在土坑中。後來，他爬起來一看，酒菜全都沒了，只有破瓦罐裝著小便，瓦片上盛著幾隻蜥蜴而已。

【研　析】〈山神〉寫益都李會斗在一次特殊的山間宴飲中目睹山神的故事。

在中國，有關山神的傳說源遠流長。成書於二千多年前的《山海經》，就已記載了有關山神的種種傳說。山神形貌的造型帶有鮮明的地域特色，如〈西山經〉的山神為人面馬身、人面牛身、羊身人面；〈北山經〉的山神為人面蛇身、馬身人面、彘身八足；〈東山經〉的山神為獸身人面、人身羊角。清代注家汪紱早就指出〈山經〉山神造型的地域特色：「大抵南山神多象鳥，西山神象羊牛，北山神象蛇豕，東山神多象龍，中山則或雜取，亦各以其類也。」山神的動物形體以及人與動物的合體造型，表明了人對動物的依賴和信仰，某些動物也有可能作為圖騰出現在初民的信仰中。

出現在〈山神〉這則小故事中的山神，形貌和古人描述的有所不同：「面狹長，可二三尺許；冠之高細稱是。」能夠有二三尺長的臉，肯定不是一般人物了，所以這個怪物有資格做山神。怪的是他那帽子是如何製成的？李汝珍在《鏡花緣》中說小人國，「那些小人生性最拙，向來衣帽都製造不佳。他因蠶繭織得不薄不厚，甚是精緻，所以都買了去，從中分為兩段，或用綾羅鑲邊，或以針線鎖口，都做為西瓜皮的小帽兒」。小人國的小人們，都以半截蠶繭為帽子，可算物盡其用，天然混成了。這個怪怪的山神的帽子那麼符合長臉高頭的尺寸，則不可考證是如何形成的了。

這篇小故事的題目雖然叫「山神」，其實山神只是其中的點綴之筆，並不是重點內容。南朝宋劉義慶在《世說新語・巧藝》中說：「顧長康畫裴叔則，頰上益三毛。人問其故？顧曰：『裴楷俊朗有識具，正此是其識具。看畫者尋之，定覺益三毛如有神明，殊勝未安時。』」三根毫毛與一張臉比較起來，實在微不足道，但是卻增添了臉部表情的「神明」，有和沒有這三根毫毛，效果確實不同。〈山神〉中的山神形象，也是這篇故事臉上的三根毫毛，使故事提神不少，為故事增加了怪異驚悚色彩，否則故事就只剩下令人嘔吐的噁心了。

亂離二則

學師劉芳輝，京都人。有妹許聘戴生，出閣❶有日矣。值北兵❷入境，父兄恐細弱❸為累，謀妝送戴家。修飾未竟，亂兵紛入，父子分竄。女為牛彔❹俘去。從之數日，殊不少狎。夜則臥之別榻，飲食供奉甚殷。又掠一少年來，年與女相上下，儀采都雅❺。牛彔謂之曰：「我無子，將以汝繼統緒❻，肯否？」少年唯唯。又指女謂曰：「如肯，即以此為汝婦。」少年喜，願從所命。牛彔乃使同榻，浹洽❼甚樂。既而枕上各道姓氏，則少年即戴生也。

陝西某公，任鹽秩❽，家累不從。值姜瓖之變❾，故里陷為盜藪❿，音信隔絕。後亂平，遣人探問，則百里絕烟，無處可詢消息。會以復命⓫入都，有老班役⓬喪偶，貧不能娶，公賚⓭數金使買婦。時大兵凱旋，俘獲婦口無算，插標[14]市上，如賣牛馬。遂攜金就擇之。自分金少，不敢問少艾[15]。中一媼甚整潔，遂贖以歸。媼坐牀上，細認曰：「汝非某班役耶？」問所自知，曰：「汝從我兒服役[16]，胡不識？」班役大駭，急告公。公視之，果母也。因而痛哭，倍償之。班役以金多，不屑謀媼。見一婦年三十餘，風範[17]超脫，因贖之。既行，婦且走且顧，曰：「汝非某班役耶？」又驚問之，曰：「汝從我夫服役，如何不識？」班役益駭，導見公，公視之，真其夫人。又悲失聲。一日而母妻重聚，喜不可已。乃以百金為班役娶美婦焉。意必公有大德，所以鬼神為之感應。惜言者忘其姓字，秦中[18]或有能道之者。

異史氏曰：「炎崐之禍，玉石不分[19]，誠然哉。若公一門，是以聚而傳者也。董思白[20]之後，僅有一孫，今亦不得奉其祭祀，亦朝士[21]之責也。悲夫！」

【注　釋】❶出閤　即「出閣」，女子出嫁。❷北兵　與下文之「大兵」，均指清朝軍隊。❸細弱　妻子兒女，泛指家屬。❹牛彔　清初武官名。清初實行八旗制度，每旗原則上應該包含二十五個牛彔，每個牛彔有三百人，共計七千五百人。❺都雅　美好閒雅。《三國志・吳書・孫韶傳》：「身長八尺，儀貌都雅。」❻統緒　宗族系統。❼浹洽　和諧；融洽。❽鹽秩　管理鹽政的官員。秩，官位。❾姜瓖之變　姜瓖，陝西榆林人，明末任大同總兵官。崇禎十七年（西元一六四四年）投降李自成，同年又投降清軍，順治五年（西元一六四八年）又自稱大將軍，據城叛清，次年被部將所殺，其軍隊也被清軍所滅。姜瓖之變，指姜瓖叛清與被清所滅事。❿盜藪　強盜聚集的地方。藪，人或物聚集的地方。⓫復命　執行命令後回報朝廷。⓬班役　服侍官員的差役。⓭賚　賞賜。⓮插標　舊時於物品上或人身上插草以為出賣的標誌。⓯少艾　指年輕美麗的女子。《孟子・萬章上》：「知好色，則慕少艾。」⓰服役　役使；支配。⓱風範　風度；氣派。⓲秦中　古地區名，指今陝西中部平原地區，因春秋、戰國時地屬秦國而得名，也稱「關中」。⓳炎崐之禍二句　《尚書・胤征》：「火炎崐岡，玉石俱焚。」炎，焚燒。崐，崐岡，即昆侖山，傳說山上出玉石。此指清軍鎮壓姜瓖叛軍，禍及無辜者。⓴董思白　董其昌，字玄宰，號思白、思翁，別號香光，明代著名書畫家。松江華亭（今上海松江區）人，萬曆進士，歷任編修，湖廣副使、太常寺卿，禮部侍郎，南京禮部尚書等職。㉑朝士　朝廷之士，泛指中央官員。

【語　譯】學師劉芳輝，是京都人。有個妹妹許聘給戴生，出嫁的日期很快就要到了。正趕上清兵入境，父兄恐怕她成為負擔，想把她妝扮好送到戴家。還沒妝飾完，清兵紛紛而入，父子分頭逃奔。劉女被清兵的武官俘虜而去。跟隨了好幾天，武官對她一點也沒有不莊重的行為。夜晚就睡在別的床上，對她的飲食照顧得很周到。後來又擄掠了一個年輕人來，年齡和劉女差不多，容貌美好儀態閒雅。武官對他說：「我沒有兒子，想讓你來繼承宗族系統，願意嗎？」年輕人答應了。又指著劉女對他說：「如果願意，就讓她作你的妻子。」年輕人很高興，願意聽他的話。武官於是讓年輕人和劉女睡在一起，二人感情和諧融洽，非常快樂。隨後在枕上各自說出姓氏，原來年輕人就是戴生。

陝西某公，任職鹽官，因為家室累贅就沒帶到任上。遇上姜瓖之變，家鄉淪陷為盜賊聚集的地方，某公和家人的音信便隔絕了。後來事變平息，某公派人打聽，百里以內沒有了人煙，無處可以詢問消息。正好某公進京向朝廷述職，身邊有個老差役死了妻子，家裡貧窮不能再娶，某公送給他幾兩銀子讓他買個妻子。當時清兵凱旋，俘獲了無數婦女，插上草標押到市場上，像賣牛馬一樣。老差役帶著銀子到市場上去挑選。他自知錢少，不敢問年輕女人的價錢。其中有個老年婦女很整潔，就拿銀子贖買回來。老婦人坐在床上，仔細辨認了說：「你不是某差役嗎？」問她是怎麼知道的，她回答說：「你跟隨我的兒子服役，怎麼不認識！」差役大驚，急忙告訴某公。某公一看，果然是自己的母親。因而痛哭，加倍補償了差役。老差役因為銀子多了，不願意再買年老婦女。看見一個婦人三十多歲，風度不俗，就贖買了她。往回走時，婦人一邊走一邊看他，說：「你不是某差役嗎？」差役又驚問她。她回答說：「你跟隨我的丈夫服役，怎能不認識！」差役更加驚奇，領著她去見某公。某公一看，果真是他的夫人，又悲痛失聲。一天之中母親、妻子重新團聚，高興得不得了。於是用一百兩銀子為老差役娶了一個美貌的妻子。看來必定是某公有高尚的德行，所以鬼神對此有了反響。可惜說這事的人忘了此公的姓名，秦中或許還有能說出他姓名的人。

異史氏說：「火燒昆岡之禍，玉石、石塊都不會區分，這是真的啊！像某公這一家，是因為重新團聚了才流傳的。董思白的後代，只有一個孫子，現在也不能祭奠自己的祖先，這也是朝中官員應負責任的。可悲啊！」

【研　析】〈亂離二則〉通過兩則亂離中的相聚故事，表現了明末清初的連年戰爭給人民帶來的痛苦。

從明崇禎十二年（西元一六三九年），清兵一度攻陷濟南；到崇禎十七年（西元一六四四年），李自成與清軍先後入京，明朝滅亡；再到清順治四年（西元一六四七年），高苑民謝遷起義，掃蕩淄川縣城，殺死兵部尚書孫之獬……。蒲松齡出生前後這短短的十來年間，淄川境內、山東境內，血流滿地、鬼哭通宵。這些，都化作了蒲松齡對明清易代的依稀記憶。

《聊齋誌異》描寫了明清易代之際清兵屠城殺戮的慘烈。〈鬼哭〉寫道：「謝遷之變，宦第皆為賊窟。王學使七襄之宅，盜聚尤眾。城破兵入，掃蕩群醜，屍填墀，血至充門而流。公入城，扛屍滌血而居。往往白晝見鬼，夜則床下燐飛，牆角鬼哭。」高苑民謝遷率兵攻陷淄川縣城後，即遭清兵圍剿，血戰兩月，不敵而敗。謝遷攻陷淄川之時，蒲松齡的父親、叔父曾率村民為保護村莊而戰，其叔父戰死，其堂兄被清兵誤殺。那一年蒲松齡剛剛八歲。〈野狗〉中寫「于七之亂，殺人如麻」，又說「大兵宵進，恐罹炎昆之禍」。于七起義之時，蒲松齡十來歲年紀。在他童年的記憶深處，起義與掃蕩的結果都是殺人和流血。這種沉痛而複雜的記憶，揮之不去，令人隱隱痛楚。〈鬼隸〉寫「北兵大至，屠濟南，扛屍百萬」。〈韓方〉寫濟南以北數州縣邪疫大作，原因是「郡城北兵所殺之鬼，急欲赴都自投，故沿途索賂，以謀口食」。

《聊齋誌異》也描寫了明清易代之際百姓流離失所的苦難。〈張誠〉寫齊人張氏，在明末兵荒馬亂中，其妻被清兵掠去，嫁給清兵軍官。後來因緣際會，夫妻重聚。〈林氏〉寫濟南的戚安期，其妻林氏被清兵俘去。清兵欲犯，林氏抽刀自盡。後被救活，夫妻團聚。像這篇〈亂離二則〉，一則寫清兵牛彔俘獲京都少女，又搶掠一少年男子，讓少男少女成婚。婚床之上二人各道姓氏，原來就是以前的一對婚約男女。一則寫在清初的「姜瓖之變」中，「大兵凱旋，俘獲婦口無算，插標市上，如賣牛馬」。陝西某公出資為老部下買婦，先買者是其母親，再買者是其妻子，一日之內，母妻重聚。他們都團聚了，而像〈公孫九娘〉中的公孫九娘，卻永無團聚之日，只能長歎著「血腥猶染舊羅裙」，長眠地下，含冤九泉。

在《聊齋誌異》中，〈野狗〉、〈鬼哭〉在卷一，〈張誠〉在卷二，〈公孫九娘〉在卷三，〈林氏〉、〈亂離二則〉在卷四，〈張氏婦〉、〈鬼吏〉、〈韓方〉在卷八。依稀的記憶都化作了長歌當哭，自始至終餘音裊裊，不絕如縷。

餓鬼

馬永，齊人❶，為人貪，無賴，家卒屢空❷，鄉人戲而名之「餓鬼」。年三十餘，日益窶❸，衣百結鶉❹，兩手交其肩，在市上攫食❺。人盡棄之，不以齒。

邑有朱叟者，少攜妻居於五都之市❻，操業不雅。暮歲歸其鄉，大為士類所口❼；而朱潔行為善，人始稍稍禮貌之。一日，值馬攫食不償，為肆人❽所苦。憐之，代給其直。引歸，贈以數百，俾作本。馬去，不肯謀業，坐而食。無何，貲復匱❾，仍蹈舊轍。而常懼與朱遇，去之臨邑❿。暮宿學宮⓫，冬夜凜寒，輒摘聖賢頭上旒而煨其板⓬。學官知之，怒欲加刑。馬哀免，願為先生生財。學官喜，縱之去。馬探某生殷富，登門強索貲，故挑其怒；乃以刀自劙⓭，誣而控諸學。學官勒取重賂，始免申黜⑭。諸生因而共憤，公質縣尹⑮。尹廉得實，笞四十，梏其頸，三日斃焉。

是夜，朱叟夢馬冠帶⑯而入，曰：「負公大德，今來相報。」既寤，妾舉子。叟知為馬，名以馬兒。少不慧，喜其能讀。二十餘，竭力經紀⑰，得入邑泮⑱。後考試寓旅邸，晝臥牀上，見壁間悉糊舊藝⑲；視之，有「犬之性⑳」四句題，心畏其難，讀而志之。入場，適是其題，錄之，得優等，食餼㉑焉。六十餘，補臨邑訓導。官數年，曾無一道義交。惟袖中出青蚨㉒，則作鸕鷀笑㉓；不則睫毛一寸長，稜稜㉔若不相識。偶大令㉕以諸生小故，判令薄懲，輒酷掠㉖如治盜賊。有訟士子者，即富來叩門矣。如此多端，諸生不復可耐。而年近七旬，臃腫聾聵㉗，每向人物色黑鬚藥。有狂生某，剉茜根㉘紿之。天明共視，如廟中所塑靈官㉙狀。大怒，拘生；生已早夜亡去。以此憤氣中結，數月而死。

【注釋】❶齊人　齊，春秋戰國時國名，都城在今山東淄博臨淄，此指臨淄縣人。❷屢空　經常貧困，貧窮無財。《論語・先進》：「回也其庶乎！屢空。」❸窶　貧困。❹衣百結鶉　形容衣服破爛不堪。百結，補丁迭補丁的衣服。鶉，即鵪鶉，鵪鶉的尾巴禿，像襤褸的衣服一樣，因以「鶉衣」比喻破爛衣服。❺攫食　搶奪食物。❻五都之市　五方都會，泛指繁盛的都市。宋玉〈登徒子好色賦〉：「臣少曾遠遊，周覽九土，足歷五都。」❼所口　所詬病。❽肆人　店鋪中人。❾匱　缺乏。❿臨邑　臨近縣城，亦或指山東德州臨邑縣。⓫學宮　指明清之際府、州、縣的地方官辦學校，是官學與地方孔廟相結合的建築群類型，亦稱「文廟」。⓬輒摘句　往往摘取聖人冠上的玉串換取飯食，焚燒賢人手中的笏板取火暖身。顛，頭。旒，古代王侯卿大夫冠飾上的玉串。煨，焚燒。板，笏板，又稱手板、玉板或朝板，是古代臣下上殿面君時的工具。⓭劃　割。⓮中黜　報請上司予以革除。⓯公質縣尹　很多人一起到縣令處評理。公，公眾。質，評判。縣尹，縣令。⓰冠帶　戴帽子束腰帶，指穿戴整齊。⓱經紀　經營紀理，指投關係、走門子。⓲邑泮　縣學。泮，古代學宮前有泮水，故稱學校為泮宮。科舉時代學童入學為生員即考取秀才稱為「入泮」。⓳藝　制藝，即八股文。⓴犬之性　此為八股文題目，出自《孟子・告子下》：「然則犬之性猶牛之性，牛之性猶人之性與？」㉑食餼　指明清時經考試取得廩生資格的生員享受廩膳補貼。㉒青蚨　蟲名。傳說青蚨生子，母與子分離後定會聚回一處，人用青蚨母子血各塗在錢上，塗母血的錢或塗子血的錢用出後必會飛回，所以有「青蚨還錢」之說。因以「青蚨」稱錢。㉓鸕鶿笑　比喻一種自鳴得意的奸笑。鸕鶿，水鳥名，俗叫魚鷹、水老鴉。羽毛黑色，有綠色光澤，頷下有小喉囊，嘴長，上嘴尖端有鉤，善潛水捕食魚類。漁人常馴養之以捕魚。㉔稜稜　威嚴的樣子。㉕大令　古代對縣官的尊稱。㉖酷掠　殘酷拷打。㉗臃腫聾瞶　身體肥胖，又聾又瞎。臃腫，過度肥胖或肥大，轉動不靈。瞶，眼瞎。㉘茜根　茜草是一種天然的植物染料，其根部的色彩是淡紅土黃色。㉙靈官　道教的護法天神。道教有五百靈官的說法，其中最有名的叫「王靈官」，很多道家宮觀鎮守山門的靈官一般都是這位王靈官。

【語　譯】馬永，是臨淄縣人，為人貪婪，刁蠻無賴，家中始終很窮，同鄉人開玩笑地稱他為「餓鬼」。到三十多歲，日益貧困，衣服非常破爛，打滿補丁，雙手抱著肩膀，在集市上搶東西吃。人們都鄙棄他，不把他視為同類。

縣裡有個朱老頭，年輕時帶著妻子居住在繁華的大都市裡，從事不雅的行業。年歲大了回到家鄉，很受讀書人非議；但朱老頭在家鄉行為高潔，做了很多善事，人們才漸漸對他以禮相待了。一天，碰上馬永搶了東西吃不給錢，讓開店的人困住羞辱。朱老頭可憐他，替他付了錢。朱老頭把他領回家，送給他幾百文錢，讓他作本錢。馬永走後，不肯操持生計，坐在家裡吃本錢。沒多長時間，錢又沒了，仍然重操舊業。不過他總害怕碰上朱老頭，就跑到臨邑縣。晚上住在孔廟裡，冬天夜裡寒冷，就把孔夫子塑像上的旒冕摘下來，用上面的板子燒火取暖。學官知道了，生氣地要對他用刑。馬永哀求免罪，說願意幫助先生發財。學官很高興，把他放走了。馬永聽說某秀才很富有，上門強行索要錢財，故意挑逗那秀才發火；然後用刀子把自己刺傷，到學官那兒誣陷、控告那秀才。學官勒索了大筆賄賂，才沒對那秀才申斥黜免。秀才們因而都很憤怒，一起告到縣令那兒。縣令察考實情，打了馬永四十大板，給他脖子戴了重枷，三天就死了。

這天夜裡，朱老頭夢見馬永穿著官服進來，說：「辜負了您的大恩大德，今天就來報答。」醒後，他的侍妾生了個兒子。朱老頭知道是馬永投生，給他取名「馬兒」。馬兒從小不聰明，幸好肯讀書。到二十多歲，竭力投機鑽營，當上了秀才。後來馬兒參加考核，住在旅店裡，白天躺在床上，看見牆壁上都糊著舊八股文；看了看，有用「犬之性」四句作題目的，心裡畏懼這題目很難作，就讀了幾遍記住了。進了考場，正好就是這個題目，他就照錄下來，得了優等，便能領取補貼了。到了六十多歲，他補了個臨邑縣的訓導。他當了幾年官，沒一個以道德義理相交的朋友。只有看見別人從口袋裡掏出錢來，才會魚鷹一般地笑；否則就睫毛一寸長，威嚴起來，好像跟人不認識。偶爾縣令因為秀才犯了小過錯，判給他，讓輕微地懲罰一下，他總是嚴刑拷打，像懲治盜賊那樣。有來告秀才狀的，就是財富來敲門了。他的這種事情很多，秀才們已不能忍耐。他年近七十，過度肥胖，耳聾眼花，常常向人訪求使鬍子變黑的藥。有個性格狂放的書生，用茜草根剉碎騙他。天亮後大家一看，他就像廟裡泥塑的靈官一樣。他大怒，要拘捕這個書生；可是書生前一晚已經逃跑了。他因此怒氣鬱結於心，幾個月就死了。

【研析】〈餓鬼〉通過一個投胎報恩的故事，塑造了餓鬼馬永這一生動形象。

在文學創作中，有所謂簡筆、繁筆之分。學者周先慎在〈簡筆與繁筆〉中說：「從來文章都提倡簡練，而繁冗拖沓為作文病忌。這誠然是不錯的。然而，文章的繁簡又不可單以文字的多寡論。……看文學大師們的創作，有時用簡：惜墨如金，力求數字乃至一字傳神。有時使繁：用墨如潑，汩汩滔滔，雖十、百、千字亦在所不惜。簡筆與繁筆，各得其宜，各盡其妙。」〈餓鬼〉這篇小說，在用筆的繁簡搭配上，也足有值得我們借鑑學習的地方。

小說第一段以不到五十字的簡潔之筆，勾勒出了馬永三十餘年的生活經歷，家庭狀況，性格特徵等等。這樣的文字，彷彿志書裡邊的人物簡介，真得中國古代史傳文學之神韻。可是就在這簡之不能再簡的文字中，作者也沒有忘記小說的真正職責，進行人物形象的刻劃。「衣百結鶉，兩手交其肩，在市上攫食」，這是再形象不過的描寫語言了。特別是「兩手交其肩」五個字，簡直把一個從骨子裡透出來的「懶」字給寫活了。這真是「言簡意賅」，「是凝練、厚重」到了極點，寥寥數筆，就把一個「餓鬼」形象刻劃得呼之欲出了。

接下來，蒲松齡展開筆墨來寫馬永的兩世為人。兩世為人，共有七十餘年，時間夠長的了。但是蒲松齡並沒有記流水帳，把他其中的所有事情一一記錄在案，而是抓住其中的幾件事情，用繁筆來詳加描述，使呼之欲出的人物形象從幕後走到前臺，讓觀眾看了個眼花繚亂，大呼過癮。

本縣有一位姓朱的老頭，「少攜妻居於五都之市，操業不雅」。就是這樣一個老頭，他暮年回到了家鄉，偏偏行起好來，並逐漸贏得了人們的「禮貌」。馬永在當地是臭名昭著，根本不會有人可憐他，可是因為朱叟剛從外地回來，還不大瞭解馬永的為人，或者是為了故意行好而取得人們的好感，他竟在馬永「為肆人所苦」之時，大發慈悲，不但替他償還了飯錢，還「贈以數百」讓他做本錢，希望他獨立自強。可是，馬永吃光了這幾百錢之後，仍然在集市上「攫食」不止。為了不與朱叟碰面以免陷於尷尬，他不在本縣「攫食」，而是到臨邑活動去了。到了臨邑，他又幹了更不光彩的事，毀壞了文廟裡的聖像，因此惹惱了學官。可是千里做官為發財，學官竟聽信馬永的甜言蜜語，任由他胡作非為，最後，在大家的共同告發下，被縣官活活打死了。

聯繫當時的實際情況，像馬永這樣的人，死了也就死了，不值得同情。馬永死了，估計像這樣無親無故又潑皮無賴的人，到陰間裡也不會有好日子過，所以他不願到陰間去忍受淒涼。他就像狗皮膏藥，貼上了朱叟這個善人死也不肯離開。說是前來報恩，實則是再來沾他的光，過豐衣足食的生活。可是，由於性情魯鈍，通過走關係、投門子才算進了學。傻人有傻命，後來他竟鬼使神差誤撞上考試題目而做了從八品的學官。大概是他的前生飢餓過甚，所以做官後的馬永「官數年，曾無一道義交。惟袖中出青蚨，則作鸕鷀笑；不則睫毛一寸長，稜稜若不相識」。俗話說「好了傷疤忘了疼」，馬永前身就是和學官狼狽為奸被縣令打死的，投生做官之後，還仍然和諸生們過不去，動輒嚴刑拷打、勒索財物，終於犯下眾怒，在秀才們的百般戲弄中嗚呼哀哉了。

蒲松齡在〈餓鬼〉中，給我們示範了簡筆和繁筆結合的關竅和門徑，讓我們感到簡而不枯，繁而不膩，真正做到了「簡筆與繁筆，各得其宜，各盡其妙」。

對此篇，但明倫還有一段評論。他說：「莊生寓言，文心絕妙。是一篇畜類序，是一篇餓鬼序。馬者，驢也；朱者，豬也。餓鬼其名，不為市人所齒也；不雅其業，大為士類所口也。其性情同，其聲氣同，其臭味同，其生財同。以攫食而桎梏以死，冠帶而報之。其報之乎？其醜之也！幸而止于學官，其笑也不過鸕鷀，縱反眼若不相識，亦不過睫毛一寸耳；不則充惡畜餓鬼之量，不且攫盡斯人而食之哉！」在這段文字中，但明倫聯繫馬永、朱叟的姓氏，指出他們的畜類性格，是很有眼光的。但是，這些話似乎有些過分了，對朱叟有點不夠公平。朱叟是好心不得好報，用這麼一個寶貝兒子來作為對他所操不雅之業的回報，確實過於嚴苛了。

閻羅

沂州①徐公星，自言夜作閻羅王②。州有馬生亦然。徐公聞之，訪諸其家，問馬：「昨夕冥中③處分何事？」馬言「無他事，但送左蘿石④升天。天上墮蓮花⑤，朵大如屋」云。

【注　釋】①沂州　州名，治所在今山東臨沂。②閻羅王　簡稱閻王，又叫「閻摩羅王」、「閻魔王」等，是民間傳說的陰間主宰，掌管人的生死和輪迴。③冥中　陰間，迷信謂人死後靈魂所在的地方。④左蘿石　左懋第，字仲及，號蘿石，山東萊陽人。南明赴清談和使者，後被清扣押，寧死不降，後人稱其為「明末文天祥」。⑤天上墮蓮花　謂左懋第得道成佛。蓮花，即蓮花座，佛教徒稱佛座為「蓮花座」或「蓮臺」。

【語　譯】山東沂州徐星先生，自稱夜裡當過閻羅王。州裡有個馬生也是這樣。徐先生聽說，到馬家拜訪，問馬生：「昨天夜裡在陰間處理什麼事？」馬生說「沒別的事，只是送左蘿石升天。天上掉下蓮花，花朵有房子那麼大。」

【研　析】〈閻羅〉寫活人到陰間去做閻王，送左懋第升天成佛的事。

關於人能夠到陰間去執行閻王爺的職責，《聊齋誌異》中多有描寫。如與此篇〈閻羅〉同名的另一篇〈閻羅〉都是兩個人，也是做閻羅，兩篇文章可謂寫法一樣。但是兩位閻羅所做的事情卻正好相反。一人是審訊惡人曹操，一人是超度好人左懋第。

崇禎三年（西元一六三〇年），左懋第鄉試中山東第二名舉人，次年中進士，後任陝西韓城令，崇禎十二年（西元一六三九年）官至戶部給事中，上書提出時局有四弊：民窮、兵弱、臣工推諉、國計虛耗。十四年，督催漕運，道中馳疏言：「臣自靜海抵臨清，見人民飢死者三，疫死者三，為盜者四。米石銀二十四兩，人死取以食。惟聖明垂念。」崇禎十六年（西元一六四三年）秋，出巡長江防務，不久明朝滅亡，其母陳氏絕食而死。

入仕南明，為官清廉。清兵入關，左懋第被任為兵部右侍郎兼右僉都御史，又以陳洪範、馬紹愉為副使，前往北京，通好議和。順治元年（西元一六四四年）十月初，偕二副使及隨從百餘人至北京張家灣，住進鴻臚寺。懋第在鴻臚寺陳設太牢，率隨員北面哭祭三日。十月二十七日多爾袞釋放左懋第南歸。左等走出永定門，馮詮勸多爾袞不要「放虎歸山」，十一月十四日多爾袞遣百騎在滄州追回，被扣留在北京太醫院，牆上遍布荊棘，自言：「生為明臣，死為明鬼，我志也。」

順治二年（西元一六四五年）閏六月十五日頒布剃髮令，隨員艾大選遵旨薙髮，懋第將其亂棍打死，清廷前來責問，懋第曰：「吾自行我法，殺我人，與若何預？」清廷設「太平宴」宴請，懋第拒食。又遣洪承疇前來說降，左懋第說：「此鬼也。洪督師在松山死節，先帝賜祭九壇，今日安得更生？」洪承疇慚愧而退。李建泰又來勸降，左懋第怒斥說：「老奴尚在？先帝寵餞，勒兵剿賊，既不殉國，又失身焉，何面目見我？」左懋第又責問勸降的堂兄弟左懋泰：「此非吾弟也？」隨之將其叱離。多爾袞大怒，親自提審懋第，懋第直立不跪。當問道：「你為何不肯剃頭？」左懋第回答：「頭可斷，髮不可斷！」金之俊勸他：「先生何不知興廢！」左懋第針鋒相對答道：

「汝何不知羞恥！」多爾袞知其不可降，閏六月十九日，命左右推出宣武門外菜市口處死。臨刑時，左懋第南向再拜說：「臣等事大明之心盡矣。」有絕命詩：「峽圻巢封歸路迴，片雲南下意如何；丹忱碧血消難盡，蕩作寒烟總不磨。」隨員陳用極、王一斌、張良佐、王廷佐、劉統等人皆不屈而死。

我們再來看看文天祥就義時的情景。當時，文天祥被押解到菜市口刑場。監斬官問：「丞相還有什麼話要說？回奏還能免死。」文天祥喝道：「死就死，還有什麼可說的？」他問監斬官：「哪邊是南方？」有人給他指了方向，文天祥向南方跪拜，說：「我的事情完結了，心中無愧了！」於是引頸就刑，從容就義。死後在他的衣帶中發現一首詩：「孔曰成仁，孟曰取義，唯其義盡，所以仁至。讀聖賢書，所學何事？而今而後，庶幾無愧。」後人稱左懋第為「明末文天祥」，誠哉，言之不虛也！如此英雄豪傑，是有資格升天成佛的！

大人

長山李孝廉質君❶詣青州，途中遇六七人，語音類燕❷。審視兩頰，俱有瘢，大如錢。異之，因問何病之同。客曰：舊歲客❸雲南，日暮失道，入大山中，絕壑巉巖❹，不可得出。谷中有大樹一章，條數尺，綿綿下垂，蔭廣畝餘。諸客計無所之，因共繫馬解裝，旁樹棲止。夜深，虎豹鴞鴟❺，次第嗥動，諸客抱膝相向，不能寐。忽見一大人來，高以丈計。客團伏，莫敢息。大人至，以手攫❻馬而食，六七匹頃刻都盡。既而折樹上長條，捉人首穿顋，如貫魚狀。貫訖，提行數步，條毳❼折有聲。未數武，大人似恐墜落，乃屈條之兩端，壓以巨石而去。客覺其去遠，出佩刀自斷貫條，負痛疾走。見大人又導一人俱來。客懼，伏叢莽❽中。見後來者更巨，至樹下，往來巡視，似有所求而不得。已乃聲啁啾⑨，似巨鳥鳴，意甚怒，蓋怒大人之紿⑩已也。因以掌批其頰，大人傴僂順受，無敢少爭。俄而俱去。諸客始倉皇出。

荒竄良久，遙見嶺頭有燈火，羣趨之。至則一男子居石室中。客入環拜，兼告所苦。男子曳令坐，曰：「此物殊可恨，然我亦不能箝制⑪。待舍妹歸，可與謀也。」無何，一女子荷兩虎自外入，問客何來。諸客叩伏而告以故。女子曰：「久知兩箇為孽，不圖凶頑⑫若此！當即除之。」於室中出銅鎚，重三四百觔，出門遂逝。男子煮虎肉饗客。肉未熟，女子已返，曰：「彼見我欲遁，追之數十里，斷其一指而還。」因以指擲地，大於脛骨⑬焉。眾駭極，問其姓氏，不答。少間，肉熟，客創痛不食。女以藥屑徧糝⑭之，痛頓止。天明，女子送客至樹下，行李俱在。各負裝行十餘里，經昨夜鬬處，女子指示之，石窪中殘血尚存盆許。出山，女子始別而返。

【注 釋】❶李孝廉質君 李斯義，字質君，長山（今山東濱州鄒平）人，康熙進士，官至福建巡撫。孝廉，明清時對舉人的雅稱。❷燕 周代諸侯國，戰國時為七雄之一，後為秦所滅。舊時用為河北省的別稱。❸客 客居；在外地居住。❹巉巖 險峻的樣子。❺鴟鴞 貓頭鷹一類的猛禽。❻攫 抓取。❼毳 通「脆」。容易折斷。❽叢莽 山林上的草叢與樹叢。❾啁啾 形容鳥叫聲。❿紿 同「詒」。欺騙；欺詐。⓫箝制 控制；約束。⓬凶頑 兇狂且不易制伏。⓭脛骨 小腿雙骨之一，位於小腿的內側。⓮糝 塗抹。

【語 譯】山東長山舉人李質君到青州去，途中遇到六七個人，像是河北口音。細看他們的雙頰，都有疤痕，像銅錢那麼大。李質君很奇怪，便問他們怎麼患了相同的病。旅客們說：去年他們到雲南去，天黑迷了路，進到大山裡，懸崖峭壁，沒法走出來。山谷裡有一棵大樹，枝條有數尺長，連綿不絕地垂下來，樹蔭有一畝多大。大家想著沒地方可去，便一起拴馬卸裝，靠著大樹休息。夜深了，老虎、豹和貓頭鷹此起彼伏地嗥叫，旅客們抱著膝蓋面對面坐著，不能入睡。忽然看見一個巨人走來，高得要以丈來計算。旅客們蜷伏著，不敢喘氣。巨人來到，用手抓起馬來就吃，六七匹馬頃刻都吃光了。接著折下樹上的長枝條，捉住人頭，把腮幫穿住，像穿魚一樣。穿完，提著走了幾步，樹枝脆折，發出聲響。巨人似乎恐怕掉下來，便彎曲樹枝的兩端，用大石頭壓住，離開了。大家發現他走遠了，便抽出佩刀，自己割斷樹枝，忍痛快步逃跑。沒走幾步看見巨人又領著一個人一起來。旅客們害怕，趴在草叢中。只見後來的這個人更大，走到樹下，往來檢查，像在找什麼卻找不到。接著就發出「啾啾」的叫聲，像大鳥鳴叫，看樣子很憤怒，大概惱怒先前那個巨人騙他。於是用手掌打牠的臉頰。那個巨人彎著腰恭順地承受，不敢稍作爭辯。一會兒，兩個人都走了。旅客們這才驚惶地走出來。

在荒野中逃竄了很久，遠遠望見山頭上有燈火，一起跑去。到後發現一個男子住在石頭屋子裡。旅客們進去圍著他行禮，同時訴說自己的災難。男子拉他們坐下，說：「這東西真可恨，但我也不能制服牠。等我妹妹回來，可以跟她商量。」不久，一個女子扛著兩隻虎從外面進來，問客人怎麼到這裡來。旅客們上前跪拜，告訴她原委。女子說：「早就知道兩個怪物作惡，沒想到兇頑到這種地步！得馬上除掉牠們。」她從屋子裡拿出銅錘，重三四百斤，出門就不見了。男子煮虎肉招待客人。肉還沒煮熟，女子已回來了，說：「牠們見到我想逃跑，追了幾十里，斬斷一根手指就回來了。」於是把那手指扔在地上，比小腿骨還粗。大家極為吃驚，問他們的姓氏，他們也不回答。一會兒，肉熟了，客人們因傷口疼痛不能進食。女子拿藥粉都給撒上，疼痛頓時止住。天亮後，女子送客人到那樹下，行李都在。各人背著行李走了十多里，經過昨夜搏鬥的地方，女子指示給他們看，石坑裡殘留的血還有一盆多。出了山，女子才告別回去。

【研　析】〈大人〉共塑造了兩個人物形象：一個是高大殘暴的怪「大人」，一個是制伏「大人」的奇女子。

長山的李質君到青州去，路上遇到六七個人，聽口音像是河北人。這夥人具有河北口音不奇怪，奇怪的是他們每人的兩個腮上都有銅錢大的瘢痕。李質君感到非常奇怪，就問他們為何會有如此奇異的臉頰。聽了他們的回答，不光李質君，就是數百年後的我們，也感到匪夷所思、毛骨悚然了。

這夥人去年做客雲南，日暮時分在深山老林之中解馬歇息。深更半夜，忽然來了一個一丈來高的大人，伸手一一把六七匹馬抓來吃個乾淨，然後又從樹上折一根長條，把六七個人一一捉來，將長樹條穿過他們的腮頰，就像穿著一串魚，然後用石頭壓住樹枝的兩端走了。

底下接著寫這夥人用佩刀割斷樹枝條，躲到遠處。這時那位「大人」回來了，身後還跟著一位更大的「大人」。小「大人」是領大「大人」來吃這六七個河北人的，幸虧他們跑了，否則就變成了這位大「大人」的口中餐了。大「大人」來到樹下，沒有見到想吃的食物，以為小「大人」在騙他，就咆哮著賞了「掌批其頰」。

到這裡，故事進行了一半。讀書至此，我們是否想起了曾經讀過的〈黑獸〉呢？這大「大人」和小「大人」之間的關係，就如同黑獸和老虎之間的關係。好在大「大人」和小「大人」是同類，就如同大官和小官，只是賞一頓耳光，沒有賜死，就算便宜那位小「大人」了。

接著看〈大人〉。那夥客人奔竄良久，終於找到了一戶人家，「至則一男子居石室中」好在這位男子是山中的獵戶，他不但不會加害他們，更會讓他的妹妹幫助這夥客人。這位女子登場了，「一女子荷兩虎自外入」，這得有多大的勇力啊！《水滸傳》中，武松打完一隻虎，便使盡了力氣，累得「手腳都酥軟了，動彈不得」，想拖老虎下山都拖不動了。這女子不光力氣大，脾氣也暴得很。她聽那夥人說過大人的事情，就說：「久知兩箇為孽，不圖凶頑若此！當即除之。」話音剛落，就「於室中出銅鎚，重三四百觔，出門遂逝」，轉眼之間不見了蹤影。「男子煮虎肉饗客。肉未熟，女子已返，曰：『彼見我欲遁，追之數十里，斷其一指而還。』因以指擲地，大於脛骨焉」，這是一段極為精彩的描寫，讓我們想到《三國演義》中「關雲長溫酒斬華雄」的精彩段落：「〈關雲長〉出帳提刀，飛身上馬，眾諸侯聽得關外鼓聲大振、喊聲大舉，眾皆失驚。正欲探聽，鸞鈴響處，馬到中軍。雲長提華雄之頭擲于地上，其酒尚溫」。兩相比較，《聊齋》、《三國》，一短一長，真是各有千秋，各擅勝場，各逞精神，而又異曲同工。

女子給那夥人吃了虎肉，治好了腮傷，天明後送他們出山。走到昨夜女子與大人的打鬥之處，「石窪中殘血尚存盆許」。這是最為精彩的側面描寫，真可謂一字千金，驚風雨而泣鬼神。

與〈大人〉類似的故事，古人也多有記載。如宋人洪邁《夷堅志乙志》中的〈長人國〉、宋人邵伯溫的《河南邵氏聞見前錄》、清人章有謨的《景船齋雜記》中都有記載。看來這樣的故事在古代多有傳誦，並不是蒲松齡憑空創造出來的。

周三

泰安❶張太華，富吏也。家有狐擾，遣制罔效。陳其狀於州尹❷，尹亦不能為力。時州之東亦有狐居村民家，人共見，為一白髮叟。叟與居人通弔問❸，如世人禮。自云行二，都呼為胡二爺。適有諸生謁尹，間道❹其異。尹為吏策，使往問叟。時東村人有作隸者❺，吏訪之，果不誣，因與俱往。即隸家設筵招胡。胡至，揖讓酬酢❻，無異常人。吏告所求，胡曰：「我固悉之，但不能為君效力。僕友人周三，僑居岳廟❼，宜可降伏，當代求之。」吏喜，申謝。胡臨別與吏約，明日張筵於岳廟之東。吏領教。胡果導周至。周虯髯❽鐵面，服袴褶❾。飲數行，向吏曰：「適胡二弟致尊意，事已盡悉。但此輩實繁有徒，不可善諭❿，難免用武。請即假館君家，微勞所不敢辭。」吏轉念：去一狐，得一狐，是以暴易暴也。游移⑪不敢即應。周已知之，曰：「無畏？我非他比，且與君有喜緣，請勿疑。」吏諾之。周又囑：「明日偕家人闔戶⑫坐室中，幸勿譁。」吏歸，悉遵所教。俄聞庭中攻擊刺鬬之聲，踰時始定。啟關出視，血點點盈階上。墀中⑬有小狐首數枚，大如椀琖焉。又視所除舍，則周危坐⑭其中，拱手笑曰：「蒙重託，妖類已蕩滅矣。」自是館於其家，相見如主客焉。

【注釋】❶泰安　州名，治所在今山東泰安。❷州尹　知州。尹，官名，如府尹、京兆尹等等。❸通弔問　有人情交往。弔問，弔祭死者，慰問其家屬。❹問道　借機陳說。❺作隸者　當衙役的人。隸，封建時代的衙役。❻揖讓酬酢　接人待物的禮節。揖讓，賓主相見的禮儀。酬酢，賓主互相敬酒。❼岳廟　指東嶽廟，在泰山下，祭祀東嶽大帝。❽虬髯　拳曲的連鬢鬍鬚。❾袴褶　古代一種軍裝。❿善諭　用好話勸說。諭，告訴；使人知道。⑪游移　猶豫不決。⑫闔戶　關門。⑬墀中　臺階上。⑭危坐　端端正正地坐著。

【語譯】山東泰安的張太華，是個有錢的衙吏。他家裡有狐狸精騷擾，不堪忍受，施法術驅趕也沒有效果。他把情況告訴知州，知州也無能為力。當時州東邊也有狐狸精住在村民家，人們都見過，是個白髮老頭。老頭和居民們互通問候，就像人世間的禮節一樣。他自己說排行第二，人們都稱呼他胡二爺。恰好有秀才拜會知州，談話中說起這件怪事。知州給衙吏出主意，讓他前去問問那老頭。當時東邊村裡人有當聽差的，衙吏問他，果然不假，便和他一同前往。他就在聽差家裡設宴請胡二爺。胡二爺來到，行禮敬酒，與平常人沒有不同。衙吏說出自己的請求。胡二爺說：「這事我原本知道，只是不能為您出力。我的朋友周三，寄居在東嶽大帝廟，應該可以降伏妖物，我會替您去求他。」衙吏很高興，恭順地向他道謝。胡二爺臨別跟他約定，明天在東嶽大帝廟東邊設宴。衙吏答應了。胡二爺果然領了周三來。周三鬍子蜷曲，面如鐵色，穿著騎兵的服裝。酒過數巡，周三對衙吏說：「剛才胡二弟講了您的意思，事情我已全知道了。但這些狐妖確實有很多黨羽，不能和善地勸導，難免要動武。讓我借住在您家，以便效些微之勞。」衙吏轉念想：除去一個狐狸精，又引來一個狐狸精，這是以兇暴代替兇暴。他猶豫著不敢馬上答應。周三已知道他的心思，說：「莫非害怕嗎？我不是別的狐狸精所能相比的，並且與您有一段好緣分，請不要懷疑。」衙吏同意了。周三又叮囑道：「明天帶著家人關起門坐在房間裡，不要喧譁。」衙吏回家，都照他的話辦。一會兒，聽見院子裡攻擊打鬥的聲音，過了好久才平息。開門出來一看，臺階上灑滿點點血跡。臺階上有幾個小狐狸腦袋，像碗口、杯口那樣大。又看打掃出來的房間，周三端坐在裡面，拱著手笑道：「承蒙重託，妖類已經掃蕩滅絕了。」從此他住在衙吏家，相見就如同賓主一般。

【研 析】〈周三〉寫狐狸周三滅除作祟的同類，為人除害的故事。

蒲松齡是寫狐狸的高手，《聊齋誌異》中寫了無以計數的狐狸。當然，狐狸也和人一樣，人有好人壞人，狐狸也有好狐狸與壞狐狸之分。《聊齋誌異》中寫了很多可愛、可親的好狐狸，也寫了一些可恨、可惡的壞狐狸。

泰安州的富吏張太華家裡鬧狐狸，就向他的上司知州求助，知州沒有辦法，就介紹他去找狐老頭胡二爺，胡二爺說，他雖然知道張太華家鬧狐狸這件事，但是他不能出面為之去除，他又介紹了除狐能手周三。〈周三〉這篇故事，雖然題目是〈周三〉，篇幅過了一半，周三才姍姍出場。就如同《三國演義》中諸葛亮的出場，正因為姍姍來遲，才顯示其氣度不凡。周三雖然最後出場，可一出場就滿場生輝：「周虬髯鐵面，服袴褶。」光看他那一把大鬍子，就知道他道業非凡，再加上他那一身專業打扮，就更加讓人相信他的神通廣大了。當然，張太華也是這麼想的。所以他才認為「去一狐，得一狐，是以暴易暴也」。但是，周三不光法術高強，也很瞭解人的心理，他看破張太華的心思後說：「得無相畏耶？我非他比，且與君有喜緣，請勿疑。」並且還囑咐說：「明日偕家人閫戶坐室中，幸勿譁。」到了這個份上，張太華是箭在弦上，不得不發了：要麼不求周三，周三既然來了就由不得別人做主了。好在周三言而有信，不但剿滅了群狐，還與張太華相安無事。

這篇〈周三〉在寫法上依然採取了「只聞其聲不見其人」的側面描寫：「俄聞庭中攻擊刺鬬之聲，踰時始定」，寥寥十餘字，就把一場異常慘烈的屠殺寫得驚心動魄、讓人肝膽俱裂。這種寫法，以簡馭繁，以少少勝多多，值得我們借鑑學習。

戲縊

邑人某，佻㒓❶無賴。偶游村外，見少婦乘馬來，謂同游者曰：「我能令其一笑。」眾不信，約賭作筵。某遽❷奔去，出馬前，連聲譁曰：「我要死！」因於牆頭抽粱䕸一本❸，橫尺許，解帶挂其上，引頸作縊狀。婦果過而哂❹之，眾亦粲然。婦去既遠，某猶不動，眾益笑之。近視，則舌出目瞑，而氣真絕矣。粱幹自經，不亦奇哉？是可以為儇薄❺者戒。

【注釋】❶佻㒓　輕薄放蕩；輕浮。❷遽　急；迅速。❸粱䕸一本　一根高粱稈。一本，一根。❹哂　微笑。❺儇薄　輕薄。

【語譯】我們縣有個人，輕佻無賴。偶然到村外遊玩，看見少婦騎馬過來，對一同遊玩的人說：「我能讓她笑一笑。」大家不信，約定打賭請客。這人快跑過去，到那少婦馬前，連聲喊叫：「我要死！」於是從牆頭抽出一根高粱稈，橫出一尺多，解下衣帶掛在上面，伸長脖子作出上吊的樣子。少婦果然經過時笑了，大家也笑了。少婦離去已遠，這人還不動，大家更笑他。走近一看，他舌頭伸出來，眼睛閉上，真的斷了氣。用高粱稈上吊，不也奇怪嗎？這可以作為輕薄者的鑑戒。

【研　析】〈戲縊〉寫一輕浮之人為逗陌生少婦一笑自縊而死的故事。

世界上的人千奇百怪。有老成持重之人，也有輕薄放浪之人；有不苟言笑之人，也有戲謔調笑之人……。正因為有了這林林總總的芸芸眾生，人生才顯得豐富多彩，充滿魅力；才不至於像死水一潭那樣毫無生氣，也不至於像毛毛細雨那樣輕飄無力。但是，老成持重也罷，輕薄放浪也罷，不苟言笑也罷，戲謔調笑也罷，如果不聯繫具體環境、具體事件，僅僅從理論上講，便無從判別其優劣得失。哪一種性格好，哪一種性格不好，關鍵是看其在具體的環境和事件中的所作所為，是否對自身有益，對別人無害。

放開老成持重和不苟言笑不說，在此，我們只說輕薄放浪和戲謔調笑。在〈霍生〉中，霍生與嚴生從小就經常鬥嘴調笑，一接生婆知道嚴生妻子的陰部有兩個贅疣，就告訴了霍生的妻子，霍生的妻子又告訴了霍生，霍生就和別人談論嚴生的妻子和自己有私，別人不信，他就說嚴生妻子的陰部有一對贅疣，並故意讓嚴生聽見。嚴生聽見後，回家拷打自己的妻子，妻子不招，上吊而死。後來，嚴生妻子的鬼魂追死了嚴生和霍生的老婆，霍生也在夢中遭到嚴生妻子的巴掌抽打。醒來之後，霍生的嘴脣上長了兩個贅疣。一句胡說八道，死了好幾條人命，這樣的戲謔胡鬧，是要不得的。

〈戲縊〉講的這個故事，也足以引起「佻撻無賴」者的警覺。實際來說，這篇故事中的這位

「佻健無賴」者，本沒有什麼害人之心，只是想開個玩笑而已。他大概粗識文墨，知道「周幽王烽火戲諸侯」的故事，也想效仿周幽王逗引一下這個陌生的少婦。他本想模擬上吊的動作，引少婦一笑，附庸風雅，打個賭贏點酒喝，也沒有大的惡意。可是，少婦雖然笑了，大家也都笑了，他卻連氣也不喘了，他真的伸著舌頭在一根高粱稈上吊死了。開玩笑不要緊，拿別人的老婆開玩笑，後果就很嚴重了。

還有拿自己的兒媳婦開玩笑的。〈瞳人語〉中，蒲松齡還講了一個小故事：鄉村中有一位讀書人，有一天同兩個朋友走在路上，遠遠望見有個年輕婦女騎著驢子，走到他們前面去了。他一見便開玩笑地吟道：「有位美人啊！」回過頭來對兩位朋友說：「追上去！」他們笑著向前趕去。不一會兒，便追上了，一看卻是自己的兒媳婦，立刻默默地不再說什麼。兩位朋友心裡明白，假裝不知道她是誰家的，便品頭論足，說了不少下流的調戲話。這讀書人聽後十分難堪，吞吞吐吐地陪笑說：「這女人是我家大兒媳婦。」聽他這樣一說，於是大家忍住笑，拉倒了。性情輕佻的人往往是自己侮辱自己。

《詩經・衛風・淇奧》云：「善戲謔兮，不為虐矣。」謔，就是開玩笑；虐，就是侵害、傷害。雖然開玩笑，但不捉弄和傷害人，這才是戲謔調達的最佳分寸。傷害別人者，往往也會傷害自己，「佻健無賴」者一定要謹記在心。

郭秀才

東粵❶士人郭某，暮自友人歸，入山迷路，竄榛莽❷中。更許，聞山頭笑語，急趨之。見十餘人，藉地❸飲。望見郭，鬨然曰：「坐中正欠一客，大佳，大佳！」郭既坐，見諸客半儒巾，便請指迷❹。一人笑曰：「君真酸腐！舍此明月不賞，何求道路？」即飛一觥❺來。郭飲之，芳香射鼻，一引遂盡。又一人持壺傾注。郭故善飲，又復奔馳吻燥，一舉十觴❻。眾人大贊曰：「豪哉！真吾友也！」

郭放達喜謔❼，能學禽語，無不酷肖。離坐起溲❽，竊作燕子鳴。眾疑曰：「半夜何得此耶？」又效杜鵑，眾益疑。郭坐，但笑不言。方紛議間，郭回首為鸜鵒鳴曰：「郭秀才醉矣，送他歸也！」眾驚聽，寂不復聞。少頃❾，又作之。既而悟其為郭，始大笑。皆撮口從學，無一能者。一人曰：「可惜青娘子未至。」又一人曰：「中秋❿還集於此，郭先生不可不來。」郭敬諾。一人起曰：「客有絕技；我等亦獻踏肩之戲，若何？」於是譁然⓫並起。前一人挺身矗立；即有一人飛登肩上，亦矗立；累至四人，高不可登；繼至者，攀肩踏臂，如緣梯狀：十餘人，頃刻都盡，望之可接霄漢。方驚顧間，挺然倒地，化為修道⓬一綫。

郭駭立良久，遵道⓭得歸。翼日，腹大痛；溺⓮綠色，似銅青，着物能染，亦無溺氣，三日乃已。往驗故處，則肴骨狼籍⓯，四圍叢莽，並無道路。至中秋，郭欲赴約，朋友諫止之。設斗膽⓰再往一會青娘子，必更有異，惜乎其見⓱之搖也！

【注釋】❶東粵　地區名，相當於今之廣東。❷榛莽　雜亂叢生的草木。❸藉地　坐在地上。❹指迷　指點迷途。❺飛一觥　傳一杯酒。觥，古代盛酒器，此指酒杯。❻觴　古代盛酒器，此指酒杯。❼喜謔　喜歡開玩笑。❽溲　大小便，特指小便。❾少頃　一會兒；片刻。❿中秋　中秋節，農曆八月十五日。⓫譁然　人多聲雜的樣子。⓬修道　長長的道路。⓭遵道　沿著此路。遵，沿著。⓮溺　同「尿」。⓯狼籍　亂七八糟；雜亂不堪。⓰斗膽　大膽。⓱見　見識；主意。

【語 譯】廣東東部的讀書人郭某，黃昏時從友人處回家，進入山中迷了路，在林莽之中亂闖。大約走了一個更次，他聽到山頂有說笑的聲音，就急忙跑過去。只見十來個人坐在地上喝酒。那些人看見郭某來了，齊聲說：「座中正少一位客人，太好了！太好了！」郭某坐下以後，看見這些人裡一半是秀才，便請他們指點迷途。有一個人笑著說：「您真酸腐！放棄明月不賞，卻來問什麼路？」立時給郭某遞過來一大杯酒。郭某喝了一口，芳香撲鼻，一飲而盡。又有一個人拿著酒壺斟酒。郭某本來擅長喝酒，又跑了半天，早就口渴了，一連喝了十大杯。眾人高聲稱讚：「真豪爽！的確是我們的朋友！」

郭某豁達開朗，喜歡開玩笑，能夠學鳥叫，學起來沒有不酷似的。他離開座位去小便，暗中學了幾聲燕子叫。眾人疑惑地說：「半夜怎麼會有燕子叫呢？」郭某又學杜鵑，眾人更加疑惑。郭某坐下來，只是笑，不說話。大家正在議論的時候，郭某回過頭去，學鸚鵡叫道：「郭秀才醉了，送他回去吧！」眾人驚訝地聽著，又靜下來，什麼也聽不見了。一會兒，鸚鵡又叫起來。眾人醒悟過來，知道是郭某在學鳥叫，這才大笑起來。大家都撮起嘴脣跟著學，卻沒有一個能學成的。一個人說：「可惜青娘子沒有來。」又一個人說：「中秋節還會在這裡聚會，郭先生不能不來！」郭某恭敬地答應了。有一個人站起來說：「客人身懷絕技，我們也獻上踏肩的遊戲，怎麼樣？」眾人紛紛響應，一起站起來。前面一個人挺直身軀矗立；馬上有一個人飛身躍上他的肩頭，也矗立著；一連疊加到第四個人，高得無法再跳上去了；後面的人，攀著肩頭、踏著臂膀，像爬梯一樣向上攀：十幾個人一下子都登了上去，望上去可以直接雲霄。郭某正在驚奇地看著，疊著的人梯直挺挺地倒下來，化成一條長長的道路。

郭某驚駭地佇立了很久，才沿著這條路回到家裡。第二天，郭某腹部十分疼痛，排出的小便是綠色的，很像銅綠，遇著東西可以染色，也沒有尿臊味，三天才停止。回到迷路的地方查看，只見殘羹剩菜滿地狼藉，四周都是叢林，並沒有道路。到了中秋節，郭某想去赴約，朋友們勸阻了他，假如郭某斗膽再去見見青娘子，一定會有更奇異的事。可惜他的心動搖了！

【研析】〈郭秀才〉通過一個夢幻般的故事，寫了兩種精彩的民間藝術：口技和踏肩之戲。

俗話說，非常之人方能為非常之事。我們可以模仿一句說：非常之人方能有非常之遇。〈郭秀才〉寫的就是郭秀才這個非常之人，所遇到的一件非常之事；通過這件非常之事，展示了兩種非常驚人的絕技。

為什麼說郭秀才是非常之人呢？郭秀才赴朋友之約，晚上回家，入山迷路，走進了雜草亂樹之中。想一想，郭秀才是從朋友家回家的；既然是朋友，就不可能是初次往來。能從朋友家晚上回來，說明路途應當不遠。可就是這樣一段熟門熟路的旅途，郭秀才怎麼會迷了路呢？或許，不是郭秀才真的記性不好或者是喝醉了酒誤入深山，而是山頭這夥人幻化出一片山林，把郭秀才引入了迷途。這一點，從下文他們疊人梯鋪路送郭秀才出山，就可以得到證明。郭秀才多次經過此地，可偏偏今天晚上迷了路，這也說明他和那十幾個人是有夙緣的。有緣，這是郭秀才的第一非常之處。

其次，郭秀才見怪不怪，能夠從容問路，足以顯示他的膽量不小；接著能夠來者不拒，痛飲美酒，不做酸腐秀才，而做賞月的雅士，得到眾人的一致好評：「豪哉！真吾友也！」豪爽，這是郭秀才的第二非常之處。

如果僅僅有此兩點，喝完酒、賞完月回家睡覺，也算一件人生快事了。但是，山高才能顯出水長，藝高才能顯出膽大，郭秀才的第三非常之處，是他有精妙絕倫的口技表演才能，「郭放達喜謔，能學禽言，無不酷肖」，他先後模仿了燕子、杜鵑、鸚鵡的叫聲，把大家逗得哄堂大笑，「皆撮口從學」，只不過沒有人學得像而已。

這些人雖然不會口技，卻會「踏肩之戲」，「前一人挺身矗立；即有一人飛登肩上，亦矗立；累至四人，高不可登；繼至者，攀肩踏臂，如緣梯狀：十餘人，頃刻都盡，望之可接霄漢。方驚顧間，挺然倒地，化為修道一綫」。我們說非常之人才能有非常之遇，能夠看到這樣精妙無雙的「踏肩之戲」的人，世上能有幾個？這才是不折不扣的、百分之百的奇遇！

本來還有更大的奇遇在後邊，因為那十幾個人和郭秀才約好中秋節還在此相會，到時，那位躲在幕後、神祕異常的青娘子將會出現，不知她是怎樣的一個人，能夠使得眾人在欣賞了郭秀才的表演後「可惜」她的不在。想來會有兩種可能：一種是她能和郭秀才配合演出更為精妙的節目，一種是她的節目肯定比郭秀才的還要精彩。可惜，郭秀才改變了主意，沒有前往赴約。但明倫在「至中秋，郭欲赴約，朋友諫止之」一句下評論說：「才得出路，又欲再入迷途耶？不有良朋，我知其為黃鶴矣。」這些話就有些「酸腐」了。試想，那夥人如果想要郭秀才的命，何須等到八月十五？何況他們還被郭秀才的口技所征服，欲待約請青娘子來觀賞鬥奇？蒲松齡說：「設斗膽再往一會青娘子，必更有異，惜乎其見之搖也！」這才是廣大讀者讀罷此篇的共同心聲。

死僧

某道士，雲游❶日暮，投止野寺。見僧房扃閉❷，遂藉蒲團❸，趺坐❹廊下。夜既靜，聞啟闔❺聲。旋見一僧來，渾身血污，目中若不見道士，道士亦若不見之。僧直入殿，登佛座，抱佛頭而笑，久之乃去。及明，視室，門扃如故。怪之，入村道所見。眾如寺，發扃驗之，則僧殺死在地，室中席篋❻掀騰，知為盜劫。疑鬼笑有因；共驗佛首，見腦後有微痕，刓❼之，內藏三十餘金。遂用以葬之。

異史氏曰：「諺有之：『財連於命。』不虛哉！夫人儉嗇封殖❽，以予所不知誰何之人，亦已癡矣；況僧並不知誰何之人而無之哉！生不肯享，死猶顧而笑之，財奴之可歎如此。佛云：『一文將❾不去，惟有業❿隨身。』其僧之謂夫！」

【注釋】❶雲游 僧道漫遊四方，行蹤不定。❷扃閉 關閉。扃，上門；關門。❸蒲團 以蒲草編織而成之圓形扁平坐具，乃僧人坐禪及跪拜時所用之物。❹趺坐 佛教徒坐法之一，即互交二足，將右腳盤放於左腿上，左腳盤放於右腿上的坐姿。❺啟闔 開門。闔，門扇。❻席篋 席子和箱子。篋，小箱子。❼刓 挖；剜。❽儉嗇封殖 節儉吝嗇，聚斂財物。儉嗇，節儉；吝嗇。封殖，聚斂財貨。❾將 拿；帶。❿業 佛教徒稱一切行為、言語、思想為業，分別叫做身業、口業、意業，合稱三業，包括善惡兩面，一般專指惡業。

【語譯】某道士雲遊四方，黃昏時到野外一所寺院投宿。看見僧房緊鎖，於是把蒲團放在地上，在走廊盤腿打坐。夜裡很寂靜，道士聽到開門聲。一會兒，看見一個和尚走了進來，渾身血汙，似乎沒有看見道士，道士也假裝看不見他。和尚逕直走入大殿，登上佛座，摟著佛像的頭笑起來，過了很久才離開。天亮了，道士看看屋裡，房門依然鎖著。他感到很奇怪，進村後把見到的情況告訴了村民。村民來到寺院，打開門鎖查看，只見和尚死在地上，房子裡的箱櫃都被掀開，大家知道是被盜賊搶劫了。大家懷疑鬼笑一定有原因，一起驗看佛像的頭，發現它的腦後有細小的痕跡，用刀挖開，裡面藏著三十多兩銀子。大家就用這錢把和尚埋葬了。

異史氏說：「俗話說：『財連著命。』這話不假啊！一個人吝嗇成癖，聚斂錢財，留給自己也不知道是誰的人，這已經是愚蠢了；何況和尚連那不知是誰的人也沒有呢！活著時不肯享用，死了還對著它笑，守財奴如此可歎。佛說：『死後一文錢也帶不走，只有罪孽跟著你。』正是說這個和尚的啊！」

【研析】〈死僧〉寫一雲遊僧人夜宿荒寺，目睹寺僧死後猶有藏金的故事。

在《聊齋誌異》中，有時稱僧人為「道士」或「道人」。如〈尸變〉篇：「至東郊，瞥見蘭若，聞木魚聲，乃急撾山門。道人訝其非常，又不即納。」在這裡的道人是指僧人。實際上，自古以來，就有將僧人稱為道士的傳統。如南朝梁慧皎《高僧傳・義解一・晉剡東仰山竺法潛》：「愀嘲之曰：『道士何以遊朱門？』潛曰：『君自覩其朱門，貧道見為蓬戶。』」王漁洋《池北偶談・談異六・放生池》：「老僧忽云：『貧道有一法寶，藏之久矣，今贈居士。』視之，即王文正公金書《法華經》也。」在〈死僧〉中，這位道士「見僧房扃閉，遂藉蒲團，趺坐廊下」，可見他是一位僧人。

為了行文方便，我們還是稱這位雲遊僧人為道士。這位道士到處雲遊，最方便的投宿之地當然就是遍布大地的大小佛寺了。這天晚上，他來到了香火並不很旺，香客也不很多的一座野寺。所謂野寺，就是野外的廟宇。唐韋應物〈酬令狐司錄善福精舍見贈〉詩：「野寺望山雪，空齋對竹牀。」宋蘇軾〈遊杭州山〉詩：「山平村塢迷，野寺鐘相答。」清張錫祚〈謁韋刺史祠〉詩：「道心棲野寺，詩思冷秋塘。」這都寫出了野寺的清淨和寂寥。道士來到這座野寺時，天已經黑了，他看到僧房的大門已經鎖閉，為了不打破寺廟的清寂，他就趺坐在蒲團上，做起功課來。

夜深人靜，闃無聲響。道士突然聽到嘎嘎的開門聲。接著他看到一個滿身血汙的僧人闖了進來。「目中若不見道士，道士亦若不見之」，這位道士畢竟雲遊四海，多有江湖經驗，他看到這位血僧沒看見他，他也就裝作沒看見血僧，以便靜觀其變。「僧直入殿，登佛座，抱佛頭而笑，久之乃去」，這是非常詭異的一幕，所以道士自己弄不明白是怎麼回事，就到村裡去詢問，最後終於明白了事情的原委：原來是夜裡來了強盜，翻箱倒櫃之後殺死了僧人；人們根據僧人抱著佛頭而笑的情景，挖開佛頭，發現佛頭裡藏著三十多兩銀錢，正好用這些錢安葬了他。

蒲松齡在「異史氏曰」中對此事進行了評價，表達了他反對貪吝的財富觀。在蒲松齡看來，人們「儉嗇封殖」，積累財富，本意可能是供自己享用，或者留給子孫繼承，但從一個較長的時期來看，人們辛辛苦苦積累下來的財富，最終會流向哪裡、落到誰人手裡卻不能確定。如此看來，貪吝的行為實在是很傻很無知的做法。對於這位道士而言，他積累下的財富沒有落到任何人手裡，即財富的享用者和繼承者根本不存在，而僅僅是作為埋藏自己的花費，這不更具有諷刺意義嗎？因此，蒲松齡用財富流向的不確定性解構了世俗積累財富的觀念。所以，「生不肯享，死猶顧而笑之」的守財奴是令人悲歎的，也是令人警醒的。

橘樹

陝西❶劉公，為興化❷令。有道士來獻盆樹，視之，則小橘，細裁❸如指，擯❹弗受。劉有幼女，時六七歲，適值初度❺。道士云：「此不足供大人清玩❻，聊祝女公子❼福壽耳。」乃受之。女一見，不勝愛悅。寘諸閨闥❽，朝夕護之，唯恐傷。劉任滿，橘盈把矣。是年初結實。簡裝將行，以橘重贅，謀棄之。女抱樹嬌啼。家人紿❾之曰：「暫去，且將復來？」女信之，涕始止。又恐為大力者負之而去，立視家人移栽墀❿下，乃行。

女歸，受莊氏聘。莊丙戌⓫登進士，釋褐⓬為興化令。夫人大喜。竊意十餘年，橘不復存，及至，則橘已十圍，實纍纍以千計。問之故役，皆云：「劉公去後，橘甚茂而不實⓭，此其初結也。」更奇之。莊任三年，繁實不懈；第四年，憔悴無少華⑭。夫人曰：「君任此不久矣。」至秋，果解任⑮。

異史氏曰：「橘其有夙緣於女與？何遇⑯之巧也。其實也似感恩，其不華也似傷離。物猶如此，而況於人乎？」

【注　釋】❶陝西　陝西省，轄區與今陝西略同。❷興化　縣名，揚州府高郵州興化縣，即今江蘇泰州興化。❸裁　才。❹擯　排斥；拒絕。❺初度　生日。《楚辭·離騷》：「皇覽揆余初度兮。」❻清玩　供賞玩的雅致的東西，此為請人玩賞的敬辭。❼女公子　對別人女兒的尊稱。❽閨闥　未嫁女子的閨房。❾紿　同「詒」。欺騙；欺詐。❿墀　臺階。⓫丙戌　康熙四十五年。⓬釋褐　脫去平民衣服，喻始任官職。⓭茂而不實　枝葉繁茂而不結果實。⓮華　花。⓯解任　卸任；停職。⓰遇　機遇。

【語　譯】陝西的劉公，任福建興化縣縣令。有個道士來獻給他一盆樹，劉公一看，原來是一棵小橘樹，才有手指那麼細，拒絕不受。劉公有個小女兒，當時六七歲，正好是她的生日。道士說：「它不足以供您賞玩，就算是祝賀您女兒生日的禮物吧。」劉公便收下了。小女兒一見這小橘樹，十分喜愛。她把它擺放在閨房中，早晚護著，惟恐傷著它。劉公任期屆滿時，橘樹已有一把手握過來那麼粗了。這一年橘樹第一次結果。劉公整理行裝，將要離開，因為橘子樹累贅，想把它扔掉。小女兒抱著橘子樹嬌聲啼哭。家人騙她說：「暫時離開，幾天後我們還會回來？」小女兒相信了，這才收住了眼淚。她又怕橘樹被力氣大的人拿走，就站在那裡看著家人把橘樹移栽在臺階下，這才離開。

回故鄉後，小女兒許配給莊家。莊某在丙戌年間考取了進士，脫去平民衣服做興化縣縣令。夫人非常高興。心想：十多年了，橘樹不會存在了。到了興化，卻發現橘樹已經十圍那樣粗，結滿了數以千計的果實。夫人向以前的僕人打聽，僕人們都說：「劉公離開後，橘樹長得很茂盛，但不結果，這是第一次結果。」夫人更是感到驚奇。莊某任職三年，橘樹一直果實纍纍；第四年，橘樹憔悴了，沒有多少花。夫人說：「夫君在此任職不會很久了。」到了秋天，莊某果然解職了。

異史氏說：「難道橘樹和小女兒有前世的姻緣嗎？怎麼相遇如此奇巧呢。它結果實就像是在報答恩情，它不開花就像是為離別感傷。植物能夠這樣，何況人呢？」

【研析】〈橘樹〉通過一棵橘樹和一位女子的因緣機遇，表達了一種美好溫馨的世間人情。

一提到「橘樹」我們馬上就想到〈橘頌〉，就想到詩人屈原。「橘」與詩人屈原的形象之間有著緊密的聯繫，體現了詩人屈原忠於祖國、至死不渝的精神，體現了詩人高潔的人格形象等。屈原借橘樹讚美堅貞不移的品格，認為橘樹是天地間最美好的樹，因為它不僅外形漂亮，「精色內白」、「文章爛兮」，而且它有著非常珍貴的內涵，比如它天生不可移植，只肯生長在南國，這是一種一心一意的堅貞和忠誠，再如它「深固難徙，廓其無求」、「蘇世獨立，橫而不流」，這使得它能堅定自己的操守，保持公正無私的品格。最後屈原表達了自己願意以橘樹為師，與之生死相交的願望。

自古以來，不光屈原喜歡橘樹，普通百姓也都喜歡橘樹，因為橘樹除了屈原所說的那些高貴品質，還因為語音上橘（也作「桔」）與「吉」的字音相近，人們常以橘喻吉，視橘為吉祥物，以為吉祥嘉瑞。所以，在節慶日或者生辰百歲等日子送人一棵橘樹，是一件高雅美好、祝願祈福的事情。

劉公在興化做縣令，有道士送來一棵盆橘，因為盆中的橘樹只有手指頭那麼細，劉公就謝絕不接受。其實，這位道士來獻橘樹，衝的不是縣令劉公，而是劉公的女公子。女公子當時六七歲，正好碰上生日，就把這「聊祝福壽」的小小橘樹留下來，並且擺放在閨房中，朝夕看護著，唯恐被人傷害。看到這樣的情景，我們已經感到這個小小橘樹和女公子的因緣一定非比尋常了。我們還記得〈石清虛〉的開頭一段文字：「邢雲飛，順天人。好石，見佳不惜重直。偶漁於河，有物挂網，沉而取之，則石徑尺，四面玲瓏，峰巒疊秀。喜極如獲異珍。既歸，雕紫檀為座，供諸案頭。每值天欲雨，則孔孔生雲，遙望如塞新絮。」愛石頭愛到成癖，定然會有非比尋常的際遇，愛橘樹愛到像女公子這樣，其後的故事也肯定大有看頭了。

果然，到劉公任滿離職的時候，這棵橘樹已經長得一把粗了，並且還第一次結了果。因此，女公子哭著喊著要把這棵樹帶走。「抱樹嬌啼」、「立視家人移栽墀下」，這幾個極為簡單的動作情態，就把女公子愛橘成癖的嬌憨性格給寫活了。後來，真是有緣分，女公子嫁給了莊氏，莊氏又到興化縣做縣令，女公子因為惦記著那棵橘樹，就隨行到了興化縣衙。巧的是十餘年後，那棵橘樹安然無恙，並且已經長得有十圍之粗，果實纍纍成百上千了。更讓人感到驚奇的是，自從劉公離任，此樹就光長葉子不開花，現在是劉公離任後的，也就是莊氏到任後的第一次結果。因此，莊夫人更加認識到了這棵橘樹和自己的因緣關係。果然，當橘樹再一次憔悴少華之時，莊氏的任期也就滿了，莊夫人也不得不再次離開這棵橘樹。

樹和人真有因緣關係嗎？現代人認為沒有，古人都認為是有的。再舉一個例子，南朝梁吳均《續齊諧記》中記了一個故事：田真與弟弟田慶、田廣三人商議分家，別的財產都已分妥，只剩下堂前的一株紫荊樹沒分。兄弟三人商量將荊樹截為三段。第二天，當田真去截樹時，發現樹已經枯死，好像是被火燒過一樣。他十分震驚，就對兩個弟弟說：「這樹本是一條根，聽說要把它截成三段，所以就枯死了，人卻還不如樹木。」兄弟三人都非常悲傷，決定不再分樹，荊樹立刻復活了。他們大受感動，把已分開的財產又合起來，從此不提分家的事。後人就以「紫荊」作為讚美兄弟之間團結的象徵。

蒲松齡說：「物猶如此，而況於人乎？」是啊，物與人之間尚有如此溫情，人與人之間不更應如此嗎？

赤字

順治乙未❶冬夜，天上赤字❷如火。其文云：「白茗代靖否復議朝治馳。」

【注釋】❶順治乙未　順治十二年，即一六五五年。❷赤字　紅色的文字。

【語譯】順治乙未年冬天的一個夜晚，天上出現了火紅色的字。文字是：「白茗代靖否復議朝治馳。」

【研析】〈赤字〉全文僅二十五字，是《聊齋誌異》中最短的一篇文章。

像〈赤字〉這樣的小文章，把它看做純粹的「誌異」之作，是完全可以的。與之性質相類的還有〈瓜異〉、〈土化兔〉等。這樣的文章，都是寥寥數語，記一件奇異之事，雖然不可思議，卻能新人耳目，引起一種驚異之感，享受一種怪異之美，因此也具有一定的文學價值。

當然，也有的讀者從簡短的文字裡讀出了微言大義。有人就說這些字是一則讖語，具有強烈的反清意識，「白茗代靖否復議朝治馳」有兩解：一、「是否用白茗（山藥、薯類食用物）靖難賑災安撫百姓報送朝廷再次商討」；二、「以『白茗代靖』不可以，馳報朝廷再議」。到底是不是這樣的意思呢？誰也不敢肯定，如果能繼續研討下去，或許有一天能使這則文字謎的答案水落石出，那將是很有意義的事情。

與蒲松齡同時的王漁洋在其《池北偶談》中也對蒲松齡提到的這一神祕現象做了記錄：「順治乙未冬夜，天上有赤字如火。其文云：『白苕代靖否，伏議朝治馳。』移時始散，沂莒間見之。」兩則記錄，文字稍有異同，一併抄在這裡，以廣讀者見聞。

梓潼令

常進士大忠，太原❶人。候選❷在都。前一夜，夢文昌投刺❸。拔籤，得梓潼令❹，奇之。後丁艱❺歸，服闋❻候補，又夢如前。默思豈復任梓潼乎？已而❼果然。

【注釋】❶太原　府名，治所在陽曲縣，即今山西太原。❷候選　清制，內自郎中，外自道員以下官員，凡初由考試或捐納出身，及原官因故開缺依例起復，皆須赴吏部報到，開具履歷，呈送保結。吏部查驗屬實，允許登記後，聽候依法選用，稱候選。❸文昌投刺　文昌，即文昌帝君，又稱梓潼帝君，為民間和道教尊奉的掌管士人功名祿位之神。投刺，投遞名帖。刺，名片；名帖。❹梓潼令　梓潼縣的縣令。梓潼，縣名，即今四川綿陽梓潼。❺丁艱　亦稱丁家艱，指遭逢父母喪事。❻服闋　守喪期滿除服。闋，終了。❼已而　不久；後來。

【語　譯】進士常大忠是太原人。他在京都聽候吏部選用。在委任的前一天晚上，夢見文昌帝君送上名片來拜會他。他於是求了一籤，籤上說他將任四川梓潼縣令，常大忠感到很驚奇。後來，常大忠因為父親去世而回家守喪。守喪期滿，赴吏部候補選官，又做了一個和以前一樣的夢。常大忠暗想，難道還是在梓潼縣任職嗎？後來果然如此。

【研　析】〈梓潼令〉寫太原常大忠夢中見到梓潼帝君來訪，後來果然擔任梓潼縣令的異事。

常大忠考中了進士，在京侯選，等待做官赴任。夜裡，他夢到文昌帝君，也就是梓潼帝君來拜訪。第二天，公布他的官職，果然是梓潼令。「奇之」，這夠神奇了吧？更神奇的還在後頭呢。後來，他的父親或者是母親去世了，他回家按制守喪。守喪完畢，再次到京侯補，又做了和從前一樣的夢。他想，難道還要到梓潼縣擔任縣令嗎？不久，任命書下來，果然不錯。

常大忠命裡該做梓潼令，即使放下官職不做回家守喪，到頭來還是要回到梓潼縣做他命中註定的梓潼縣令。這正如《景德傳燈錄・尸利禪師》裡所說：「一飲一啄，各自有分，不用疑慮。」在古代各種通俗小說裡經常出現這句話，意思就是說凡事必有因果，命裡面有的，丟都丟不掉；命裡沒有，求也求不來。這種思想意識在《聊齋誌異》的其他篇目中也屢有體現。

鬼津

李某晝臥，見一婦人自牆中出，蓬首如筐❶，髮垂蔽面；至牀前，始以手自分，露面出，肥黑絕醜。某大懼，欲奔。婦猝然❷登牀，力抱其首，便與接唇，以舌度津❸，冷如冰塊，浸浸❹入喉。欲不嚥而氣不得息，嚥之稠黏塞喉。才一呼吸，而口中又滿，氣急復嚥之。如此良久，氣閉不可復忍。聞門外有人行聲，婦始釋手去。由此腹脹喘滿，數十日不食。或教以參蘆湯❺探吐之，吐出物如卵清，病乃瘥❻。

【注　釋】❶蓬首如筐　披頭散髮，如同草筐。蓬首，形容頭髮散亂如飛蓬。《詩・衛風・伯兮》：「自伯之東，首如飛蓬。」❷猝然　突然地；出乎意料地。❸津　口水；唾液。❹浸浸　逐漸增多的樣子。❺參蘆湯　中藥方劑名。❻瘥　病癒。

【語　譯】李某白天睡覺，看見一個婦人從牆壁裡走出來，頭髮散亂像只草筐，垂下的頭髮遮住面部；婦人走到李某床前，才用手分開頭髮，露出臉來，又肥又黑，極其醜陋。李某非常恐懼，想要逃跑。婦人突然跳上床，使勁抱著李某的頭，便與李某接吻，用舌頭遞送唾液，唾液冷如冰塊，漸漸流入李某的喉嚨。李某不想咽但無法呼吸，咽下去時，粘稠的唾液塞住了喉嚨。剛剛喘口氣，口中唾液又滿了，呼吸急促，只好再咽下去。這樣過了很長一段時間，李某呼吸困難，不能再忍受。聽到門外有人走過的聲音，婦人才放開手走了。從此，李某腹脹氣喘，幾十天不吃東西。有人教李某服用參蘆湯催嘔，吐出來像蛋清一樣的東西，病就好了。

【研析】〈鬼津〉講述了一個女鬼將唾液送入別人口中，使人患病的故事。

李某所見到的事情雖然是在白天發生的，但卻是不折不扣的一個夢境。傳統民間習俗中，認為噩夢有三種，第一種是已經死去的人來託夢，第二種是惡鬼作祟，第三種是看到未來將要發生的可怕事情。李某所做的這個「白日夢」即屬於第二種「惡鬼作祟」的夢。

〈鬼津〉中的女鬼是一個標準的惡鬼。她相貌醜陋，「蓬首如筐，髮垂蔽面；至牀前，始以手自分，露面出，肥黑絕醜」。照理說，即使在夢中人們也希望見到美麗的女鬼，可是李某見到的這個女人卻醜陋無比，這就使他產生了恐懼心理，所以他「大懼，欲奔」。如果是在正常情況下，即使不能馬上擺脫困境，人們還是能有脫離困境的實際舉動的，但是這是在夢中，潛意識中想跑，其實腿腳卻跑不動。李某不能擺脫女鬼，女鬼就實施了她的第二個可惡之處，「婦猝然登牀，力抱其首，便與接唇，以舌度津，冷如冰塊，浸浸入喉」。這既讓人恐懼，又讓人噁心。李某儘管噁心，可是「欲不嚥而氣不得息，嚥之稠黏塞喉。才一呼吸，而口中又滿，氣急復嚥之。如此良久，氣閉不可復忍」正在他又驚又怕又噁心的時候，人來了，夢醒了，女鬼自然也就走了。

現代的讀者，不可能都做過這樣的夢，但是，類似的恐怖夢境恐怕有些人經歷過。如果說蒲松齡寫〈鬼津〉這樣的故事，純粹是為了獵奇，滿足讀者的某種心理渴望，也無不可；若是進一步研究，就會發現，這樣的故事也有一定的科學依據。現代科學認為做夢和人的某種疾病是有聯繫的。例如夢到面目猙獰的惡人，就預示著做夢者消化系統可能存在病變；若夢到進食味道怪異的食物，醒後嘴中仍留有異味，或是夢中感到飢餓，吃進大量食物，醒後脹痛難受等，則預示做夢者胃腸部位可能有疾患。李某夢醒之後，「由此腹脹喘滿，數十日不食。或教以參蘆湯探吐之，吐出物如卵清，病乃瘥」這正證明了他的夢境和其胃部疾病有關。因此我們說，若對《聊齋誌異》中看似搜奇記異的小說做認真的學理分析，也可能會得出一些有價值的符合現代科學的結論。

僧術

黃生，故家❶子。才情頗贍❷，夙志高騫❸。村外蘭若❹，有居僧某，素與分❺深。既而僧雲遊，去十餘年復歸。見黃，歎曰：「謂君騰達已久，今尚白紵❻耶？想福命固薄耳。請為君賄冥中主者。能置十千否？」答言：「不能。」僧曰：「請勉辦其半，餘當代假之。三日為約。」黃諾之，竭力典質❼如數。

三日，僧果以五千來付黃。黃家舊有汲❽水井，深不竭，云通河海。僧命東置井邊，戒曰：「約我到寺，即推墮井中。候半炊時，有一錢泛起，當拜之。」乃去。黃不解何術，轉念效否未定，而十千可惜。乃匿❾其九，而以一千投之。少間，巨泡突起，鏗然而破，即有一錢浮出，大如車輪。黃大駭。既拜，又取四千投焉。落下，擊觸有聲，為大錢所隔，不得沉。日暮，僧至，譙讓❿之曰：「胡不盡投？」黃云：「已盡投矣。」僧曰：「冥中使者止將一千去，何乃妄言？」黃實告之，僧歎曰：「鄙吝者必非大器。此子之命合以明經⓫終；不然，甲科⓬立致矣。」黃大悔，求再禳⓭之。僧固辭而去。黃視井中錢猶浮，以綆⓮釣上，大錢乃沉。是歲，黃以副榜准貢⓯，卒如僧言。

異史氏曰：「豈冥中亦開捐納⓰之科耶？十千而得一第，直亦廉矣。然一千准貢，猶昂貴耳。明經不第，何值一錢！」

【注釋】❶故家　世家大族，世代仕宦之家。❷贍　富足；足夠。❸夙志高騫　一向自命不凡。夙志，平素的志願。高騫，高舉；高飛。❹蘭若　佛教名詞，原意是森林，引申為「寂靜處」、「空閒處」、「遠離處」等，也泛指一般的佛寺。❺分　緣分；情分。❻白紵　白衣，平民服裝。紵，苧麻纖維織成的粗布。❼典質　把財產、衣物等典當，抵押出去。❽汲　從井裡打水。❾匿　偷偷藏起來。❿譙讓　譴責；責怪。⓫明經　明清時期對貢生的別稱。⓬甲科　明清通稱進士為甲科。⓭禳　祈禱消除災殃。⓮綆　井繩，汲水用的繩子。⓯副榜准貢　即副貢。科舉時代會試或鄉試取士，除正榜外另取若干名，列為副榜。明嘉靖中有鄉試副榜，名在副榜者准作貢生，稱為副貢。清只限鄉試有副榜，可入國子監肄業。⓰捐納　捐資納粟以得官爵，始於秦朝，歷代多沿襲，清中期後尤盛。

【語譯】黃生，是世家大族的子弟。才情充沛，向來志向高遠。村外的寺院住著一位和尚，他和黃生交情深厚。後來和尚外出雲遊，一去十幾年才回來。見到黃生，歎息著說：「我以為您早就飛黃騰達了，現在還是一個平民百姓嗎？看來您的福命本來就薄。我願意替您賄賂陰間主管福命的神靈。您能準備十千錢嗎？」黃生回答說：「不能。」和尚說：「請您盡力籌措一半，其餘的我替您去借。以三日為期。」黃生答應了，盡可能典當物品湊足了五千錢。

第三天，和尚果然把五千錢交給了黃生。黃家原有一口井，水很深，用之不竭，有人說這口井與河海相通。和尚吩咐黃生把錢捆好放在井邊，告誡他說：「待我回到寺裡時，就把錢推進井裡。等到大約燒半頓飯的時間，井裡有一個錢浮起來，您就向它跪拜。」說完就離開了，黃生不知道這是什麼法術，轉念一想，這法術是否靈驗還不確定，但把十千錢扔進井裡就很可惜了。於是，黃生藏起九千錢，只把一千錢投進去。一會兒，井水冒出巨泡，「砰」的一聲破裂，立刻有一個錢浮出來，如車輪大小。黃生非常驚駭。跪拜之後，他又取出四千錢投下去。錢掉下去，發出碰撞的聲音，被大錢阻隔，沉不下去。黃昏時分，和尚來了，責備黃生說：「為什麼不都投進去？」黃生說：「已經都投進去了。」和尚說：「陰間的使者只帶了一千走，怎麼說謊呢？」黃生只好把實情告訴他。和尚歎息說：「鄙俗而又吝嗇的人一定不能成大器。您這人的命運註定以貢生終老；不然的話，進士可以立即到手了。」黃生非常後悔，請求和尚再施一次法。和尚堅決回絕，離開了。黃生看見井裡的錢還浮著，就用繩把它們釣了上來，大錢才沉了下去。這一年考試，黃生以副榜錄取，准作貢生，最終像和尚說的那樣。

異史氏說：「難道陰間也准許用錢買功名嗎？十千錢就能進士及第，價格也算便宜了。但一千錢買個貢生，還是夠昂貴的。貢生不第，一文不值！」

【研　析】〈僧術〉寫某僧幫助黃生賄賂陰間的福祿之神祈求功名，卻終因黃生吝嗇而不成大器的故事。

黃生是大戶人家的子弟，既有豐富的才情，又有高遠的志向，照理說是應該科舉高中，飛黃騰達的。可是，與他頗有緣分的那位僧人雲遊天下名山大川，十幾年之後回來了，黃生還是一介布衣，在功名事業上毫無寸進。於是那位僧人打算花十千錢來賄賂陰間裡主管福祿的神靈，使黃生能夠順利進入仕途，並取得進士的功名。可是，這位黃生雖然出身大戶人家，到他這一代畢竟已經凋落了，他竭力變賣家產，才勉強湊夠了五千之數，也就是應有之數的一半。剩下的一半，就由僧人去籌借。

祈禳的日子到了，僧人做好安排，就到寺中作法去了。可是這位黃生對僧人的法術將信將疑：如果應驗，當然很好；如果不驗，十千錢豈不可惜。於是採取了折衷的辦法，先往井裡投一千試試，應驗之後再投四千，可是由於錯過了時機，這四千錢被一枚大錢阻隔，再也沉不下去了。因此，十千錢本來應該謀到進士的功名，卻因為實際只投了一千，最終只得到一個明經的頭銜。

對此，蒲松齡頗有看法。他說：「豈冥中亦開捐納之科耶？十千而得一第，直亦廉矣。然一千准貢，猶昂貴耳。明經不第，何值一錢！」故事中，蒲松齡可能希望冥間真有「捐納之科」的，如此，很多考不上的士子，也可通過賄賂冥間而有官可做了。但是，蒲松齡畢竟是清醒的，他考了一輩子的科舉，明白其中的品階價格：花十千錢買一個進士，非常值得，因為將來的進項是無窮大的；但是花一千錢，買一個「准貢」，價錢還是貴了，因為像「明經」這樣的頭銜，如果不進一步考中進士，是連一文錢也不值的。

蒲松齡最終的功名也是一個「歲貢生」。康熙五十年（西元一七一一年）初冬，蒲松齡赴青州參加例考，授例出貢。經歷了一生的科場掙扎，最後總算得到了歲貢生的頭銜，心理上多少得到了一些安慰。對於這次出貢，蒲松齡的心情是複雜的，因為與當初「躍龍津」的遠大抱負和付出的心血相比，這個歲貢生的頭銜實在是太不成比例了。當親朋聞訊前來祝賀時，蒲松齡反而感到有些難為情了。他在〈蒙朋賜賀〉詩中寫道：「落拓名場五十秋，不成一事雪盈頭。腐儒也得賓朋賀，歸對妻孥夢亦羞。」並且一再表示：「歸來投老應棲隱，百里奔波第此程」，「餘年可學長安叟，風雨暑寒不出門」。青州之行，成了蒲松齡一生中最後的一次遠遊。

蒲松齡晚年有一首〈喜立德采芹〉詩，為長孫蒲立德考中秀才而作。詩云：「昔余采芹時，亦曾冠童試；今汝應童科，亦能弁諸士。微名何足道？梯雲乃有自。天命雖難違，人事貴自勵。無似乃祖空白頭，一經終老良足羞！」

蒲松齡終生的功名頭銜是「歲貢生」，也就是「一經終老」的「明經」。因此我們說，蒲松齡奮鬥一生的收穫，和這位黃生相去無幾。〈僧術〉這篇小說沒有正面描寫科場花錢買功名之風，而是以誇張、幻想和荒誕的筆法講述一個人向冥中主者行賄的故事。這種以陰曹地府來影射人間的曲筆，不但使故事曲折離奇，而且批判的力度絲毫也沒有減弱。讀者在笑黄生的迂腐酸氣之時，一様可以感受到現實人物的辛酸和科場的黑暗。

◎新譯幽夢影

馮保善／注譯　黃志民／校閱

《幽夢影》是一本語錄體的筆記小品，書中不管談讀書交友、為人處世、生活品味等等，雖似閒筆寫來，卻是充滿清新、別趣或警醒，俱見其學問之博、喜好之廣，以及注重創新、博證、致用等思想。在寫作藝術與修辭手法上，則富於想像聯想，善用比喻和排比、對偶等技巧，讀來有如走在山陰道上，美不勝收。作者以清新灑脫的筆調來縱觀世態人情，是講究美感和生活品味的現代人不容錯過的一本佳作。

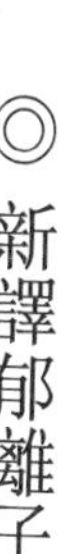

◎新譯菜根譚

吳家駒／注譯　黃志民／校閱

成書於明萬曆年間的《菜根譚》，作者洪應明揉合儒家中庸、釋家出世和道家無為等思想，並結合自身經驗，形塑為一套出世入世的法則。書中包含為人處世的方法、進德修行的箴言、禪機佛理的闡發，以及鉤玄探幽的哲語，它豐富的思想內涵在近代逐漸引起重視，更被日本企業奉為經營管理的指南，是現代人追求心靈改革不可缺少之精神食糧。本書注譯明白曉暢，每則並附有析評，幫助讀者深入咀嚼、體味菜根香。

◎新譯郁離子

吳家駒／注譯

「郁離子」，是本書書名，也是書中主人翁的名字。作者為明朝開國大臣劉基。他經歷元末政治腐敗、社會黑暗與民族衝突的丕變，對於種種的不公不義感到忿懣，故撰寫《郁離子》以抒發自己的看法與主張。書中所言包羅萬象，並大量運用寓言筆法，其精巧的構思，不僅意蘊深刻，而且妙趣橫生，給人耳目一新之感。經注譯者詳盡的注釋、語譯與精湛的研析，更增添其價值與光彩。